毕飞宇文集

THAT SUMMER, THAT AUTUMN

那个夏季,那个秋天

毕飞宇 著

人民文学出版社

图书在版编目(CIP)数据

那个夏季,那个秋天/毕飞宇著.—北京:人民文学出版社,2022
(毕飞宇文集)
ISBN 978-7-02-016423-3

Ⅰ.①那… Ⅱ.①毕… Ⅲ.①长篇小说—中国—当代 Ⅳ.①I247.5

中国版本图书馆CIP数据核字(2020)第106029号

责任编辑　赵　萍
装帧设计　陶　雷
责任印制　王重艺

出版发行　人民文学出版社
社　　址　北京市朝内大街166号
邮政编码　100705

印　　刷　北京盛通印刷股份有限公司
经　　销　全国新华书店等

字　　数　168千字
开　　本　880毫米×1230毫米　1/32
印　　张　8.25　插页1
版　　次　2015年1月北京第1版
印　　次　2022年1月第1次印刷

书　　号　978-7-02-016423-3
定　　价　56.00元

如有印装质量问题,请与本社图书销售中心调换。电话:010-65233595

新 版 序

人民文学出版社版的《毕飞宇文集》初版于2015年。感谢人民文学出版社对我的厚爱,2020年,他们打算做一些订正和增补,给读者朋友们送去一个更好的新版。但2020年是特殊的,许多事情都在2020年改变了它的轨迹,一套文集实在也算不了什么。

现在是2021年的秋天,感谢人民文学出版社;感谢读者朋友。除了感谢,我特别想在这里留下这样的一句话:2020年,2021年,它们是那样深刻地留在了我的记忆里。

毕飞宇
2021年9月17号于南京龙江

序

这套文集收录了我从 1991 年至 2013 年之间的小说,是绝大部分,不是全部。事实上,早在 2003 年和 2009 年,江苏文艺出版社和上海文艺出版社就分别出版过我的文集。江苏文艺的是四卷本;上海文艺的是七卷本;此次人民文学出版社出版的这套文集则有九卷。递进的数据附带着也说明了一件事,我还是努力的。

我曾经说过这样的话:小说不是逻辑,但是,小说与小说的关系里头有逻辑,它可以清晰地呈现出一个作家精神上的走向。现在我想再补充一句,在我看来,这个走向有时候比所谓的"成名作"和"代表作"更能体现一个作家的意义。

感谢人民文学出版社,他们愿意为我再做一次阶段性的小结。老实说,和前两次稍有不同,这一次我有些惶恐。写作的时间越长,我所说的那个走向就越发地清晰,——我的写作是有意义的么?——它到底又有多大的意义呢?

我写小说已经近三十年了,别误会,我不想喟叹。我只是清楚了一件事,以我现在的年纪,我不可能再去做别的什么事情了,也做不来了。我只能写一辈子。说白了,我只能虚构一辈子。可再怎么虚构,我还是有一个基本的愿望,我精神上的走向不是虚构的,我渴望它能成为有意义的存在。

毕飞宇
2014 年 6 月 7 日于南京龙江

第 一 章

城市越来越热了。暑期一开始所有的水泥平面就呈现出自然的局面,水泥的热焰是无色的,无臭的,无形的,看上去比火苗更抽象。然而它热,灼人。的确,抽象更本质。

太阳像疯子的眼睛,有人没人它都炯炯有神。你一和它对视它就缠上你了,盯着你,无缘无故地警告你。聪明的做法是别理它,不要和它对视,不要和它纠缠,同时加快你的步伐。然而汽车的尾气和空调主机的散热片会盯上你的小腿。它们是无赖,是滚刀肉,是无事生非的泼皮,你无处藏身。城市确确实实是越来越热了。

可以坐坐的地方还是有的。比方说,电子游戏厅。城市再冷,再热,可供游戏的地方终归是四季如春的。春天早已是我们这个时代的电子产品了,它是科技的产物,智慧的结晶,我们完全有能力把它和电子游戏机一起,安装在游艺大厅里。

暑期一开始耿东亮就找了一份钟点工,给一个六岁的小女孩上钢琴课。耿东亮刚读完音乐系的二年级,主修声乐,而不是钢琴。然而,给一个六岁的小女孩示范几下哈侬练习曲却可以胜任。小女孩的父亲说了,他并不指望女儿什么,女儿能够弹几首曲子就可以了。小女孩的父亲经营了一家很大的电子游艺厅，女儿什么样的玩具都玩了，然而钢琴没玩过。没玩过就得让她玩。幼儿园刚放假，小女孩的母亲就带了女儿逛商场，女儿走到钢琴那边去，掀起了钢琴的盖子，用脑袋顶住，小手伸到缝隙里去，摁一下白键，"咚"地一下，又摁一个黑键，"咚"地又一下，比幼儿园的脚踏风琴好玩多了，那东西不用脚踩可是摁不响的。小女儿的脑袋在琴盖底下歪过来，冲着母亲笑，样子比吃了冰激凌还要开心。后来女儿走过来，抱住母亲的大腿，指了指钢琴，说："要。"207号营业员这时候走了过来，弯下腰抚摩孩子的童花头，夸小女孩"漂亮"，夸小女孩目光里头"天生"就有"艺术家的气质"，夸小女孩的小手"天生"就是"为钢琴生的"。千错万错，拍马屁不错，更何况是在母亲面前拍孩子的马屁呢。小女孩知道在夸她，咬住下嘴唇，都不好意思了。母亲取出手机，摁出一串数码，仰起脸来把披肩发甩到脑后去，对了手机说："喂，你女儿要玩钢琴哎。"手机里头发话了，有点不耐烦，说："拖一个回去就是了。"

"拖一个回去"的那天下午耿东亮正站在商场门口的树荫下面看晚报，胸前挂了"家教"两个字。他在这里站了两三天了，一到下午就盯住晚报上的招聘广告。小女孩的母亲出门的时候看了一眼耿东亮，"哎"了一声，问："你会弹钢琴吧？"耿东亮抬起头，怔了一下，脸却红了，慌忙说："会，我是师大音乐系的。"耿东亮一边比画一边从口袋里头掏出学生证，摊开来递到她的面前去，好让人家验明正身。女人却不看，笑着说："回头你给我弹一首《上海滩》。"

授课的时间是上午,作为回报,小女孩的父亲给了耿东亮一张游艺厅的免费游戏卡,游艺厅的环境不错,又热闹又清凉,是暑期里上好的去处。游艺大厅离小女孩的家不算远,中午吃一份加州牛肉面或者汉堡包,步行过去,坐到游艺大厅里头就可以凉快一个下午了。有空调,有电子游戏,再漫长、再酷热的暑期也可以混得过去。

电子游戏实在是引人入胜,它其实就是你,你自己。它以电子这种幽窈的方式让你自己与自己斗智、斗勇,让你消遣你自己,游戏你自己。你愚蠢它更愚蠢,你机敏它更机敏,你慷慨它更慷慨,你贪婪它更贪婪。它与你近在咫尺,撩拨你,挑逗你,让你看见希望,又让你失之交臂。你永远逮不着你自己。它以极其临近和极其愉悦的方式拒绝你,让你永远与自己总有一念之差成一个疏忽这样的距离,这样的缺憾,这样的怅然若失。你对它永远是欲擒又纵的,这就是说,它对你永远是欲纵又擒的。电子游戏是你心智的一面镜子,让你看见你,让你端详你,而你与你之间永远都有一举手这样的恍若隔世。你是你的梦。你是你最知己的对手,你永远追逐着自己的拒绝,开始着自己的终结,希望着自己的无奈。你永远有下一次,你假想中的生命永远都不可能只有一回,那是哲学的命题,是放狗屁。生命完全可以重来,循环往复,像电流一样没有起始,没有终结。

小女孩的钢琴课吃力极了。关键是孩子的母亲,她热心极了。她把透明胶布贴在了琴键上,再在琴键上写下了一连串的阿拉伯数字1、2、3、4、5、6、7。她十分庄严地坐在耿东亮的身旁,全力以赴,严肃地对女儿说,一就是哆,二就是唻,三就是咪……母亲把耿东亮搁在了一边,母亲永远是女儿最出色的教师,同时永远是女儿最爱生气的老师,动不动就发火,"怎么还不会的呢?小拇指怎么一点力量都没有的呢?"母亲急。她巴不得女儿在第二天的上午就能用钢琴演奏《上海滩》。

耿东亮有些厌倦,却不愿意放弃。他可以忍受这样的女儿与这样的母亲。"上课"至少可以离开自己的家,离开自己的母亲。现在正放着暑假呢,不出来"上课",他又能做什么?

一到节假日耿东亮就要长时间地面对自己的母亲了。耿东亮害怕这样。以往到了周末母亲很早就会从大街上收摊的,回到家,给儿子打好洗脸水,预备好零食,甚至连儿子的拖鞋都放得工工整整的,左右对称,虚以待客。然后静静地坐下来,等待自己的二儿子。耿东亮的家离师范大学只有三十分钟的自行车路程,"每个周末都回来过",母亲是这么关照的,每一次回来母亲总要欢喜一番。儿子回家了,又在"妈的身边"了。耿东亮一进家,母亲总要十分仔细地打量一遍,从头到脚,再从脚到头,这样一个来回母亲的目光才肯放心。然后母亲就说:"又瘦了。"耿东亮不瘦,人长得高大帅气,但母亲一见面总是怪他"瘦"。在母亲的眼里,儿子的身上永远都缺少两公斤的肥肉。

接下来耿东亮就成了客人,一举一动全在母亲的目光里了,连衣服上线头的跳纱也逃不脱的。母亲会把跳纱弄掉,不是用剪刀,而是埋下头,用她的门牙把跳纱咬断,在舌头上滚成团,吐到角落里去。吃饭的时候母亲给他添饭,母亲给他夹菜。母亲把最好的荤菜夹到儿子的碗口,不住地关照"吃"。母亲的印象里头帅气而又内向的儿子在外头总是吃亏的,到了家才能给儿子补回来。耿东亮吃不下,就会把碗里的菜夹到母亲的碗里去,这一来母亲就会用目光责怪儿子,你怎么也跟妈这么客气,于是再夹回来。耿东亮不能不吃,不吃就是跟妈"客气",跟妈怎么能"客气"呢?这是你的家,我是你的妈,你这样生分多伤妈的心。耿东亮只能往下撑。吃到儿子的肚里总是补在妈的心上的。撑多了耿东亮的脸上就不开心了。而儿子的脸色在一秒钟之内就会变成母亲的心情。母亲便问,怎么了?耿东亮没什么,当然只好说"没什么",母亲听到"没什么"总是那样地不高兴,儿子大了,高了,上了大学了,心里的事情就不肯对妈说了。

母亲最不放心的还是儿子"学坏"。儿子的身高一米八一,长得帅,不多话,文质彬彬,笑起来还有几分害羞的样子,这样好的儿子肯定有许多女孩子打他的主意的。这是肯定的。女孩子能有几个好货?"我们家亮亮"哪里弄得过她们?耿东亮进了初中母亲就对儿子说了,不要和女孩子多来往,不要跟她们玩。不能跟在她们身后"学坏"。耿东亮不"学坏",考上大学之后都没有"学坏"过。和女孩子一对视他的脸便红得厉害了,心口跳得一点都没有分寸。耿东亮在女孩子的面前自卑得要命,从小母亲就对他说了,"别看她们一个个如花似玉,一个个全是狐狸精,千万可别吃了她们的亏,你弄不过她们的。"耿东亮眼里的女孩子们个顶个的都是红颜杀手,一个个绵里藏针,一个个笑里藏刀,眼角里头都有一手独门暗器,她们是水做的冰,雨做的云,稍不小心她们的暗器就从眼角里头飞出来了,给你来个一剑封喉。她们天生就有这样的惊艳一绝。

暑假后的第二天母亲就带了耿东亮逛大街去了。母亲不会让二儿子一个人去逛街的。这位修理自行车的下岗女工每一次逛街都要用汽油把手指头漂洗干净,每一条指甲沟都不肯放过。她不能让自己的手指头丢了儿子的脸面。耿东亮高他母亲一个头,这样的母子走在大街上总是那样地引人注目。母亲时刻关注着迎面走来的女孩子,她们打量耿东亮的目光让母亲生气,她们如果不打量耿东亮同样会让母亲生气。好在耿东亮的目光是那样地守规矩,他从来不用下流的目光在女孩子们身上乱抓乱摸的。儿子守得住,还能有什么比这个好。

母亲最开心的事情就是给二儿子买衣服,人靠衣裳马靠鞍,何况天生就是一匹骏马呢。母亲给二儿子买衣服坚持要有品牌,越是困窘的家庭越是要证明自己的体面的,不能让儿子被人瞧不起。这位下岗女工在生病的日子里舍不得到医院去挂号,但是,为儿子买衣服都不能不看品牌。儿子拦不住。儿子拦急了母亲就会这样斥问:"妈这么苦为了什么?你说说?"母与子的心情永远是一架无法平衡的天平,一头踏实了,另一头就必然空悬在那儿。

踏实的这一头累,悬在那儿的那一头更累。

所以耿东亮怕回家。一半因为母亲,一半因为父亲。

父亲是肉联厂永远不能转正的临时工。父亲短小,粗壮,大手大脚大头,还有一副大嗓门。他的身上永远伴随着肉联厂的复杂气味,有皮有肉,兼而有屎有尿。父亲是苏北里下河耿家圩子的屠夫后裔,他为耿家家族开创了最光辉的婚姻景观,他娶了一位城市姑娘,极为成功地和一位漂亮的女知青结了婚。结婚的日子里这位快乐的新郎逢人就夸:"全是国家的政策好哇!"他毫不费劲就缩小了城乡差别,他使城乡差别只剩下一根鸡巴那么长。耿东亮的父亲在知青返乡的大潮中直接变成了一个城市人。母亲不无担心地说:"进了城你会干什么?"父亲的表现称得上豪情万丈。父亲提着那把杀猪刀,自豪地说:"我会杀猪。"

他和城市姑娘生下了两个儿子,他给他们起了两个喜气洋洋的名字。大儿子东光,二儿子东亮。一个是黑面疙瘩,一个是白面疙瘩。父亲喜欢黑面,母亲偏袒白面,这个家一下子就分成两半了。父亲瞧不起耿东亮,这从他大声呼叫儿子的声音中可以听得出来,他叫耿东光"小鸡巴"而对耿东亮只称"小屄崽子"。差距一下子就拉大了。

耿东亮不喜欢父亲,正如父亲不喜欢耿东亮。父亲喊耿东亮称"你"而耿东亮只把父亲说成"他"。

游艺大厅的里侧有一个小间,那里头的游戏都讲究杠后开花的,沿墙排开来的全是老虎机。耿东亮不喜欢赌,尤其怕叉麻将。以往一到周末同学们就会用棉被把盥洗间的门窗封起来,摆开两桌叉八圈的。每一次耿东亮都要以回家为由逃脱掉。面对面地坐开来,打到后几圈钱就不再是钱了,一进一出总好像牵扯到皮肉,白刀子进,红刀子出,花钱再潇洒的人似乎都免不了这一俗。耿东亮说:"赌起来不舒服。"一位快毕业的学兄说:"你弄岔了,赌钱赌的可不是钱,而是自己的手气,自己的命,你的命再隐蔽,抠过来一摸,子丑寅卯就全出来了。一场麻将下来

7

就等于活过一辈子。这辈子赔了,下辈子赚,这辈子赚了,下辈子赔,就那么回事。"这位老兄叉麻将的手艺不错,可手气总是大背,七月份果真就分到一所很糟糕的中学去了。的确,赌钱赌的不是钱,是自己的命,自己的去处与出路。耿东亮读一年级的时候总是奇怪,一到公布分配方案,师范大学里头最紧张最慌乱的不是毕业生,而是二三年级的同学。他们总是急于观察先行者的命运,再关起门来编排和假设自己的命运,一个一个全像惊弓之鸟。耿东亮读完了二年级对这样的场面就不再惊奇了,他参与了别人的紧张与别人的慌乱,这一来对自己的命运便有了焦虑,而两年之后的"毕业"便有了迫在眉睫的坏印象。两年,天知道两年之后会是什么样子。

安慰耿东亮的是老虎机。耿东亮挣来的工钱差不多全送到老虎机的嘴里去了。耿东亮赢过几次的,他目睹了电子彩屏上阿里巴巴打开了山洞的门。在耿东亮操作的过程中,那个阿里巴巴不是别人,是耿东亮自己。阿里巴巴没有掉入陷阱,同样,阿里巴巴推开石门的时候地雷也没有爆炸。耿东亮听到了金属的坠落声,老虎机吐出了一长串的钢角子。那是老虎的礼物。耿东亮没有用这堆雪亮的钢角子兑换纸币,他"赢"了,这比什么都让人开心的。耿东亮买了一听可乐,一边啜一边把赢来的角子再往里面投。一颗,又一颗。猝不及防的好运气总有一天会咣叮咣当地滚出来的,捂都捂不住。然而接下来的日子耿东亮天天输,输多了他反倒平静了。焦虑与迫不及待的坏感觉就随着输钱一点一点地平复了。输和赢,只是一眨眼,或者说,只是一念之别,这就叫命,也可以说,这就叫注定。那位学兄说得不错,你的命运再隐蔽,抠过来一摸,子丑寅卯就全出来了。耿东亮在暑期里头就是要翻一翻命运这张牌,看过了,也就没有什么想不开的了。耿东亮就是想和他的同学一样,先找到终点,然后,以倒计时那种方式完成自己一生。"扑空"那种壮美的游戏他们可是不肯去玩的。

即使是暑期,每个星期的二、四、六下午耿东亮都要回师范大学去。炳璋在家里等他,他不能不去。炳璋说了,嗓子不会给任何一个歌唱家提供假期的。炳璋六十开外,有一头银白的头发,看上去像伟大的屠格涅夫。那些头发被他调整得齐齐整整的,没有一处旁逸,以一种规范的、逻辑的方式梳向了脑后。他的头发不是头皮生长出来的生物组织,不是,而是他的肌体派生出来的生理秩序,连同白衬衫的领袖、西服的纽扣、领带结、裤缝、皮鞋带一起,构成了他的庄严性和师范性。炳璋操了一口很标准的普通话,听不出方言、籍贯、口头禅这样的累赘,没有"这个""哈""吧""啦""嘛""呀"这样的语助词与插入语。他"说"的是汉语书面语,而不用表情或手势辅助他的语言表达,像电视新闻里的播音员,一开口就是事的本体与性质,不解释也不枝蔓。炳璋走路的样子也是学院的,步履匀速、均等,上肢与下肢的摆动关系交代得清清楚楚,腿和腰绷得很直。他的行走动态与身前身后的建筑物、街道、树一起,看得出初始的丈量与规范,看不出多余性与随意性。炳璋的步行直接就是高等学院的一个组成部分,体现出"春风风人、夏雨雨人"的师范风貌。一句话,他走路的样子体现出来的不是"走路",而是"西装革履"。

炳璋是亲切的。然而这种亲切本身就是严厉。他的话你不能不听,也就是说,他的秩序你不能随便违背。谁违背了谁就是"混账东西",他说"混账东西"的时候双目如电,盯着你,满脸的皱纹纤毫毕现,随后就是一声"混账东西"。这四个字的发音极为规范——通畅、圆润、宽广、结实、洪亮,明白无误地体现出了"美声唱法"的五大特征,宛如大段唱腔之前的"叫板"。耿东亮亲耳听过炳璋的脾气,炳璋训斥的是音乐系的系主任,他的嫡系传人。炳璋为什么训斥系主任,系主任为什么挨训,这些都不重要。重要的是他的发音,吐字归音与字头音尾交代得是那样科学,使你不得不相信这样的话:人体的发音才是语言的最高真实。

只有一点炳璋是随便的,而这种随便同样体现了他的苛求,他不许任何人喊他"老师",只准叫炳璋,姓氏都不许加上去。他固执地坚持这一点。炳璋在留苏的日子里喊他的导师"那佳",所以炳璋只允许他的学生喊他"炳璋"。

耿东亮成为炳璋的学生带有偶然性,甚至,还带着一点戏剧性。没有人能够相信耿东亮能够成为炳璋的内弟子。没有人,除了炳璋他自己。

走进大学的第一个学期,耿东亮就被炳璋带回到自己的家里去了。

一年级新生耿东亮喜欢在浴室快要关门的时候去浴室洗澡。天这样冷,到了关门的时候池水差不多已经是面汤了。然而,水干净的时候人多,浴池里头就会下饺子,你不想做饺子你只能到面汤里去。两全其美的事情永远是不会有的。耿东亮不愿意做饺子,就只有下面汤。耿东亮喜欢在没人的时候泡在油汪汪的澡汤里头,头顶上有一盏昏黄的灯,灯光和雾气混杂在一起,柠檬色的,温暖而又宁静。耿东亮只留了一颗脑袋在池水的外头,望着那盏灯,一双手在水底下沿着身体的四周缓慢地搓,这里搓下来一点,那里搓下来一点,顺便想一点心思。耿东亮没有心思,然而,没有心思想心思才叫想心思,要不然就叫忧愁了。泡完了,每个毛孔都舒张开来,耿东亮就会走到莲蓬头的底下去,闭上眼睛,开始他的无伴奏独唱。腼腆人越是在无人的时候越显得狂放。浴室是一只温湿的大音箱,回环的声响总是把嗓音修饰得格外动听。你就像坐在音箱的里头,打开嗓门,随意唱,有口无心,唱到哪一句算哪一句。耿东亮光着屁股,从头到脚都是泡沫,手指头在身体上四处滑动。然后,站到自来水的下面,用凉水冲。浴室里的污秽与身上的泥垢一起,随着芬芳与雪白的泡沫一起淌走。凉水一冲毛孔就收紧了,皮肤又绷又滑,身心又润爽,汗水收住了,独唱音乐会也就开完了。

耿东亮在临近寒假的这个晚上到浴室里头开了最后一场音乐会。他站在淋浴室里,头顶上是力士洗发香波的泡沫。他开始了演唱,每首歌都只唱两三句,先是国内的,后是国外的。他唱外国歌曲的时候把舌头卷起来,发出一连串的颤音与跳音,这是他发明的介于意大利语与俄语之间的一种语种。他用这种语种唱了《图兰朵》《弄臣》《茶花女》里的片段,但是太难;语言也来不及发明。后来他唱起了电视广告。他唱起了豆奶:

维维豆奶欢乐开怀……

后来是白酒：

> 生命的绿色在杯中荡漾
> 悠久的文明在回味中徜徉

他还唱到了妇女卫生巾：

> 只有安尔乐
> 给你的体贴
> 关怀——

莲蓬头里的自来水就是在这个时候断掉的。耿东亮以为停水了，伸出手，去摸自来水的龙头开关。他摸到了一只手。

"你是音乐系的？"有人说。

耿东亮后悔不该在这种地方用美声歌唱妇女用品的。他用肩头揩干净一只眼，侧着头，歪了嘴巴，一只眼睁一只眼闭，一个人站在他的对面，耿东亮的目光自下而上，一双光脚套了一双米黄色硬塑料拖鞋正站在他的正面。裹了一件大衣。头发很乱，像刚刚冲出实验室的爱因斯坦。耿东亮一下子就认出炳璋了。他一定在隔壁的教工浴室里全听见了，要不然他跑到这里来做什么？耿东亮的脑袋"轰"地一下，眼一黑。完了。

"怎么可以这样？"炳璋神情严肃地说，"怎么可以这样不爱惜自己？——你叫什么？"

"耿东亮。"

"我是炳璋。"炳璋说。炳璋脱掉大衣，把耿东亮重新拉回汤池里去。他的整个身体都泡在水里，用那种兴奋与惊喜的目光打量耿东亮，耿东亮都被他看得手足无措了。炳璋突然笑起来,说:"做我的学生吧,你看,我们刚一见面就这样全无保留。"

洗完澡炳璋就把耿东亮带回家去了。一进门炳璋就和一位胖女人嘟噜,是一串很长的外语,听不出是什么语种。耿东亮站在炳璋身后,很腼腆,一副窘迫的样子,他喊了一声"师母"。两年之后,炳璋才把那句很长的俄语翻给了耿东亮,那是最伟大的男高音卡鲁索说过的话:"……天才往往是在无意中发现的,而且每次总是被那些善于挖掘的人发现。"

炳璋坐在沙发上,用巴掌向脑后整理白发,看起来心情不错。炳璋说:"从今天起你就是我的学生。"耿东亮有些紧张,坐在炳璋的对面,打量他家的客厅。那架很旧的钢琴上方挂满了酱红色的人体解剖图,从左到右挂着呼吸器官、喉头正面切剖面、口腔及咽腔、喉头矢状剖面,以及声带、鼻腔、上颚、软腭的切面。这些酱红色的剖面四周围满了阿拉伯数字,而每一个数字在剖面图的下方都有一大串的命名与解释。"你瞧,"炳璋说,"我们在浴室里看到的其实不是我们的身体。我们的身体精妙极了。"炳璋指着那张人体切面说:"这儿,肺,是一只风箱,喉头呢,我们的发声器,反射器则是咽部,嘴巴则成了我们的咬字器。我们的人体是多么地完美,上帝动用了一切才把它造出来。这架机器能产生生物界最美妙的声音。我们得爱它。身体就是我们的孩子,得爱它。用它来歌唱。阿克文斯基说,不会歌唱是可耻的。而我要说,不会歌唱就如同奔马失去了尾巴。你是一部好机器。得爱护它。为了歌声,你必须学会舍弃,凉水,以及凉水一样的所有诱惑。"

炳璋坐在琴凳上,神情开始肃穆了,脸上的样子似乎刚举行了一场仪式。窗明几净,客厅里收拾得齐齐整整,耿东亮站在旧钢琴边,心里头似乎也举行了一场仪式。炳璋说:"你以往的一切全不算数。今天是你的生日。我们的一切从今天开始。——你来到这个世界只发对了一个声音,那就是你的第一声啼哭,第二个正确的声音就要产生了,是我赋予你的,你必须记住这一点。"炳璋打开钢琴盖,双手半悬在琴键的上方,十只指头一起打开来了。他的指头细而长,打开的时候带了一股轻柔的风,舒缓的,神情丰富的,半圆形,掌心里头像藏了一只鸡卵状的几何体。炳璋的眼睛不停地眨巴,似乎望着一件并不存在的东西,只有耿东亮知道,那个并不存在的东西是耿东亮的身体。耿东亮就站在炳璋的身边,耿东亮弄不懂炳璋为什么要采取这种舍近求远的方式,不依靠眼睛,而只凭借想象去注视,去关切。这个身体是透明的,可以看穿,可以看出一切不利于发音的所有阻隔,"……注意我,像我这样……放松,再放松……吸气,放下横膈膜,腹壁和肋骨往外张,抬起胸廓,打开上颚,然后像叹气,让声音像蛇一样自己往外游动……这样,mi——ma——"炳璋在示唱的时候十只指头像海藻遇着了浪头一样,摁在了一组白键上。他全神贯注,倾听耿东亮,宛如一个助产师正在抚摸新生儿的胎脂。炳璋半张了嘴,呢喃说:"放松……别压着……不要追求音量……控制,稳住……"

炳璋听了几句,似乎不满意。他停下来,起身之后点一炷香,香烟孤直。炳璋把那炷香挨到唇边,示唱"ma——",香烟和刚才一样孤直。炳璋把那炷香提到耿东亮的面前,耿东亮刚一发音香烟就被吹散了,一点踪迹都没有。炳璋说:"你瞧,你的气息浪费了,你的气息没有能够全部变成声音,只是风,和声音一起跑了。得节约,得充分利用。声音至高无上。你听好了,像我这样。"

炳璋让耿东亮一手提了香,另一只手摁在自己的腹部,整个上午只让耿东亮张大了嘴巴,对着那条孤直的香烟"mi"或者"ma"。

对炳璋来说,声音是这个世界的中心,这个世界的唯一。这个世界上的一切都是围绕着"声音"而生成,而变化的。所有的声音里头,人类的声音是声音的帝国,而"美声"则是帝国的君主。正如察里诺所说的那样,"人类的音乐就是肉体与精神,理性与非理性的协调关系"。察里诺所说的"人类的音乐"当然只能是"美声",别的算什么?只能是马嘶、猿啼、犬吠、狮吼、鸡鸣和母猪叫春。人类的"美声"足可以代表"人"的全部真实、全部意义。它既是人类的精神又是严密的科学。精神是歌唱的基础,而科学则又是精神的基础。他要求的声音必须首先服从生理科学,而同时又必须服从发音科学。然后,这种声音就成了原材、质地,在人类精神的引导下走向艺术。几十年当中炳璋在这所高校里头发现了好几部"好机器",发现一部他就组装一部,整理一部,磨合一部。可是学校就是学校,所谓铁打的营房流水的兵。最多四年,他的"好机器"就会随流水一起流走的,然后便杳无音讯。他们就会湮没在某个水坑里,吸附淤泥,生锈,最后斑驳。声乐教学可是无法"从娃娃抓起"的,你必须等,必须在这部"机器"的青春期过后,必须等待变声,否则便会"倒仓"。最要命的事就在这儿,"青春期"过后,"机器"没有修整好,而"机器"的"方向盘"都大多先行装好了,你无法预料这部"机器"会驶到哪里去。

炳璋能做的事情就是碰。说不定能够碰上的。也许的。他的激情与快乐就在于"碰"。又碰上了。

是的,又碰上了。

炳璋对耿东亮说:"你怎么能在浴室里唱那么大的咏叹调呢?太危险了。它会把你撕裂的。——循序渐进,明白了吗?循序渐进。所有的大师都这样告诫我们,察科尼,加尔西亚,卡鲁索·雷曼,卡雷拉斯。你只有一点一点地长。像你长个子,像太阳的位移。成长的唯一方式是寓动于静的,甚至连你自己都觉察不出来。什么时候你觉得自己有'大'进步了,十拿九稳得回头重来。失去了耐心就不再是歌唱,而是叫喊。只有驴和狗才做那样的傻事。叫喊会让你的声带长小结的。小结,你知道,那是个十分可怕的魔鬼。"

但耿东亮的声音始终有点"冲",有"使劲"和"挤压"的痕迹,有"摩擦"的痕迹。炳璋跑回厨房去,抱出来一只暖水瓶,拿掉软木塞,暖水瓶口的热气十分轻曼地飘动起来了。炳璋指着瓶口,让耿东亮注视"气息"飘出瓶口时那种自然而然的样子,那种类似于"叹息"的样子。炳璋随后就要过了耿东亮的手,让它罩在自己的口腔前。炳璋又开始"ma——"。耿东亮的手掌感受到一种均匀而又柔和的气流,真的就像瓶口的热气。炳璋说:"明白吗?"耿东亮说:"明白。"炳璋一边点头一边退回到琴凳上去,说:"放松,吸气,像我那样……"

第 二 章

整整一个冬季,耿东亮只纠缠在"mi"和"ma"之间。糟糕的是,炳璋并不满意。他总能从耿东亮的声音里头发现不尽人意处。在炳璋面前,耿东亮的身体从来就不是一个完整的机体,它被炳璋的听觉解构了,总有一些要命的零件妨碍了"声音"从机体里头发放出来。不是喉头就是腹膜,不是上颚就是咽喉。这些部位不再是发音器官,而是罪人,它们破坏了声音,使声音难以臻于完美。然而炳璋不动声色。他的神情永远像第一天,专注、肃穆,带了一种"仪式"感。炳璋的诲人不倦近乎麻木,他的耐心与时间一样永恒,你永远看不到他的失望,他的急躁。他四平八稳,一丝不苟,没有一处小毛病能逃得出他的耳朵。他的耳朵炯炯有神。他守着你,在你的身体内部无微不至。

炳璋说:"声音飘。声音没有根。"炳璋说这句话的时候把耿东亮带进了卫生间。他打开了水龙头,在水槽里头贮满了水。炳璋取过一只洗脸盆,放进了水里。炳璋对耿东亮说:"把脸盆覆过去,握住它的边沿,用两只手往上拽,把它拽出水面。"耿东亮伸出手,伸进水里。把覆过去的洗脸盆往上提拉。水在这个时候呈现出来的不是浮力,相反,有一种固执的与均衡的力量往下拽,往下吸。炳璋说:"吃力吗?"耿东亮说:"吃力。"炳璋说:"这只洗脸盆就是你的横膈膜,在你吸气的刹那,它往上抬,然而,上抬的时候有一种力量在往下拽,把这拽住!——它拽得越有力,声音就越是结实有力,明白我的意思吗?"

"明白。"

随后就是"mi""ma",用炳璋的话说,像他"那样"。

炳璋开始喊耿东亮"孩子"了。虞积藻也一样,开始喊耿东亮"孩子"。他们喊耿东亮"孩子"的时候,不是像父亲,直接就是父亲。他们的表情、腔调全都是父母化了,很自然,很家常,耿东亮就像是他们亲生的了。炳璋的年纪可以做耿东亮爷爷,然而,炳璋的身上洋溢出来的不是爷爷性,是父性。他的刻板与固执在耿东亮的面前成了一种慈祥与无私,以那种"望子成龙"的款式笼罩在耿东亮的四周。炳璋一点都不掩饰自己,他像一个真正的父亲,寻找与光大"儿子"身上的遗传基因,看着"儿子"一天天长大,一天天"像自己这样"。炳璋的习惯行为越来越多地覆盖在耿东亮的身上了,耿东亮的走姿与行腔都越来越像炳璋了。耿东亮在许多时候都有这样的感觉,在他做出某一个小动作的时候,突然会觉得自己就是炳璋,仿佛是炳璋的灵魂附体了:借助于他的机体完成了某个动作,耿东亮说不出是开心还是失落,总之,他越来越像炳璋了,不是刻意仿作的,只能称作耳濡目染,或者说,只能是炳璋的精心雕琢。同学们都喊他"小炳璋"了。同学们真的都这么叫了。这里头没有任何讥讽的意思,相反,它隐含了一点羡慕与嫉意,"小炳璋",这完全是可遇而不可求的。只能说耿东亮这小子命好。

耿东亮说不出是开心还是失落。说不上来。这么说可能就准确些了,耿东亮又有些开心又有些失落。耿东亮只能用满脸的麻木打发了这样的内心追问。

炳璋为耿东亮制订了一份详尽的计划,这一份计划涵盖了耿东亮全部的大学生涯。这个计划不仅涉及了耿东亮的声乐训练,它甚至波及到耿东亮的日常举止和每天的起讫时间。炳璋修正了耿东亮说话时候的面部表情,那些多余的表情在炳璋的眼里是"不好"的,时间久了,重复的次数多了,会影响人的精神,会成为一种"长相",凝固在脸上。——每一个艺术家都应当对自己的长相负全部的责任。艺术家只能是冷漠的,傲岸的,举止有度的,收拢得体的。艺术家站有站相,吃有吃相。"呱叽呱叽地喝稀饭怎么能和艺术家联系在一起呢?"不能。所以耿东亮只能"像炳璋那样",让"艺术"首先"生活化""生命化"。炳璋的要求只说一遍,不重复,不苦口婆心,你要是做错什么了,他就会把脖子很缓地转过来,同时把眼珠子懒懒地转过来,看你一眼。这是一种亲切的告诫,让你自律,让你自己和自己较着劲,让你没有一天能够自在。让你累。

许多夜晚炳璋会把耿东亮留下来,像俄罗斯人那样,用很考究的瓷杯喝一点咖啡。这样的时刻炳璋会把早年的录音磁带取出来,整个客厅就洋溢在炳璋年轻时的声音里了。那是他留苏的日子里留下来的歌声。机子很旧了,磁带也很旧,有一些尘埃和杂音,嗞嗞啦啦的,听上去好像下了雨。炳璋、虞积藻和耿东亮在这样的时候会坐在一起说些话。这时的炳璋会很健谈,说出来的话也没有太强的逻辑性,有点像自语,想到哪儿说到哪儿。他们甚至谈起一些很世俗的话题,谈吃,谈喝,谈彼得堡的咖啡与面包,谈裙子,布拉吉,头巾,还有几十年前的某一天的天气。他们还谈到生死。炳璋说,他从小就很怕死。现在也一样。死是很无奈的,会把你的歌声带到泥土的下面去。但是炳璋说,现在好多了。炳璋望着耿东亮,像真正的父亲凝视着真正的儿子。炳璋伸出一只手,拍在耿东亮的肩头,说:"你在,我的歌声就不会死。"

然而炳璋并不总是这样宁静。他在倾听自己的磁带的时候有时会毫无预兆地激动起来。他一激动就更像父亲了,有些语无伦次。他把录音机的声音开得很大,歪着脑袋,目光里头全是追忆似水年华。"你听孩子,"炳璋眯了目光微笑着说,"你听孩子,你的中音部的表现多么像我,柔软,抒情,你听……"炳璋干脆闭上了眼睛,张开嘴,嘴里却没有声音。但他的口型与录音机里的歌声是吻合的,就仿佛这一刻他又回到莫斯科了,正在表演自己的声音。炳璋打起了手势,脸上的皱纹如痴如醉。在磁带里的歌声爬向"High C"的时候,炳璋张开了双臂,在自己的想象里头拥抱自己的想象物。……歌声远去了,停止了,但是炳璋静然不动,手指跷在那儿,仿佛余音正在缭绕,正在以一种接近于翅膀的方式颤动它的小羽毛。炳璋睁开眼,双手拥住了耿东亮的双肩。他的目光在这个瞬间如此明亮。他盯着他。"你就是我孩子,"炳璋大声说,"相信我孩子,你就是我,我就是你的昨天,你就是我的今天。跟着我,你就是我。我一定把你造就成我。"炳璋满脸通红。但他在克制。他的激动使他既像一个父亲同时又像一个孩子。耿东亮十分被动地被这位父亲拥住了双肩,有些无措。无限茫然的神情爬上了他的面颊。他想起了母亲。炳璋炽热而又专制的关爱使他越来越像他的母亲了。炳璋说:"你不开心?你不为此而振奋?"耿东亮堆上笑,说:"我当然高兴。"

耿东亮感到自己不是有了一位父亲。而是又多了一位母亲了。

星期六的晚上炳璋都要把耿东亮留下来。依照炳璋的看法,星期六的晚上是年轻人的真空地带,许多不可收拾的事情总是在星期六的晚上萌发,并在星期六的晚上得以发展的。炳璋对耿东亮的星期六分外小心,他必须收住他,不能让耿东亮在星期六的晚上产生如鱼得水的好感觉。一个人在年轻的时候太如鱼得水了总不会长出什么好果子来。炳璋一到周末就会把耿东亮叫到自己的家里,坐到九点五十分。依照炳璋给耿东亮制定的作息时间表,耿东亮在晚上十时必须就寝的,到了九点五十分,耿东亮就会站起身,打过招呼,走人。炳璋在分手的时候总要关照,十点钟一定要上床。炳璋的至理名言是,好的歌唱家一定有一个好的生活规律与好的作息时间。

但是,耿东亮下了楼不是往宿舍区去。他骑上自行车,立即要做的事情是尽可能快地赶回家。耿东亮必须在星期六的晚上赶到家,母亲这么关照的。一到星期六的晚上母亲便会坐在家里等她的儿子,儿子不回来母亲是不会上床的。她守着十四英寸的黑白电视机,儿子不回来她甚至可以坐到天亮。儿子到了恋爱的年纪了,又这么帅,被哪个小狐狸精迷住了心窍也是说不定的。男人的一生只会有一个女性,亮亮要是交上了女朋友,她做母亲的肯定就要束之高阁了。这是肯定的。母亲不能允许儿子在星期六的晚上在外头乱来,这个门槛得把住。做儿女的都是自行车上的车轮子,有事没事都会在地上蹿,刹车的把手攥在母亲的手里,就好了。母亲不能答应亮亮被哪一个狐狸精迷住心窍,母亲一千个不答应,一万个不答应。谁要是敢冲了亮亮下迷魂药,她就不可能是什么好货,一定得扯住她的大腿把她撕成两瓣!一瓣喂狗,一瓣喂猫。

这个世界上有"她"没我,有我没"她"。这没有什么好商量的。但是,"她"是谁,这就不好说。真正的敌人没有露面之前,谁都有可能成为敌人。做母亲的心里头就越不踏实了。母亲唯一能做的就是让儿子在周末回家,看一看,再嗅一嗅。再隐秘的事情多多少少都会留下一些蛛丝马迹的。然而耿东亮的身上就是没有。他总是说:"在老师家了。"别的就不肯再作半点解释了。亮亮回家总是在十点二十至十点半,再早一两个小时,他这个周末当然是清白的,再晚上一两个小时,做母亲的也好盘问盘问。亮亮就是选择那么一个时间,似是而非,似非而是,这就让人难以省心,问不出口,又放心不下。

"亮亮,太晚了骑车不安全的,下星期早点回家,啊!"

"我不会有事的。"

耿东亮如斯说。这句话听上去解释的途径可就宽了。哎,孩子越大你就越听不懂他的话到底是什么意思了。母与子都知道对方的心思,有时候心心相印反而隔得越远了。

耿东亮在十点半钟回到家,第一件事情便是吃鸡蛋。吃下这两个鸡蛋母亲才会让儿子上床睡觉的。母亲的理论很简单,天天在学校里头唱,哪有不耗"元气"的?耗了就得补。儿子说吃不下。吃不下也得吃。"妈陪着你,当药吃。"

耿东亮知道是拒绝不掉的。母亲所要求的必然是儿子要做的。"当药吃",还能有什么吃不下去?

耿东亮听母亲的话,童年时代就这样了。童年时代的耿东亮称得上如花似玉,像一个文静而又干净的小闺女。母亲把所有的心思都花在这个二儿子身上。母亲给他留了个童花头,他的头发又软,又细,又柔顺,摸在手上是那种听话而又乖巧的样子。母亲在亮亮的头上永无止境地花费她的心思。扎一只小辫,再戴上一只小小的蝴蝶花。亮亮头上的小辫是经常变化的,有时候扎在脑后,有时候扎在额前,而更多的时候母亲则会把小辫子系在小亮亮的头顶上。像一扎兰草,挺在头顶,蓬蓬勃勃地绽开在亮亮的脑袋瓜中间。人们都说:"多么好看的小丫头呵。"人们都这么说。小亮亮走到哪里这句话就带到哪里。母亲听到这样的话就会开心,她一开心脸上的白皮肤就显得格外地光彩照人。这时候母亲就会把小亮亮抱起来,以一种很不经意的方式捺开二儿子的开裆裤,露出二儿子的小东西。人们就恍然大悟。人们就说:"噢,原来是个假丫头,原来还是个带把儿的呢。"这时候母亲的脸上就更幸福了。母亲在幸福的时候反而不去纠缠人们的话题,反而流露出王顾左右而言他的满意样子。就好像全世界的女人只有她生了一个儿子。就好像全世界的儿子都没有她的"小亮亮"这样人见人爱。

但是母亲不让耿东亮下地。耿东亮望着满地飞跑的小朋友总是想参加进去,在地上撒一泡尿,然后用一枝小树枝自己和自己的小便玩一个小时。母亲不让。母亲把别的孩子都称作"野孩子",母亲总是说别的小朋友都那么"脏"。母亲搂着自己的小亮亮,贴在心窝子上。张开嘴,在儿子的腮帮上头咬几口,在儿子的屁股蛋子上咬几口。母亲咬得不重,但样子总是恶狠狠的。所有的皱纹都集中到鼻梁上,脑袋因为用力而不停地振动。母亲咬得不疼,但耿东亮的身上总是布满了母亲的牙痕。母亲在咬完了之后就会把自己的脸庞贴到儿子的嘴边去,小声说:"咬妈妈,乖,咬妈妈。"耿东亮就会把脑袋让过去,挣扎着要下来。母亲在这样的时候总是很失望,说:"妈妈不惯了!"

妈妈不是"不惯了",妈惯自己的二儿子惯得越厉害了。她娇惯二儿子的时候,再也不是一个女人,而是一只蚕,肥硕而又通体透亮。母亲整天静卧在二儿子身旁,又耐心又固执地往外吐丝,精致而又细密地吐出自己,邻居们都看出来了。没有人敢碰小亮亮一根指头。母亲像水,清柔,蜿蜒。但你要是碰了"她们家亮亮",这汪清水说变就变。就像河水在骤冷之中结成了冰,通身带上了峭厉的寒光与锋利的刃角,让人惹不起。都类似于母狗了。邻居们都说:"没见过女人像她这样护孩子的。"这一带所有的孩子都不敢和耿东亮在一起了,母亲们关照的,"屙屎离他三丈远。"这一来耿东亮就孤寂了,他在孤寂的日子里遥远地望着小朋友,他们满地飞奔,他们的飞奔给耿东亮带来了说不出的忧伤。

但最要命的并不是孤寂。最要命的是吃奶。亮亮都五岁了,亮亮都能够闻得见母亲怀里的那股子奶水味了,但母亲坚持,亮亮的奶就断不掉。

耿东亮吃母亲的奶水一直吃到五岁。而他的哥哥耿东光就没有享受到这样的待遇,耿东光满月时候母亲就给他断奶了。耿东光长得像父亲,粗矮,健壮,一脸的凶蛮相,除了裤裆里的小东西,没有一点能比得上耿东亮的。母亲的乳房面对这两个儿子就是不一样,在二儿子面前,母亲的乳房里的乳汁总是源远流长的,越吃越多,几乎是取之不尽、用之不完了,母亲给二儿子喂奶的时候父亲总是问:"老大你只喂了一个月,老二怎么就喂不完了?"这样的时候母亲便会弄出一副不解的样子,失神地说:"我怎么知道?"

母亲在自行车总厂,亮亮就寄托在总厂的"向日葵"幼儿园里。"向日葵"幼儿园里的小朋友们都知道,亮亮五岁了,还吃奶。这是一件很叫人难为情的事。小朋友们只要见到亮亮的母亲,就一起回过头来,用目光到绿色木马后头找到耿东亮,齐声说:"亮亮,吃奶。"这样的时候总是让亮亮很难受。亮亮只能低下头去。亮亮越来越孤寂,也就越来越忧郁了。

可是母亲不管。母亲悄悄走到绿色木马的背后,把儿子抱起来。儿子抓住木马的小腿,不松手,挣扎。但是母亲有母亲的办法,她掏出糖果,让儿子接。儿子接过去一个,母亲则会从另一只口袋里取出另一块糖果,让儿子"用另一只手"来取。这一来儿子的手便从木马的小腿上脱开来了。母亲把儿子抱到没人的地方,放在自己的大腿上,小声问:"有人欺侮我们家亮亮没有？老师批评我们家亮亮没有？"得到满意的答复过后,母亲就会把脸庞贴到亮亮的腮上去,问:"亮亮还喊妈妈啦?"儿子喊过了,母亲总是不用声音回答的,而是把上衣上的第二只扣子解开来,托住自己的乳房,把乳头放到二儿子的嘴里去,用一种半哼半吟的调子说:"我们家亮亮吃妈妈喽。"儿子便衔住了,母子便俯仰着对视,两只黑眼珠对了两只黑眼珠。幸福得只剩下母乳的灌溉关系。亮亮仰在妈妈的怀里,并不吮吸,而是咬住,自己和自己磨牙。母亲疼,张开了嘴巴,却把亮亮搂得更紧了,轻声说:"怎么咬妈妈？嗯？我们家亮亮怎么咬妈妈？"这样的场景日复一日,五岁的亮亮越来越惶恐,越来越厌倦了。这样的日子似乎都没有尽头了。母亲的乳房总是吸不干,吸不完。亮亮在一个午后曾经打定主意的,拼了命吮吸,吸干净了,这样的要命的事情总是会有尽头的。母亲咧开了下唇,在亮亮拼命吮吸的过程中失神了,瞳孔里头全是亮亮弄不懂的心思。母亲的心思总是十分遥远,与亮亮的吮吸似乎有一种因果关联,她的目光在某些瞬间里头呈现出烟雾的形态,难以成形,却易于扩散。她会在儿子的吮吸过程中难以自制地流下眼泪,滴在儿子的前额上。儿子便停下来,而儿子一停下来母亲的目光便会从遥远的地方收回,落到亮亮的瞳孔里去。母亲用大拇指头擦去儿子额上的泪滴,摇晃起身体,说:"妈妈爱你,我的小疙瘩,我的小心肝,我的宝贝肉蛋蛋……"

但第二天母亲的乳房里头又涨满了,亮亮所有的努力都白费了。亮亮绝望地望着母亲,这样的日子绵绵无期,没有尽头……

亮亮这一次咬紧了牙。他说什么也不肯再吃了。母亲的乳头从哪里塞进来,亮亮就坚决地从哪里把它吐出去。吐了几次母亲的脸色就变样了,用幼儿园老师的那种口气严厉地说:

"耿东亮!"

母亲把"亮亮"说成了"耿东亮",这说明她的心情已经很坏了,就像母亲胸前散发的混杂气味一样,有了一种相当伤心的成分了。

但是亮亮坚持不肯让步。他闭上眼,张大了嘴巴,大声哭了。

亮亮的哭叫使母亲的眼里闪烁起很亮的泪花,似乎有一种郁结已久的东西化开来了,需要克制,需要忍受。母亲的眼里有一种极度宁静的丧心病狂,像盛夏里头的油亮树叶,在无风的黄昏翻动不止,发出一片又一片锃亮的植物光芒。母亲拉下上衣,蹲下来,搂住了亮亮。轻声说:"听话,乖,你吃妈妈……"

亮亮的抗拒对母亲的打击似乎是巨大的。母亲整整一个星期不说话,不思饭食。但她的眼睛却出奇地变大了,变亮了,仿佛太阳下面玻璃碴的反光,晶亮却空无一物。最终让步的是"懂事"的儿子。亮亮趴在母亲的怀里,说:"妈妈,喂奶。"母亲惊愕万分。母亲喜极而泣。但母亲的乳房里头再也没有一滴乳汁了。说干涸就干涸了。对"懂事"的亮亮来说,这既是一种无奈,又是一份惊喜。母亲干涸了。亮亮望着自己的母亲,母亲的所有伤痕在这个黄昏显得杂乱无序,像席卷地面而来的旋风,只有中心,没有边缘。亮亮说:"妈妈。"母亲搂紧了亮亮,失声说:"亮亮。"

亮亮被母亲抱得很疼,她的泪眼望着远处,说:"你到底离开我了。"

耿东亮抬起头,他听不懂母亲的话。

高中毕业对耿东亮来说是一次机遇。他必须考上大学。这既是母亲对他的唯一命令,也是耿东亮未来生活的唯一出路。希望不同,但目的只有一个,他必须考上。什么叫"到死丝方尽",什么叫"绵绵无绝期",最现实的注解就是过分的母性与近乎蛮横的母爱。母亲还在吐丝,母亲还在结茧,你在哪里咬破,母亲就会不声不响地在哪里修补。她修补的样子缓慢而又让人心痛,你一反抗她就会把那种近乎自戕的难受弄给你看。让你再也下不了口。耿东亮的迎考复习近乎玩命。母爱要求他必须上大学,而离开母亲则成了成全母爱的最大动力。但是母亲有要求,儿子不许离开这个城市。儿子答应了。离开这个家比离开这个城市重要一万倍。耿东亮的哥哥早就被送到少年体校去了,成了足球场上一名出色的左后卫。耿东亮成了独子。不离开这个家母亲一定会把他结成一只蚕茧的,在家里的某一个角落束之高阁。耿东亮的复习类似于地下隧道的漫长爬行,考上的那一天就是这个隧道的洞口。他走出隧道的时候一定有一轮初升的朝阳和一片开阔的草场在那里等他,然后,他只要迈出去,一切就解脱了,明亮了,通畅了,自由了。目光可以驰骋,心情可以纵横,呼吸可以廓开了。

他考上了。天哪。上帝呀。观音菩萨。万能的安拉。

离开家,大学生活是多么的美妙呵!

但是大学生活还不到两月,耿东亮就让炳璋逮住了,"无意中"被发现了。这个发现让炳璋充满激情。他将用一生中最后的智慧全部的经验重塑耿东亮,他的爱、激情、希望、严厉全部倾注到这个腼腆的学生身上了。耿东亮身不由己地进入了另一条隧道,一条更深的、更为漫长的隧道。耿东亮甚至都没有来得及选择,等他回过神来的时候,隧道已经把他淹没了。他只能往前走。隧道的尽头有炳璋的理想与愿望,他将沿着炳璋的理想与愿望穿过这条隧道。那里有一个被设定的"耿东亮"在等待他。

帅气却又羞怯的耿东亮几乎拿炳璋的屋子当成自己的家了。炳璋生过三个女儿,却没有一个唱歌的料。老大做了俄语翻译,老二在日本热衷于时装,老三却到期货交易所去了,都是让炳璋很生气的事。用炳璋的话说,叫做:"全像她们的妈。"师母虞积藻则永远是愉悦的,机智的,她时常会用"家史"里头的一些旧典故回击炳璋,一两句话就能让炳璋哑口无言。耿东亮听不懂他们的对话,然而耿东亮参与了他们的宁静与幸福,便跟了后头笑,仿佛是这个家里的一分子。星期六的晚上炳璋的家里有时会聚上四五个学生,虞积藻会把气氛弄得非常好,又家常又不同寻常。然而耿东亮看得出来,炳璋和积藻更喜爱他,即使在拿他取笑的时候也是把握了分寸的,总能让耿东亮笑得出声来,炳璋在忘乎所以的时候有一分格外的可爱,开些不着边际的玩笑。他会突然命令某一个同学唱一首情歌,然后把家里的小花猫抱到钢琴上去,为其做钢琴伴奏。这样的时候耿东亮总是坐在沙发里头,默默地看着别人笑。一副替别人高兴的样子。炳璋:"耿东亮,你怎么失恋了?"耿东亮就会笑笑,红了脸,很不好意思地说:"我天生就是这种样子的。"炳璋则显得很不满意,说:"你这么胆小,将来怎么登台呵!"

但是耿东亮不怕登台,从小就这样。这个寡言的年轻人登上舞台之后反而有一种近乎木讷的镇定,一开口就会被调子带跑了。唱歌不同于和人对话,曲子和歌词可不会刁难他、反诘他、让他无所适从。而歌唱似乎也成了最为安全、最为无虑的开口方式了。除了歌唱,他就不再说什么了,耿东亮从小就斗不过别人,别人一开口往往就能把他噎住的,他只能把别人的话告诉母亲,母亲则会告诉他,下一次你应当这么回击,或者你应当这样这样说。可是"下一次"别人往往也不"那样"说了,母亲的话只好撂在肚子里头。可是唱歌就不一样了,曲子永远都是"那样"的,而歌词却只可能永远是"这样"。

炳璋对耿东亮的要求有些特别,耿东亮必须每天去,先还课(还课,即学生先把老师上一节课的内容演示一遍,"还"给老师),后上课。而所谓的还课和上课差不多都是同一个内容,唱琶音。唱琶音的过程不是连续的、贯穿的,炳璋会时常地停下来,指指自己身体的某个部位,那通常是耿东亮没有"放松"或"稳住"的位置。然后重来。这个过程是漫长的,往复的,日复一日,月复一月的,给人以遥遥无期的印象。耿东亮站在琴边,宛如一个木偶人,顺从炳璋的调试与摆弄。炳璋却充满了激情。他弯了腰,像一个吝啬鬼面对了珠光宝气,有一种无处下手的满足感与兴奋感。在耿东亮状态良好的时候,炳璋会情不自禁地回过头去,拿眼睛找他的妻子,轻声说:"……你听听,……他的F至A多么出色,咽部从来遮不住它们,有一种天然力量和光彩……"这种时候他会兴奋异常,手指的表情变得分外丰富,像猫,轻巧灵活地左右腾挪。他就会用这方式表达自己的即时心情。

"孩子,十五年,最多二十年你会成为最优秀的高音!"炳璋热情洋溢地说。

可是耿东亮的心情随着这种赞叹一点一点黯淡下去,忧伤起来了,布满了耿东亮的胸腔。十五年……二十年……真是明天遥遥无期,这样的称赞总让耿东亮想起法庭,想起某一种致命的法律裁决或法律宣判,想起最严酷的有期徒刑。耿东亮的气息便忍不住上浮,腹式呼吸就会上浮到胸腔,耿东亮只好停下来,这样的呼吸不会有"一条蛇自然而然地游出来"的,跳出来的只能是刺猬。

十五年、二十年之后会发生什么呢?也许只有老天爷知道。老天爷不说话,他所知道的事情只能是天机。人类信奉的是这样的信条:隔山的金子不如铜。

耿东亮越来越迷恋电子游戏厅了。与老虎机的搏斗成了耿东亮整个暑期最重要的生活内容。兑换角子的台姐和耿东亮都很熟了。只要耿东亮一进大厅,穿旗袍的台姐就会把18元的角子码成两摞,像两个烟囱似的竖在柜台的台面上。耿东亮每次总是兑18元。"18"蕴涵了"要发"这个良好的愿望,已经得到了所有中国人的情感认同。老虎机的操纵杆顶部有一个黄色球体,乒乓球那么大,握在手里又光滑又适中,它体现了老虎机对主人的无比体贴与巴结。而日本产的老虎机就更讨人喜爱了,操纵杆上连手指的凹槽都留下了,处处在讨好你,让人的手指体会你自己,真是无微不至。让你痛快,让你掏钱。美国商人说得不错,日本人一见到你就会弯腰,一边鞠躬一边打量你的口袋。这个世界的每一处礼让与温存都带上了陷阱的性质。

耿东亮差不多把夜晚也花在游戏厅了。游戏的确是个好东西,在电子游戏面前耿东亮可以平平静静地做一回主人,而不需要像在母亲与炳璋的面前那样,呈现出无奈的被动情态。电子游戏永远不涉及师恩与母爱。它是这样一种商业,在某个时间段里头自己把自己买回来,或者说,自己把自己租出来。耿东亮和老虎机越来越像一对孪生兄弟了,——你的长相,有时候却是我的表情。

电子游戏蕴藏了最真实的世俗快乐,它远离了责任与义务,它的每一个程序都伴随了人类的世俗欲望,让你满足,或让你暂时满足,而每一次满足伴随了自救一样的刺激,输与赢只不过是这种自救的正面与反面罢了。这么多年来耿东亮一直生活在别人替他设定的生活里头,电子游戏同样是别人设定的,可是操纵杆掌握在耿东亮的手上。

耿东亮越来越不想到炳璋那里上课了。天气这么热,他就想闭上眼睛好好玩一个暑假,好好让自己放肆一回,昏天黑地一回。有几次耿东亮都想"逃学"了,像小学生时代那样。耿东亮没有逃学说到底还是怕炳璋生气,不让爱自己的人生气和失望,时常是被爱者的重大责任。

然而炳璋还是生气了。耿东亮看得出来。耿东亮连续在电子游戏厅里熬夜,声音里头有些不干净,练声的状况让炳璋越来越不满意。炳璋的不高兴已经是显而易见的了。换了别人炳璋或许会破口大骂的。但是炳璋从来不骂耿东亮。用炳璋的话说,响鼓是经不起重槌的。

耿东亮再也不敢在星期六的中午去玩电子游戏了。耿东亮对自己说了,只玩两个小时。两个小时之后去炳璋的家里上课。游戏大厅里的日光灯白天黑夜都开着,白天与黑夜都是日光灯的灯光效果。这个下午耿东亮的手气称得上"八仙过海",走一路通一路,鬼打墙都挡不住。耿东亮在星期六的下午大获全胜。耿东亮离开座位,腿麻了,像穿了一双高筒的大棉鞋。他瘸着腿兑了码子,出了游戏厅,一阵热浪过来,皮肤像烧着了。天黑了,马路上全是灯。耿东亮记得走进大厅的时候烈日正当头的,一下子弄不清在哪儿,什么时候了。这时候海关大楼上的大钟却敲响了,满满地八下。耿东亮直到这个时候才想起了下午的那节课。他的额头上就出汗了。

星期日的下午炳璋的脸色说拉下就拉下了,宛如刚刚从冰箱里拖出来的苦瓜。

"昨天干什么去了?"

耿东亮站在炳璋的面前,却不敢看他,只是拿目光去找虞积藻,利用这个瞬间耿东亮编了一句谎话。耿东亮把谎话咬在嘴里,却说不出口。耿东亮说:"我忘了。"

炳璋说:"我问你做什么去了?"

耿东亮又编了一句谎话,但还是说不出口。耿东亮只好老老实实地说:"玩电子游戏了。"

"我等了你一下午。你让我生气。"炳璋神情严肃地说,"你在堕落,我的孩子。"

虞积藻端上来一盘冰镇西瓜。她把西瓜放在桌面上,轻声说:"孩子都这么大了,你总是说这样难听的话。"耿东亮站在炳璋与虞积藻的中间。不是"像"面对父母,简直就"是"面对父母。

炳璋很激动。但是看得出克制。他走上来,用双手拍了拍耿东亮的两只肩头,"你看……我们说好了的……我们有我们的计划。"

耿东亮不语。他的肩头感觉到炳璋的颤抖。他在克制。

"开学以前你住到我的家里来,"炳璋说,"我不能看着你变成一匹野马。"

耿东亮突然开口说话了。他一开口甚至把自己也吓了一跳。耿东亮说:"我想好好玩一个暑假,我不想唱,我有点厌倦了。"

耿东亮自己也不相信会把这句话说出口,但是说出口之后却又有一股说不出的轻松。这句话是一口痰,堵在他的嗓眼里头似乎有些日子了。耿东亮知道这句话迟早会从自己的嘴里吐出来的,咽不到肚子里头。

炳璋的目光在耿东亮的面前一点一点忧郁下去。他的忧郁使他看上去更像屠格涅夫了。炳璋从耿东亮的肩头撤下双手,一个人往卧室去。这个过程只有四五步,炳璋的背影在这个四五步之中显出了龙钟。让看的人有一种说不出的难受。耿东亮望着他,却听见虞积藻在身后说话了,"你怎么能对他说这种话,孩子!"耿东亮侧过脸,张了几下嘴巴,后悔就从胸口泛上来,变成雾,罩在了他的目光上头。怎么脱口就把那句话说出来了?

炳璋从卧室出来的时候手里拿了一只酱色的俄式烟斗。炳璋从不吸烟的,这只烟斗在他的手上也就分外醒目了,像多出来的一只指头。他坐到沙发中,抚弄着这只烟斗,脸是追忆往事的样子。耿东亮知道这只烟斗,甚至知道它的名字。这只烟斗是炳璋离开莫斯科的时候那佳送给他的。那佳给这只木质烟斗起过一个很好的名字,卡鲁索之吻。最伟大的男高音,意大利人卡鲁索有吸烟这个毛病,天才巨匠们的毛病往往都是古典绘画中的霉斑,临摹者时常会把这些霉斑小心逼真地临摹下来的。然而不管怎么说,能得到那佳的烟斗标志了一种认可。在一定的范畴里头,它代表了出众与优秀。

炳璋得到了这只烟斗。然而,这一份光荣对炳璋来说只是种疼痛。炳璋回国之后没有成为"远东最出色的男高音"。他放鸭去了。他用美声吆喝了十五年。这只烟斗伴随了炳璋十五年。空烟斗里头没有烟霭,没有火苗,可是有一处燃烧,闪烁在炳璋的疼处,烤出一股致命糊味。越疼越让人心有不甘。

炳璋把烟斗捂在掌心里头,盯着耿东亮。他的目光使耿东亮联想起点燃的烟窝,在夏天的黑夜里放出猩红色的光芒,又固执又脆弱,又汹涌又无力,挣扎了几下就暗下去了。炳璋沉默了好大一会儿,终于说话了。炳璋说:"孩子,艺术家的生命是最脆弱的,许多偶然集中到一块儿才能成就一个好的艺术家。有一个偶然出了问题就算完了。请原谅我的自私,孩子,让我来完成你,让我来享受这份喜悦。你能完成我不能完成的事。跟着我,一心一意往前走。你是我一生当中的最后一次机会了。你不可以厌倦,我的孩子。我这一生一定要把这只烟斗送出去。这对我来说意义重大。这是让我活着的全部内容。"

"住到我家里来,孩子。"虞积藻说。

耿东亮想说"不",然而没有勇气。耿东亮的脑子一阵空,目光里头贮满风。他望着炳璋,失神了,没头没脑地说:"你越来越像我母亲了。"炳璋没有听懂耿东亮的话,大声说:"我正在塑造你,我是你父亲!"

第 三 章

"厌倦"在初始的时候只是一种心情,时间久了,"厌倦"就会变成一种生理状态,一种疾病,整个人体就成了一块发酵后的面团,每时每刻都有一种向下的趋势,软绵绵地坍塌下来。耿东亮坐到老虎机的面前,心不在焉地玩弄手上的角子,一遍又一遍地追忆炳璋。"十五年,最多二十年,你一定会成为一个最出色的歌唱家。"耿东亮把这句话都想了一千遍了。二十年,二十年之后会发生什么呢?最要命的事情就在两年之后,两年之后,他必须做中学里的音乐教师,这是命运,不可以更改,不可以动摇的。他唯一能做的只是给孩子们上上课,讲一些音乐常识,运气好的话,给某个大款的儿子或女儿做做家庭教师,在大款心情好的时候赏给他十五贯。

耿东亮等不了二十年。耿东亮甚至都不想再等两年。

耿东亮只有端坐在老虎机面前,他决定再一次验证自己的命,自己的手气。

他迎来了一生当中最为关键的一个午后。

这一天耿东亮的手气糟透了,都七千九百多分了,阿里巴巴最终还是中了一支冷箭。游戏实在就是现世人生,它设置了那么多的"偶然",游戏的最迷人之处就在于它更像生活,永远没有什么必然。耿东亮凝视彩屏,他十分机灵而且十分有效地避开了电子陷阱,谨慎地投下每一枚角子。耿东亮当然明了在命运面前人类智慧的可笑处。原因很简单,不是我的钱送到它的嘴里,就是它的钱装进我的口袋。所谓有本能,就是你目睹了自己身不由己,同时还情不自禁。

一只手搭在了耿东亮的肩上。耿东亮回过头,一个穿着考究的陌生男人正站在他的身后,冲着耿东亮微笑,像是老朋友了。他把耿东亮的角子接过来,一颗又一颗往老虎机里投。他一边投一边说:"你不认识我,可是我认识你。从你的学校到这儿,我跟踪你差不多一个月了。"耿东亮盯住他,想不起来这些日子里头自己的身边发生了什么事。陌生男人望着彩屏,却把手伸进了口袋,取出一张名片,放在机板上。灰色片面上竖印了两个很大的宋体字,一凡。右下角是一行小宋字,季候风唱片公司音乐人。这张名片很独特,没有名片上最常见的与必不可少的电话号码,只有一排地址和办公室的门牌号。一凡向名片努努嘴说:"也许你哪一天有兴趣了,会到这里来坐坐。"一凡盯着彩屏说:"我们换个玩法,来大的。"耿东亮说:"我的钱准让你输光了。"一凡的手上只留下最后一只角,说:"我们出钱,你来玩,你只要肯玩就可以了。"耿东亮明白他的话,一明白心里头就有些紧张了。耿东亮说:"凭什么让我玩。""我们希望拥有出色的歌唱家,这是艺术的要求,也是商业的要求,这个要求正是我们公司的使命。"一凡说。一凡说完话,把手上的那只角子拍在机板上,"扑"的一声。他抱起了胳膊,望着耿东亮,微笑里头有一种致命的召唤,一凡说:"该你玩了。"耿东亮拿起角子,角子已经渗透了一凡的体温。耿东亮把玩着角子,目光却盯着彩屏,一凡的注意力也移到彩屏上来了,他指了指屏幕,说:"我给你打下的基础已经不错了。"彩屏里头突然出现了机会的迹象,耿东亮却犹豫了一下,随后把角子丢了进去。老虎机没有拒绝,它吞下角子看来也没有往外吐的意思。耿东亮空了手,在等。一凡说:"你要是早投一秒钟也许就能发一笔小财了。"

一凡说:"也许你不该犹豫的。"

一凡丢下了这句话,他在临走之前又拍了拍耿东亮的肩。一下,再一下。

李建国总经理每天上午八时准点上班,来到1708号办公室。准时上班是十多年的教师生涯养成的古板习惯。季候风唱片公司坐落在民主南路71号,银都大厦的第17层。他的大班桌放在一扇朝东的百叶窗下面,天晴的时候李建国一推开门就看见太阳了,白色百叶窗把太阳分成一格格的,像一张现代拼贴画。这样的时刻李总就会有一种成就感与挑战感。李建国总经理每天的上午都伴随了这种优秀的感觉,开始一天的忙碌。

李建国接手之前季候风唱片公司刚刚经历了一场灾难。前任总经理热衷于低成本贸易,公司的生产差不多只是盗版生意。他们的产品最终堆在了广场上,迎来了一辆黄色压路机。目击者说,真心疼呵,压路机刚轧上去,地上的唱盘就咯嘣咯嘣的,满满一地,缺胳膊断腿,全是碎片呢。电视台在新闻节目里向全市播放了这个画面。季候风唱片公司的形象从那一刻起就成了电视里的卡通猫,被压路机压成了一张二维平面,死透了。

市师范学校的音乐讲师李建国就是在这个时候迎来了机遇。李建国讲话文质彬彬的,架了一副眼镜,一副为人师表的温和样子。然而,李建国讲师在唱片公司的招聘现场战胜了各路商人,十分成功地成了唱片公司新一代领导人。招聘现场设在允况集团的会议大厅。招聘尚未开始,几个决策人物坐在前排闲聊,他们聊起了唱片公司的更名事宜。李建国走上去,轻声问:"换名字做什么?"一位女人操了本地方言说:"它臭名昭著,败坏了集团公司的声誉。"李建国的回答像话剧里的对白,他用纯正的方言说:"它臭名昭著,有什么不好?昭著,就是知名度,就是市场。"招聘尚未开始,人们对李建国已经另眼相看了。然而,招聘答辩一结束人们对李建国又失望了,这位音乐讲师对公司的技术动作实在是太外行。李建国坐在主考席的对面,并没有对自己的成绩太沮丧,他挟了一下眼镜,居然兀自傲笑起来了。李建国说:"这些都是常识,你们问这些又有什么意思?看一个人游泳如何,下了水才能知道。一般常识不重要,人人都能学会,我又不笨。在我看来最要紧的是利用常识的那种能力,也就是一个人的本能。"允况集团公司的董事长罗绮女士一直坐在一边。她发话了,轻声轻气地问:"你说的本能指的是什么?"李建国又微笑了,说:"打个比喻,就像野兽吃人。"李建国用自己的手指抚摩自己的喉头,同样轻声轻气地说:"看它能否咬住最要命的部位,然后连肉带骨头一起咬碎了咽下去。"李建国说这话的时候平静地盯着罗绮。根据他的判断,这个坐在一边的默不作声的女人才是这里的最关键的人物。他的目光从眼镜的背后直身过去,冷静、沉着、集中、有力,在文质彬彬的底下透出一股不吐骨头的贪劲与狠劲。李建国说:"我从事音乐工作这么多年了,我坚信不会有谁比我更胜任这个位置。我了解音乐家的长处,也就是说,我了解音乐家的短处。"

五天之后的公司例会正式讨论了季候风唱片公司的总经理人选。罗绮女士慧眼识英,力排众议。她用一支圆珠笔敲打着自己的大拇指,平静地说:"重要的不是技术,而是不吐骨头的那股气势。"她同样用野兽吃人打了个比喻,罗绮说:"老虎是因为吃肉才学会了咬脖子,而不是咬了脖子才想起来吃肉!"会议产生最后决定,李建国试用三个月,另外两名候选人作为备用。

音乐讲师走马上任。他一口就咬紧了季候风唱片公司的脖子。他叼了季候风唱片公司的尸体十分从容地对着夕阳款款而行。

李建国回家的时候天色已晚,妻子正趴在十二岁的女儿身边,辅导女儿关于几何梯形上底、下底和高的关系。李建国脱了鞋走进屋子,坐在了餐桌边沿。李建国说:"晚饭呢?"李建国的妻子是一家国营企业的电脑秘书,她的回话像显示屏里的字码一样的横平竖直:"自己做。"李建国很轻地敲了敲桌面,四两拨千斤:"我现在已经不是讲师了,我是季候风唱片公司的总经理。"电脑秘书高庆霞丢开了几何梯形,望着丈夫。高庆霞说:"骗我?"李建国很镇定,说:"下面条去。"高庆霞的口气愈发怀疑了:"骗我?"李建国说:"打两个鸡蛋。"李建国的女儿走到李建国的面前,说:"爸爸,我也是总经理的女儿啦?"高庆霞一把就把女儿拉到作业簿面前去了,用指头点点桌面,大声说:"不许影响爸爸思考问题!"但女儿侧过头来偷看爸爸。她在微笑,她好看的脸上折射出总经理的时代光芒。

高庆霞到厨房下面条去了,手和脚一起变得分外地麻利。高庆霞在家排行第三,大姐夫和二姐夫都是成功的生意人,高庆霞却嫁了一位教师,从此气就短了。不肯和他们来往。这也是红颜薄命的一种现代性。高庆霞在结婚之后时常这样板了面孔对李建国说:"你看看好了,××家已经买空调了!""×××家的洗衣机已经换成滚筒了!"但是这样的警告不见效果。高庆霞就决定离。就在他们的婚姻进入千钧一发之际,师范学校的琴房楼却建好了,李建国分到了一架珠江牌立式钢琴与一间小琴房。李建国立即在所教班级成立了两个兴趣小组:一、钢琴伴奏;二、声乐。每人一学期一百元。第一年下来家庭的经济状况就"翻了身"。第二年李老师决定开始在兴趣小组里头裁人。通过考试他裁去了三分之一,留下来的学生每人自愿地把学费由一百提到了两百。第三年高庆霞心疼丈夫的身体了,要求丈夫再裁。丈夫只留下了"厂长"与"总经理"的子女。这一来,李建国老师的生活提前达到了小康,为迎接下一个五年计划打好了良好的基础。可是好景总是不能长久的,音乐老师提前进入了小康,并没有使老师们走上"共同富裕"的道路,这凭什么?学校里头的政治教师、语文教师和以数学为代表的"纯学科"教师联合了起来,向音体美发动了总攻击。他们"对事不对人",要求校方两手都要抓,两手都要硬。李建国老师第一个表了态,除了教学,学校里的财产他"一个螺丝都不碰"。他回到师范大学买了一架即将淘汰的旧钢琴,把学生带到了家里。李建国老师向同学们表示,他一分钱都不会再要的,同学们在"过年过节"的日子里用"茅台"表示一下心情,那他"可以考虑"。但是高庆霞秘书很不高兴,有一笔账是显而易见的,茅台进门的时候是市场价,转手卖给商店,出门的时候却成了批发价了。亏的只能是自己。这就很不合理了。还是李建国老师沉得住气,李老师说:"目光要远,不要贪。"

高庆霞与李建国的状况一天天好起来,他们的爱情也有了愈合,不仅愈合了,焊接口还鼓了出来,愈发硬朗了。高庆霞秘书总结说:"骨头的断口才是最结实的。"但是高庆霞忽视了一个细节,水涨了,船却又高了。她带了丈夫和孩子开始往姐姐家串门,身上的衣服有了牌子,而手上的两枚黄金戒指也是十足的24K。二姐给她削了一个苹果,高庆霞伸出左手,跷了婀娜的指头接了过来。二姐一眼就看出了妹妹的心思,这个自以为漂亮的小妹妹不杀杀她的傲气可是不行的。二姐转到卧室去,却戴上了一枚白金戒指。二姐指着高庆霞的手说:"你怎么还戴这个?现在都时兴白金钻戒了呢。"高庆霞的气焰就又下去了。心气高的女人不让她释放气焰可是很伤人的。高庆霞堵了好半天,到底找了女儿的一个错。呵斥说:"你看你,新衣服又弄脏了!也不看看你长的那个死样子!"

更要命的是高庆霞的国营大企业是一天不如一天了。工资的百分比越来越低。而家里的钢琴声也就更吵闹人了,靠一架破钢琴小漏小补到底是不行了。她扯了嗓子对李建国吼道:"我一听见钢琴放屁就来气!"

李建国真正动心思改变生活正是在这种时候开始的。状况是一天不如一天了。婚姻倒是无所谓的,到了这个岁数,男人比女人更不怕离,这是明摆着的。问题是他的同学一个个都有了人样儿了,他混到现在也不过混了一个中级职称,这就有了"人比人,气死人"。一个人拉出去干,他没有这个本钱,也只是高瞻远瞩的计划罢了。然而他在准备。他的目光透过了镜片,整天盯了晚报的招聘广告上。招聘广告永远是部分人生存的希望。他像一条蛇,盘在剑麻的下面,仿佛一根压到底的弹簧,一有机会他的整个身体就会伴随着芯子一同叉出去的。

机会就来了。相对于等待来说,机会不可能永远不来的。

高庆霞端上来一碗鸡蛋面,小心地问:"到底是不是真的?"李建国接过筷子,点着头说:

"当然是真的。大革命来到了。"

李建国刚一上任就去北京了。这位音乐教师采取了一种类似于教学的思维方式,先备好课,制定出顺理成章而又符合逻辑的课堂讲稿,然后,依照这个讲稿小心地操作就可以了。他在飞机上俯视脚下的浮云,有了悬浮和梦幻的动人感受。李总闭上眼,心情不错。李总给自己的心情打了九十四分,被扣除的六分是他对北京之行的担忧。不管怎么说,北京那么大,歌手那么多,只要逮住了一个,就一个,公司也就可以生产了。有了生产当然就有了利润,公司就算运作起来了。李建国总经理心情不错。

这位前音乐教师很快就发现自己太冒失了,简直是幼稚。他飞到北京不久就把自己的心情减掉了九十分。余下的四分是北京的风景给带来的。长城不错，故宫不错，仅此而已。他就弄不懂自己怎么就想起来到北京找歌手签约的。那些歌手哪里是人，全是神仙，你好不容易摸到一点他们的行踪，眼睛一眨，没了，不见了。这刻儿人正在三亚呢。他们一个个全有腾云驾雾的好功夫呢。李建国总经理站在天安门前那条中央轴上，用刚刚学会的北京话骂了自己一声"傻×"，怎么想起来的呢？到北京来做什么？做教师真是把人全做迂了。

一位从大西南山沟里头刚刚出道的黄毛丫头接见了他。年纪比他的学生大不了几岁。这位"新生代"歌手一口就报出了一个天文数字，李建国总经理要不是靠着十几年的课堂经验撑住，一定会不省人事的。这位尚未进入太空的大牌歌星敲打着餐桌说："都一样，全这个价。"这位歌手随后同李总谈起了当今最走红的歌星们，口气是亲切的，热乎的，仿佛全是一家子，沾了亲又带了故的，不是姑嫂就是堂兄妹。她还谈起了另外几个刚出道的歌手们，她的语气权威极了，三言两语就全打发了。"她不行"，"他也不行"，"她有问题"，诸如此类。后来这个大西南的小妹妹自己把价格砍掉了一半，那还是一组天文数字呢。李总很客气地给她夹菜，倒水，嘴里头应付说："我们回去再论证一下。"但是这位尚未升入太空的大牌歌手让他放心，"亏不了的"，"全国的听众普遍喜欢我的歌"，她收到的来信在亚运村都"装了半间屋子"呢。话说到这个份上李总也就豁出去了，全当这一趟的北京之行是公费旅游罢了。李建国总经理也不光听她一个人说了，十分豪迈地对着这位小歌星胡吹，吹到后来连自己也惊呆了，张艺谋的母亲还是他四舅母的表妹妹呢？哎呀妈呀。

李总就着百威啤酒吹得痛快极了,一出饭店都不认得路了。还是北京人说得好,"都找不到北了。""找不到北",这话好,绝对是一种至上境界。

回到家李总的鼻孔就出血了,又腥又臭。

许多事都是从远处着手,最终在身边找到了解决办法。跑到北京去做什么?不是冤大头吗?不是丢人现眼吗?李总出奇制胜的一招就是从身边入手。李总到晚报亲手拟就了一份广告。广告一上来就振聋发聩:"你想过一把明星的瘾吗?对,请你打电话给我。"李总以季候风唱片公司一流的技术力量向你保证,"只要你能开口",你就能够在自己的磁带专辑和MTV上看到一个"陌生的你",一句话,经过季候风的包装,你将成为"中国的胡里奥"与"中国的麦当娜"。

广告的效果真是惊人。李总做了那么多年的教师,真是与世隔绝了。天天看广告,等于白看了。书上是怎么说的:"现代人的生活是广告的延续。"这话对极了。广告一登出去,季候风公司的门口真的挤来了一大片"中国的胡里奥"和"中国的麦当娜"。季候风的门口群星汇聚。"明星"们冲着麦克风一遍又一遍地温柔,对着摄像机一遍又一遍地回首望月与忧心忡忡。人其实不是人,电子技术"编辑"和"处理"过之后,人们真的不认识自己了。这些热衷于明星梦的人们说变就变,"妹妹你坐船头,哥哥我岸上走",他们"慢慢地跟着你走,慢慢地知道结果","这个女人(哪)不寻常","打不完豺狼决不下战场",他们"爱你不悔","爱你爱到心口痛",他们"等你一万年",他们"涛声依旧",而"寂寞"让他们如此美丽了,所以他们"只好牵了你的手,来世还要一起走",这次成功的"人工呼吸"使季候风呼出了第一口气。

但是李总不能满意,这样的游戏只是游戏,它不是真正意义上的商业,因为它不能带来真正意义上的利润。然而,这场游戏使李总把握了这个时代最基本的精神,年轻人多多少少都做着"明星梦",人们正为"明星"而激动,而痴迷。人们需要真正的明星,让他爱,让他崇拜,让他争先恐后地掏钱包。为了明星,现代人欲仙欲死。多么好的人们,多么肥沃的明星市场呵!民心可用。明星,只有明星,才是创造利润的动力。

可是,明星在哪里呢?

李建国陪林风吃了一顿正宗的川味火锅。林风爱惜嗓子,吃不了那样的辛辣。李建国笑着说:"罢了,你还想做多明戈哪?"林风就尝了几口。这一尝林风就"管他妈的"了,吃得每个毛孔都能唱男高音。林风和李建国同班,声音练来练去就是出不来,到了高音上头就像公鸡的报晓,脖子越来越长,而气息却越来越弱。然而人机灵,留校之后怎么就混到学校的宣传部长了,有点驴头不对马嘴。林风一定还经常吊吊嗓子,说话的时候喉头放得低低的,很讲究字正腔圆的样子。李建国这些年闷在小学校里头,不见发迹,同学之间也就懒得疏通。这些年母校的毕业生毕业了一茬又一茬,出几个三流四流的通俗歌手也说不定。林风一直在母校,总该知道一些的。林风放下筷子,拍拍李建国的肩,大声说:"老兄你成大款了?"李建国笑笑,说:"马马虎虎。混。"李建国便把寻找通俗歌手的事和林风说了。林风把嘴里的菠菜吐出来,说:"还找什么?我可是每个星期的二、四、六都去练声的,这不现成的吗?"李建国说:"老弟,我这是生意,不是艺术,这年头谁听美声?谁听我们像吊死鬼似的瞎吼。"林风说:"通俗我会,去年学校里头卡拉OK大奖赛,我得了第一呢。"李建国说:"你过两年还要当书记呢,扭来蹦去的,还成什么体统了。"林风便眨眼睛,想了想,说:"也是。"李建国说:"你联系广,这些年的毕业生中岁数小的有冒头的没有?"林风说:"舍近求远干什么?学校里头多着呢,一个个小蝌蚪似的,全在水底下闪闪发光呢,捞几条上来不就行了?"李建国说:"那不行,还没毕业呢。"林风又拍李建国的肩,这一拍显得意味深长。林风说:"老朽了。现在的这些小蝌蚪可不是我们那时候的二憨子,一天到晚就知道读书,务业。这些小蝌蚪什么心思都有,但是概括起来有一条,一个个急着发财,急着出名,就好像一毕业世界就到头了。"李建国说:"不会吧。"林风用指头点点餐桌,说:"相信我这个宣传部长。急着发财,急着出名,一群小蝌蚪还没脱尾巴呢,一个个就急着往岸上跳。"李建国半真半假地说:"那么部长给我捞几条吧。"林风敛了表情,说:"那不行。好歹我还是个芝麻官呢,传出去影响党的形象。"李建国敛了笑,说:"随便说呢,当然不行。君子爱财,取之有道嘛。"林风叹口气,还没有回过神,"这群他妈的小蝌蚪。"

李建国也走神了,自语说:"怎么会呢。"

暑期的酷热看来是有增无减了。酷热当然是一种天气。然而,在某些时候,它又有可能成为一种心情。耿东亮凝视着一凡的名片已经有一两天了,他反反复复回忆着游戏机旁一凡说过的话,那次谈话是无头无尾的,似乎并没有说什么,而愈是无头无尾的话意义也就更深刻了。天气真热。耿东亮揣上一凡的名片,跨上自行车,出去兜兜风。耿东亮沿着行道树的阴凉慢慢地往前踩。大街上的行人软绵绵的,即使是腻歪歪的恋人也只是拉了手,他们一律放弃了那种相拥而行的亲热模样。耿东亮买了一听冰镇可乐,一边喝,一边骑车,打量着马路两侧的大幅广告。看来看去还是可口可乐的广告好,看上去晶晶亮透心凉。一个美国佬正仰着脖子,很豪迈地把可口可乐往肚子里灌,看的人都觉得痛快,解热。耿东亮在自行车上仰着脖子,弄出一副很舒坦的样子。耿东亮把可乐的易拉罐丢进垃圾桶,肚子里却胀开了,而接下来的一个饱嗝全解决了问题,又凉爽又通气。耿东亮骑了一阵子,迎面又撞上另一块巨大的可乐广告。广告真是无所不在,广告默化了每一个人,都成为人们的一种活法了。

耿东亮是在民主南路 71 号刹下自行车的。耿东亮一点都没有料到自己竟骑到这个地方来。他把一凡的名片从口袋掏出来,又看了一眼,一凡的地址不就是民主南路 71 号吗?耿东亮似乎从一开始就决定到这个地方来的,似乎又不是。然而,不管怎么说,既然来了,总要上去坐一坐。正如在这样的大热天里看见了可口可乐的广告牌,总要掏出两块五毛钱解一解渴的。想也不要想,本来就是顺理成章的。

耿东亮一走进银都大厦的大厅就感受到一阵凉爽。他用指甲拉 T 恤衫,让空调的凉意尽其可能地贴到他的皮肤上去。大厅里铺满了酱褐色的大理石方块,它们被打磨得如同镜面。看上去就是一股凉爽。而楼梯上的不锈钢扶手更是让人舒坦了,不要说用手,就是目光摸在上头那股凉意都可以沁人心脾的。耿东亮的心情无缘无故地一阵好,这个地方实在是招人喜爱。他走到电梯的面前,摁下键,把电梯从高处调下来。耿东亮一跨进电梯就摁到第17层了。电梯的启动很快,耿东亮感受到一阵轻微的眩晕。而又一次眩晕之后电梯已经抵达17层了。耿东亮在烟灰色地毯上走了几步,来到1708号门前,犹豫了片刻,敲门。

说"请进"的却不是一凡,而是另一个声音极漂亮的男人。只有练过声乐的人才能有那种集中和结实的气息。耿东亮推门进去,一个身穿藏青色西服的男人正坐在大班桌的后头打电话,他穿了西服,八月底穿西服的男人总给人一种雄心勃勃和财大气粗的印象。他用右手请耿东亮坐。他在挂断电话之前对了话机说:"以后再说,我来了一位小师弟。"耿东亮听出来了,他没有说"来了个人","来了个客人",一口就亲切地喊他"小师弟"。他挂了电话就站起身子往冰柜那边跑,他在取出依云矿泉水的时候居然一口将耿东亮的名字报出来了。耿东亮注意到他的发音,柱状的,发音的部分很靠后,有很好的颅腔共鸣。只有受过系统和严格训练的人才会有这样的发音。

"我是李建国。"他微笑着说,"这儿的总经理,你的老校友。"

李建国这么说着话就递过了矿泉水,转过身去又送上来一张名片。这张名片的设计款式和一凡的差不多,只是多了一行

"总经理"和一连串的阿拉伯数字。

耿东亮望着这位师兄的笑脸,心情立即放松了,刚一见面他就有点喜欢这位总经理了。耿东亮一开口就夸他的嗓子,说:"你的嗓子保养得不错。"李建国听到这句话放开喉咙便笑,说:"要说搞艺术,只能靠你们了,你看看,我都成奸商了。"

耿东亮陪了李建国一同笑过,说:"一凡呢?他怎么没在?"李建国坐进大班椅里去,说:"我们谈谈不也很好吗?"李建国从抽屉里取出一份文件夹,打开来,一个人端详了好半天。李建国望着耿东亮,说:"我的意思,我想一凡都跟你说了。"耿东亮叉起十个指头,说:"我们只是和游戏机赌了一回。"李建国又微笑,把文件夹递到了耿东亮的手上。他脸上的表情是建议耿东亮和他一起再赌一把的样子。耿东亮接过来,是一份计划。耿东亮很凝神地看了一遍,又动心又不甘心的矛盾模样。李建国在这个过程里头点起了香烟。他在等耿东亮说话,而耿东亮则在等李建国说话。

还是李建国先开口了。李建国说:"从公司的未来着眼,我们需要你这样的歌唱家。"

耿东亮是第一次被称作"歌唱家",有些不自在。然而这是一种令人愉快的不自在。李建国总经理的表情是诚恳的,严肃的。他就用这种诚恳和严肃的表情把耿东亮称作了"歌唱家"。"但是歌唱家不是高等学校培养出来的,"李建国打起手势说,"他是一种公众形象,他只能由公众来完成。我很赞成这句话,经济搭台,艺术唱戏。我想我说得很明白了。"

耿东亮没有开口。他挪出一只手,托住了腮帮。

"两三年,甚至更短,我们可以把你送上巅峰。"李建国总经理说,"我们有这个能力。"

耿东亮摇摇头,说:"你自己就是从音乐系出来的。你知道这不可能。"

李建国抱起了胳膊。无声地笑。李建国说:"我是生意人。我不能把你培养成卡莱拉斯,多明戈。不能。可是我可以使耿东亮成为耿东亮。通俗地说,让你成功,庸俗地说,让你成名,让你发财。"

"……可是我还有两年的学业。"

"我知道。两年师范大学的学业。"

耿东亮拿起一次性纸杯,倒出矿泉水。他听得出"师范大学"这四个字的后续意义。耿东亮说:"就两年了。"

李建国总经理不说话了。他走到百叶窗前,转过缝缝,叹了一口气,说:"是啊,挺可惜。"耿东亮听不出是放弃学业"可惜"还是不能合作"可惜"。耿东亮搓起了巴掌。夏天的手掌不知道怎么弄的,搓几下就能搓出黑色灰垢来了。像一条细长的黑线。耿东亮希望两方面都能兼顾,退学他是不愿意的,然而,能在这里打一份工也是好的,一方面挣点钱,一方面也为两年之后留一条后路。然而,脚踩两只船总是不够厚道。耿东亮便结巴了,算盘太如意了话就不容易说得出口。耿东亮低了头,说话的口气显示出斟字酌句,耿东亮说:"的确很可惜……如果我现在读四年级,我是说,机会总是难得的,如果我在读书期间……公司里头,比方说,干点活,我是说……"耿东亮低了头一个劲地打手势。他只想靠手势表达脚踩两只船的基本心态。

53

"可以。"李建国总经理说。他的脸上看不出任何不快,相反,他的表情善解人意。李总说:"我非常地欢迎你。"

李建国的爽快是出乎耿东亮的意料的。他抬起头,李总正用手势"请"他喝水。耿东亮自己都有些不好意思了。李建国说:"总公司在西藏路有个夜总会,我可以介绍你去打点零工。"

耿东亮脸都红了。一时都不知道说什么好了,然而他还想说,他是搞"严肃艺术"的,他不可能到歌舞厅去唱通俗情歌。他越是这么想,越是不好意思开口了。他的脸上是欲说又止的样子。

李总说:"我知道你不肯唱通俗,我给他们打个招呼,你就唱美声。"耿东亮站起身,他一下子就喜欢上这个大师兄了。然而李总没有让他说话,却走上来拍了拍他的肩,说:"谁让我是你师兄呢。"耿东亮说:"我回校帮你问问,要是有合适的人,我给你推荐。"李总却拉下脸来了,很认真地说:"你们系上的那一茬儿,除了你,我谁都不要。"李建国总经理这么说着话似乎想起什么了,他走到大班桌前,拉开抽屉,取了一只BP机,送到了耿东亮的手上。耿东亮推开,说:"我怎么能要你的东西。"李建国总经理说:"拿上,好联系。"耿东亮的脸又红了,大声说:"我不能要,我绝对不能要。"李建国又笑,说:"我是个生意人,怎么会白送你东西?我从你工钱里扣。一首歌五十元,你欠我十个晚上。我还赚了你十七块。"

耿东亮接过BP机,心情一阵又一阵好起来。受过艺术熏陶的人就是做了生意也还是不一样的。

第 四 章

作为允况集团下属的夜总会,紫唇夜总会坐落在城市的黄金地段,保持了这个城市最一流的声光设施与最持久的上座率。夜总会里头永远是烟雾弥漫的,这股弥漫的烟雾使变幻的灯光有了质感,有了飘浮感与纤尘的颗粒状,色彩有了着落、吸附,浅蓝、橙黄色、粉红都不再是抽象的色与光,成了一种"物质",笼罩在半空,游移在人与人之间的空隙之中。人们拥挤在夜总会,各人说各人的话。而这些声音汇总起来之后,"说话"反而失去了语言的意味了,嗡嗡的只是声音。而舞池里光怪陆离,美人的小腿宛如海底的藻类,密密匝匝又齐整又参差,随节奏摇曳,随光线变更颜色,成为温柔富贵乡里最经典的动态。空气中洋溢着贵重烟丝的气味,香水的气味,脂粉的气味,头发的气味,腋汗的气味,甚至拥抱与吻的气味。乐池里头乐手们的动作都夸张了,小号手的双腿是弯着的,身子是后仰着的,而爵士鼓的鼓槌决定了整个夜总会的节奏,这种节奏带有本能的意味,每敲一记都仿佛碰到了鼓手的疼处,有一种痛感的鲜活。只是鼓手的头发像液体,涌来涌去透示出波浪的某种努力,永远想爬上岸来,永远也爬不上去。

耿东亮从来都没有泡过夜总会,这种喧嚣与斑斓和他的生活离得很远,差不多完全在他生活的背面。这种活法被称作"夜生活",是他的学生生活里的空白地带。中学时代母亲看得紧,母亲从不让他到"那种地方"。而进了大学炳璋看得就更紧了。母亲是步步紧逼的。可是炳璋不。炳璋的耳朵真是锐利极了,你要是少睡一夜的觉,他的耳朵立即就能从你的发音气息上辨别出来。"嗓子要休息,你就必须睡,"炳璋说,"歌唱家有一半是睡出来的。"炳璋有一个很古怪的比喻,他总是把睡眠说成"液体",而你的嗓子必须尽可能地泡在"液体"里头,否则就会干掉,失去了滋润与弹性。好的声音应当是盛夏里头的芭蕉叶,舒张、松弛、光润、茂盛,水分充足,色调饱满。"嗓子是你体内最娇气的孩子,你必须时时刻刻惦记他,保养他,宠着他,否则他就闹。歌唱家只能有一种活法,自珍、节制。"耿东亮不敢不"节制",除非他不再见炳璋的面。"嗓子"是永远不能替你说谎的。

然而夜生活是迷人的,温柔富贵乡里的气息有一种狂放之美,慵懒之美,乃至于有一种萎靡之美。耿东亮从一开始就喜欢上紫唇夜总会了。想在紫唇夜总会刨食的歌手很多,而耿东亮一步就能登上这样的歌坛,李建国实在是帮了很大的忙。夜总会的付款方式很直接,唱完了,一到后台就数现钞,这实在比厅里的旋转吊灯更迷人。歌手的登台大部分在九点过后,然而耿东亮是在册学生,下班太晚了进校门总是不方便。耿东亮向紫唇的老板要求说,能不能把他安排在周末,老板尚未回话就喊他"小兄弟"了。老板说:"小兄弟,你在江湖上也太不懂规矩了,就你现在这块分量,也敢在周末挣酒钱?"耿东亮听完了老板报出来的歌手名字,真的有些不好意思了,周末登台的女歌手可是真的很有名气了。可是耿东亮到底舍不下这块挣钱的码头,只好在电话里头请李建国"说句话"。李建国一直把电话打到紫唇夜总会老板的家里,都是快吃午饭的时间,老板的好梦才做了一半。老板听完了李建国的话就嘟哝了:"小东西是你什么人,你这么给他说好话。"李建国说:"老兄你替我安排一下,他是我什么人我现在也还拿不准呢。"老板说:"你可是欠了我两份情了。"李建国说:"那是,我全记着呢。"

演出的感觉和站在炳璋身边练声到底不一样,耿东亮接受了老板的建议,选择了几首老曲子。一代人有一代人的歌,怀旧时常就是歌曲最美妙的"共鸣"了。到夜总会的人虽然庞杂,可是真正会玩和能够大把花钱的,倒还是五六十年代的"那拨人"。发票一画就是四位数。"那拨人"正赶上有钱有势的年纪与时候,好歹是夜总会里头花钱的生力军,不能把他们忘怀的。耿东亮似乎天生就是为他们准备的,他一摞嗓子就撩出了那拨人的情、气、神,耿东亮手持麦克风站在闪耀的灯光里,像梦。可惜只能唱两首歌,耿东亮都有些欲罢不能了。

周末的"意义"终于在这一个周末显现出来了。

九号台一位粗壮的男士与身边的小姐正聊得热乎。一个小时以前他们刚认识,小姐天天在紫唇夜总会混,天天在夜总会与男人们初恋,用她自己的话说:"夜夜当新娘,这又有什么不好?"男士前倾了上身,说话的样子眉飞色舞。似乎正在谈论一件开心而又要紧的事。而小姐一身素,很平和的模样,眼影涂得蓝蓝的,很疲惫地眨巴,她的目光盯着男士,既目不斜视,又有点心不在焉,咬着西瓜汁的吸管,下嘴唇很漂亮地咧在那儿。她那种闹中取静的模样实在是楚楚动人。男士打完最后一个手势,很豪迈地说:"你说是不是?"小姐愣了一下,吐出吸管,吃惊地说:"什么?什么是不是?"粗壮的男士摇摇头,说:"你原来没有听。"小姐伸出手,很歉意地握住了男士的手背。小姐说:"真对不起,我走神了。"小姐抿了嘴笑,歪着脑袋对男士说:"我怎么也不该在今天过生日的。"男士听了这样的话便用双手提起小姐的手,动作很怜爱,脸上的神情便责怪了,说:"不该不告诉我。"男士向大厅里的服务生招过手,指了歌台上正闭了眼睛抒情的女歌手说:"请她唱一首《一帘幽梦》,我给这位小姐点歌。"可是小姐不喜欢台上的这位女歌手,说她的声音"骚烘烘的",她吩咐服务生说:"待会儿有位先生,我想听他唱。"点完歌男士拧了几下小姐的小耳垂,关照说:"不可以和我见外。"小姐很缓慢地眨一下眼睛,说:"谢谢。"男士看着小姐的娇媚样心里头动了一下,这一动居然把普通话给忘了,操了一口东北话大声说:"还客气啥呀?谁跟谁呀?"

三十一号台坐着男主人与他的小保姆。男主人六十出头了,头发一根一根梳向了脑后,留了一片很开阔的脑门。这位退了休的文化局群艺处的处长两年前失去了妻子,而女儿远在加拿大。平时在家的时候老鳏夫只有望一望自己的小保姆,小保姆越来越像自己的女儿了。小保姆是一个乡下姑娘,便安慰老鳏夫说,你要是觉得像,你就多看看。女儿像她的母亲,这一来老鳏夫却又发现小保姆越来越像妻子"年轻"的时候了。这个发现让老鳏夫年轻,却更让老鳏夫伤心。退了休的前处长拉住小保姆的手,想把这个发现告诉她,一开口却更伤心了:"我这辈子,白活了,什么出格的事都没敢做过。"小保姆又安慰他说:"好人都是这样的。"前处长摇摇头,说:"坏人是一死,好人也是死。全一样。"

小保姆知道自己的主人又想念亡灵了,便把女人的相片拿出来,放到前处长的面前。前处长望着自己的亡妻,一手揽过小保姆,流下了眼泪。前处长失声说:"我年轻的时候都干什么去了都!"小保姆挣脱开去,前处长在伤心之后就再没有机会拥抱这位小保姆了。

然而小保姆爱跳舞,这是男主人知道的。她在看电视的时候一次又一次流露过这种迫切心情。前处长就决定什么时候陪着小保姆好好跳一回,再怎么说跳舞的时候她总不至于挣脱开去的。小保姆健康极了,能吃,能睡,体态丰盈而结实。发育得极好的胸脯无缘无故地耸了那么一大块。八十年代初期他和他的前妻是时常跳舞的,跳舞的时候顶在一起的时常是腹部,前处长认定了和小保姆跳舞的时候情形肯定不会是这样的,顶在一起的绝对不可能是腹部,只能是胸脯。前胸与前胸顶在一起肯定会有另一种感受,肯定的。前处长有时候不由自主地打量起小保姆的前胸,两三眼下去,血管里的血液便年轻了,四处蹿,就想上去抓一把。然而前处长好歹知道小保姆的脾气,倔得很,万一弄毛了便会不可收拾的。前处长好几次想带小保姆出去跳一次,跳舞当然就得有跳舞的样,手牵手,胸贴胸,天经地义的。但小保姆太能吃,太能喝,到了那种地方,如何能管得住她的那张嘴？算来算去又有些舍不得。

周末的下午前处长收到渥太华寄来的三千美金。他把工商银行的通知单拿在手上,涌上了一股花钱的豪情。他再也不能等了,再也不能后悔了。怕别人说什么？怕了一辈子,又有什么了？得潇洒一回。六十五岁,相对于十多岁的人来说是爷爷,可相对于八十岁,他年轻得只是个小侄儿呢！吃完了晚饭男主人就对他的小保姆说:"我带你到最好的夜总会跳舞去。"

耿东亮唱完第一首曲子之前,前处长和小保姆已经跳了三圈了。小保姆激情荡漾,而男主人则心花怒放。前处长当即决定给"吕小姐"点上一首歌,一首好听的流行曲目——《月亮代表我的心》。前处长在点歌单上注明了点歌要求,必须是男声。

东北大汉与老鳏夫为点播耿东亮的演唱最终陷入了僵局。僵局是可以回避的,然而主持人不回避。主持人顺理成章地把僵局引向了一场竞拍。这是主持人的拿手好戏。紫唇夜总会的气氛立即就火爆起来了。人们喜爱这样的场面,这样的场面在生意兴旺的夜总会里总是时有发生的,只不过这一回不是为了捧歌手罢了。

竞拍从一百元起的价。不算高。东北大汉喊了第一票。前处长正处在一种空前的喜悦之中,他远远地看见九号台上的那个生意人,他平生最痛恨的就是这种油头粉面的人了。前处长知道这种人在这样场合绝对不肯认输,这个他有底,陪他玩玩,多放他一点血也是有趣的。再说这样的场面他有生以来毕竟第一次碰到,有这样惊艳一绝,做鬼也风流的。前处长的豪气上来了,翻了番,两百。东北大汉咬了牙签,正和身边的小姐说话,根本不拿价码当回事的样子,只是向空中伸出了四个指头。气氛开始火爆了,人们发出了欢呼与口哨。老鳏夫喊出六百,小保姆就开始紧张了,什么样的歌需要六百块钱?东北大汉的八字手势举在半空,而一盏射灯恰到好处捕捉到这个手势,这个财大气粗的手势在整个夜总会里头显得鹤立鸡群。但是小姐显得不开心了,这样的场面她见多了,这可是没有底的,东北人要是杀红了眼,口袋掏空了她挣什么?小姐不高兴地说:"你到底想花多少钱?"东北大汉笑笑说:"随便,只要你生日开心,我陪他玩。"小姐却站起来了,把嘴巴就到他的耳边去,厉声说:"让我开心就把这份孝心花在我身上,在这儿充大头做什么?"小姐丢下这句话回过头去却走人了。这时候一阵尖叫正随着老鳏夫的"一千"轰然呼起。东北大汉只得舍下这场官司跟了小姐追过去,人跑了,他和谁一帘幽梦去?

这个结局是前处长始料不及的。他居然赢了。刚刚才开了个头那个有钱人怎么就跑了呢?而大厅里的人们就更失望了,一千块,这算什么?一点惊心动魄与惊涛巨浪都没有。没有金刚钻就别揽瓷器活嘛。

耿东亮不得不面临一首通俗歌曲了。他走到后台,对老板说:"我不唱通俗歌曲的。"老板丢下来的话倒很爽快,抬起头,说:"行。你去跟顾客说去,你是艺术家,你不唱通俗。"耿东亮说:"我说过的,我不唱通俗的。"老板却笑了,说:"我这不是答应了,你去说去,艺术家当然是不唱通俗的。"而大厅里头《月亮代表我的心》已经起调了。老板走到耿东亮的身边,把麦克风塞进耿东亮的手中,玩笑一样大声说:"这是哪儿?唱着玩玩的,你还当真了。去吧,本来就是玩玩的,大家高兴。人太顶真了就成雕塑了。"

耿东亮是被老板半推半送地弄上歌台的。耿东亮一开口就赢来了满堂彩,比他唱美声漂亮多了,气息轻飘飘的,吐字也就格外不费力了。他的通俗歌喉居然把紫唇夜总会的周末之夜推向了高潮。舞池里的人们开心极了,他们举起手臂,裸露的手臂随音乐的节奏左右波动,灯光如红色的雾,缠绕在手臂旁,而半空里密集的手指都成了人体的火焰。

大厅里寂然不动的是那个小保姆,她望着付账的男主人,在蓝色灯光底下眼里头流出了蓝色的泪。为了让她听这首歌,他花了整整一千块钱呢!歌词里的话她可是听得清清楚楚的,"我的情不变,我的爱也真,月亮代表我的心。"这句话他在哪儿不能对自己说?客厅、厨房,哪儿不能?光为了对自己说这句话他就花了一千块呵!舞池里的人在疯狂,没有人注意这里坐着的一老一少。小保姆望着自己的主人。认定了男主人爱上了自己,拐了弯子变了法向她表白爱情罢了。小保姆心里说,你不开腔,让我一个女孩子怎么先对你开口呢?她的男主人付了钱之后便有些神不守舍了。脸色也不对。小保姆想,多好的男人,他还在害羞呢。小保姆扑进他的怀里,激动得哭了。可怜的文化局前处长拍拍她的肩,安慰说:"没事,没事。"小保姆仰起脸说:"我们回家,我们再也不出来了。"前处长说:"我们回家,我们再也不出来了,——钱算什么?我有美金呢……"

耿东亮一回到后台夜总会的同事们便给他鼓掌了,大伙都说,你的流行曲子唱得真是有味道,比美声棒多了。老板走进来,笑嘻嘻地在耿东亮面前丢下三张,说:"你拿着,店里的规矩,这样的买卖你我是三七开。"耿东亮捏着三张老人头,塞进口袋。老板拍拍耿东亮的肩,大声说:"什么他妈的美声通俗,不就是唱,客人喜欢不就齐了?还不是玩玩吗?多大事啊。"

李建国走进办公室,用鸡毛帚掸过大班桌。桌子并不脏,但是李建国总经理每天都要以这样一个动作作为每天的开始仪式,然后,泡好茶,抽根烟,总经理的一天就这样开始了。上午八时二十分,总经理办公室的房门被敲响了。李建国说过"请进",就走进来一个男人和一个女人。男的气宇轩昂,女的丰姿绰约,男人和女人都年轻,似曾相识,一时又有点想不起来。男人进了屋,说:"你是李总吧?"李建国接过名片只看了一眼,便微笑了,恭敬起来,客客气气地说:"是洪记者。"这时候女人的名片也递上来了,李建国又客客气气地说:"卓记者。"李建国第一次和新闻界打交道,恭敬起来,做了个请坐的手势,说:"难怪刚才我觉得面善,电视上见过二位的。市电视台的二十二频道我常看,办得不错,有新意,贴近生活,贴近时尚,办得不错。"李总说着话便走到门口喊:"小蔡。"小蔡在隔壁应了一声,是个女孩。李总说:"给电视台的两位记者泡茶。"小蔡看了两位记者,向他们点点头,泡茶去了。洪记者坐定了,对李建国说:"李总也非常关心我们二十二频道?"李建国说:"说不上关心,喜欢,喜欢罢了。"洪记者说:"贵公司在我们市是有相当的影响力的,当然,不久前发生了一点不愉快。但我们相信,贵公司一定会进一步发展壮大起来。我们双方一定有很好的合作前景,文艺离不开传媒,传媒离不开文艺,我们将来一定能合作得很愉快。"李建国摸不准这两个人上门的目的。但是,听他们说话的口气,一听就知道是有备而来的。说出来的话都有腹稿,显得又正经又亲切,都有点像外交了。李建国调整过坐姿,把注意力集中起来。李建国一边听一边点头,表示赞同,不停地说:"那是。"

茶泡上来了,"洪记者"和"卓记者"都没有碰,卓记者却开口说话了。卓记者的腔调与电视里的不一样,在电视画面上她一直操一口上好的普通话,而现在她用的却是本城的城南方言,一开口就亲切,有了一股淡淡的乡情,卓记者说:"李总一定记得,去年的八月二十八号是我们二十二频道首播的日子。"李建国有些茫然,他用力地点点头,肯定地说:"记得,记得。"卓记者说:"你看,还有二十来天,都快一年了。"李建国笑起来说:"是的,快一年了。"卓记者说:"这个二十二频道说到底还是我们自己的二十二频道,是吧?我们呢,想请一些社会名流,著名的企业家什么的,出席我们的晚会。"话说到这个份儿上李建国便明白了,是好事。李建国站起身,恍然大悟地说:"你们看,都忘了给二位名片了。"三个人便一同站起身,把交递名片的仪式又做过一遍,总经理的办公室里立即就喜气洋洋了。李总说:"请坐。请喝茶。"

卓记者端起茶,依照顺序,现在便轮到洪记者开口说话了。电视上就是这样的,女声播一条,接下来就是男声播一条。洪记者显得很斯文,很缓慢地打开自己的公文包,一边往外掏,一边慢声慢语地说:"晚会呢,对我们来说是一次机遇,对企业来说呢,也是一次机遇。李总如果能利用这个机会和广大的电视观众说几句话,对贵公司扩大知名度肯定会有很大的好处,同样是说三十秒钟,效果肯定比广告好,费用也比广告便宜。如果贵公司能够成为赞助单位的话,费用虽说多一些,可是我们可以把公司的名称打到字幕上去。"李建国听到这儿算是彻底明白了,彻底恍然大悟了。一句话,拉"赞助"来了,说白了,要钱来了。既然是要钱,李总也就没有必要太恭敬了。这时候洪记者从包里抽出一张价目表,递过去。李建国看了一眼,脑袋里一阵晕。李建国丢下价目表,又起了十只指头,放在大腿上,尽量平静地说:"价格倒是公道,比北京和广州公道多了。"李建国这么说着就仿佛和北京广州的新闻界打过交道似的,听上去见又多识又广。

"喝茶。"李总说。

洪记者和卓记者一起端起了茶杯,低了头,做喝茶状。李建国的脑袋里头开始飞快地运转,他挺了挺上身,表情一点一点冷峻起来了,说到底他们是来要钱的,李建国就不能没有一点总经理的样,样子越足,就越是财大气粗,越是财大气粗,"洪记者"和"卓记者"就越是拿自己当回事的。要不然,他们是不懂得什么叫恭敬的。

李建国说:"这样好不好,这的确是一次机遇,我和你们的领导再商量商量。"

洪记者和卓记者一同放下了茶杯,相互打量了一眼,似乎有难言之隐。还是洪记者开口说话了。洪记者说:"你看这样吧李总,我们也认识了。算是朋友,将来还有很多合作机会,我们是不是这样,我们先谈妥了,再去和我们领导会面。"洪记者笑起来了,有些不自然,说:"我们台有规定的,谁拉到的赞助,就算谁的。我们两个人不会把李总撤下去,你和我们是五五开还是四六开,你给个痛快话。这个账我们不会不认,我们两个向来都是这样的。"

李建国把玩着打火机,说:"这个好说。"

李总掂出了他们的斤两,信心越加充足了,而"李总"的派头也就越大了,他站起身,走到记者的面前去,洪记者和卓记者都情不自禁地站起了身来,李总把一只巴掌搭到洪记者的肩上去说:"这样,交个朋友,哈,后天下午,你们再来一趟,我给你们一个回话。"李总拍了洪记者一把,说:"顺便吃顿饭,哈,今天就不陪了。九点钟省里报社的一个记者还要来采访,没办法。"李总笑道:"实在是没办法。"

洪记者和卓记者赔上笑,忙说:"你忙。"

李建国把他们送到门口,大声说:"就这样,哈,不送了。"

李总关上门,抱起了胳膊,放在胸前。他听着门外的脚步声,感觉到自己有一点气宇轩昂。

李建国把自己关了近一节课的时间。他半躺在自己的大班椅上,把双脚跷到桌面上去,一口气抽了七根三五牌香烟。整个办公室里头都雾气缭绕的。李建国眯了一双近视眼,仔细地设想,推断,他的整个身心都像要登台的样子,准备演出的样子,蠢蠢欲动却又冷静镇定。四十分钟过后,李建国掐掉了最后一根香烟,一份精致的计划就有了一个大概了。想完了,他拿起了电话,用内线叫过小蔡,小蔡在数秒之后就站到了他的面前。

李建国说:"你记不记得,前些日子二十二频道报过一个十一岁女孩,得了白血病的那个,叫什么婷婷的。"

小蔡说:"记得,晚报上也做过报道的。"

李建国伸出一只指头,开始发布他的命令:"你立即把报纸找来,或者直接与晚报联系,找到这个小姑娘,越快越好,一找到就和我联系。打我的手机。"

"知道了。"

"你把手头的工作全放下来,现在就去办。"

"知道了。"

李建国吩咐过手头的事,站到了空调机的前面去,等身体冷却过来,他洗了一把脸,整理过头发,上身下身都打量一遍,关上门,往楼上走去。李建国敲响了罗绮董事长的办公室。

李建国坐在了罗绮董事长的对面。他扼要地汇报了季候风唱片公司的工作,一共谈了五点。每一点都只有十来句话,最短的只有七八句。汇报完了,李建国总经理开始请示董事长有什么新"考虑"或新"指示"。罗绮女士说没有。罗绮女士说,唱片公司交给你,你就是主人,我们不干涉你的工作,李建国表示了谢意。表示完谢意李建国就开始谈及如何扩大总公司知名度的事了。李建国说,根据他的调查,市电视台的二十二频道快满一周年了,依照惯例,电视台会有一台晚会。李建国建议说:"总公司可以考虑把晚会的冠名权买下来。"李建国说:"八月二十八日,离开学不远了,离教师节也不远了,教育的问题每年到了这个时候就会成为话题,好炒作,也就是说,记者好发消息。"李建国提议说:"第一,晚会的演出,我们可网罗一批歌手,这件事我们可以让电视台张罗,他们熟,有路子;第二,二十二频道多次报道过一位十一岁的白血病患者,公司可以由您出面捐一笔款子,把晚会推向高潮。主持人热泪盈眶,全市的市民会热泪盈眶,当然,您更应当热泪盈眶,现场直播,社会效益是可以想见的;第三,利用这个机会资助几位特困户的学龄儿童,要是在平时,这笔费用肯定买不来这样的新闻报道,联系工作可以让电视台出面,他们求之不得,做圣人,谁都会抢着去干,我们只要掏点钱就可以了。"罗绮听完了,点了点头。但出乎李建国意料的是,罗绮并不激动。罗绮拿起了圆珠笔,有节奏地敲打自己的大拇指。罗绮说:"想法不错。"夸奖完李建国,罗董事长就语重心长了,罗绮说:"小李,新闻界的人来掏钱,千万不能当真的。你干长了,自己就会明白了。"

李建国说:"做广告也得掏钱,可是我觉得这样的广告做得更漂亮,像一首歌,一首诗。催人泪下呢!"

罗绮笑起来,说:"你还是个艺术家,不过想法不错。"

李建国说:"具体的事务工作由我来谈,不给总公司添任何麻烦。"

罗绮说:"挂一个冠名,他们开价多少?"

李建国说:"价格是活的,只是说话的技术问题。"

罗绮说:"想法是不错,但是总公司毕竟不是银行,总公司有总公司的困难。"

李建国说:"只要董事长答应,三七开,我们季候风愿意承担三成。"

罗绮说:"小李,与电视台合作,最大的受益者将是你们,五五开,算是我对你们的支援。"

李建国说:"五五开不行,这样我们不和总公司平起平坐了。四六开,我一年之内把款项划到总公司的账上去。"

罗绮笑起来,说:"小李,果真是不吐骨头。"

李建国赔上笑说:"这只能说是总公司的遗传基因好。"

罗绮听了这句话真的开心了,脸上就有了和颜悦色。说:"那就献一回爱心。"

李建国说:"那我找他们谈了?"

罗绮说:"我让广告部的人和他们谈。"

第 五 章

童惠娴的车摊设在瑞金路与延安路的交接处，背后是一块正在打桩的建筑工地，四周围着雪白的围墙。面对着瑞金路的石灰墙面上刷了一行巨大的朱红黑体字："安全第一质量第一效益第一节约第一"。童惠娴的三轮车就停放在一棵法国梧桐树下面。各种型号的自行车内外胎挂在三轮车的把手上，而车板上则是自行车的配件，两只打气筒立在树根的旁边。童惠娴的工作写在一块木板上，"修车、补胎、打气"。童惠娴的左侧是另一个工厂的下岗女工，她在卖报。她们一直不知道对方的姓名，不说，也不打听。她们互称"大姐"，说一些闲话，或者为对方换一些零钱。尽管这样的生活日复一日，可是她们总认为这样的日子是短暂的，临时的。有一天她们会重新回到"原来"的地方去的。

童惠娴于一九九二年九月从自行车总厂下岗。她的二儿子正是在这一年的八月考上大学。儿子考取的当天童惠娴就预感到下岗的命运了。有一得必然会有一失。生活大体上总是这样的格局。童惠娴在总厂做的是装配工。多多少少算有些技术，摆个修车铺子应该能把一张嘴打发过去。修理自行车无非就是拆下来再装上去,不算什么太难的事。可是童惠娴在决定摆摊之前还是生了一场病,躺了一个星期。她无论如何也不甘心在马路的边上做这种事的,拉不下这个脸面。可是儿子报完到,家里就全亏空了,看病的钱都挤不出来了。童惠娴感觉到自己又一次掉到冰河里去了,她还是在插队的那一年掉到冰窟窿里头产生过这种感觉的,手和脚全落空了,没有一个地方能落得到实处。童惠娴后来"豁"了出去,拖了病走上街头,挂起了"修车、补胎、打气"的小木牌。她的第一笔生意碰上的是一个十七八岁的年轻人,骑了一辆很脏的捷安特山地车,后胎爆了。童惠娴修好车,认认真真地替小伙子把车子擦回到七成新。后来小伙子问:"多少钱?"童惠娴低了头就是说不出口。小伙子掏出一张十元,很大方地说:"别找了。"童惠娴没有接。童惠娴再也料不到自己不敢去接。她望着这张皱巴巴的现钞,委屈和羞辱全堵在胸窝里头,一点一点化开来了,往上涌。一双眼里很突然地汪开了两朵泪。小伙子把十元现钞丢在小木凳子上,骑上车,很满意地吹起了口哨。吹过来一阵风,那张皱巴巴的十元钱掉在了地上,翻了几翻。正过来是十元钱,反过去还是十元钱。小伙子走远了,童惠娴弓下腰拾起那张纸币,眼泪说下来就下来了。童惠娴就感到自己做了一回贼似的。她童惠娴是谁?混了几十年了,十块钱就让她这样了。这一想童惠娴便越发伤心了,拿了一只很脏的手往脸上捂。捂不住,两只手都没有捂得住。

童惠娴一到家就大哭。这时候丈夫耿长喜刚从肉联厂下班回来。他站在床边,拉下了脸,说:"告诉我,谁欺侮你了?"童惠娴便用被角把头裹住。耿长喜从铺板底下抽出了一把杀猪的点红刀,到巷口里头看了半天,看不出任何迹象来。耿长喜回到卧室,把刀拍在床头柜上,大声说:"你说,是谁?"童惠娴料理好自己,说:"没有谁,我自己难受。"耿长喜放低嗓子问:"真的?"耿长喜收起刀,往外面去,临出门时回过头来关照说:"也不要哭得太长了。"

童惠娴把那张十元钱压在玻璃台板底下,第二天一早就到大街上班去了。童惠娴自己也奇怪,怎么一哭身子上的病竟全好了,心里头也没有不甘了,也不再怕羞了。童惠娴骑车走在清晨的马路上,马路潮湿而又空荡。童惠娴长叹了一声,像是为自己的前半生作了一次总结:"哎,人哪。"

一个星期之后耿长喜才知道老婆在外头摆摊了。听完妻子的诉说,耿长喜没有说一句话。第二天一早却比童惠娴早起了半个小时。当天晚上耿长喜就笑嘻嘻地问了:"今天生意好吧?"这个混球男人从来都不知道自己老婆的心思的,耿长喜端了酒盅,开心地说:"上午环卫工人刚一扫完,我就在路面上撒上玻璃碴了。"童惠娴愣了半天,说:"你怎么能这样?"耿长喜不高兴了,放酒盅的声音便不好听。他用浓郁的苏北乡音说:"为你好!"他梗了脖子说话的样子活像他当年做支部书记的老子。

耿家圩子是童惠娴插队的地方。一九七〇年的春天童惠娴来到了这座苏北乡村。是一条水泥船把他们从小县城分散到各个村庄去的,童惠娴站立在船头,心旷而又神怡,迎接他们的除了乡村锣鼓队之外,还有遍地的鹅黄色的菜花。这是一个令人激动的时刻,锣鼓声仿佛不是从锣鼓里头发出来的,而是那些大片大片的油菜花,油菜花在风中摇曳,兀自发出的惊天动地的锣鼓声。童惠娴深吸了一口,多么柔嫩的空气呵,掺杂了植物的气息,太阳的气息,水的气息,以及泥土的气息。童惠娴的心情绽放开来了,三四天之内都没有平复。童惠娴甚至产生了这样一种错觉,她认定了自己的心情就是一朵油菜花,鹅黄色,有一种动人的摇曳,扑棱扑棱的,无始无终的。

耿家圩子当天晚上就传开了一则好消息,城里头来了一位美人坯子。人们都说,这一下晚上出门不要等月亮上山了,那些年轻人的眼睛到了晚上肯定就会自己放光的,就像天上的星,一颗比一颗亮。小光棍们的眼睛碰上美人没有一颗不会发光芒的。耿家圩子在不久之后就传出一首歌谣了:

> 天上星,亮晶晶,
> 我在墙头望知青。

天上星泛指的,指那些年轻人。而知青则是特指,说的正是童惠娴。

其实童惠娴称不上美人。只不过皮肤特别地白罢了。但她的动人之处不在皮肤,而在神态。童惠娴是那种安静的、羞怯的姑娘,不爱说话,就会微笑。她在遇上生人的时候总是低顺了眼的,以那种招人怜惜的样子满面含羞,接下来就泛上来两腮红。她的白皮肤在这种时候就会格外显眼了,红而衬白,白而衬红,有一种楚楚动人的样子。这样的神态总是能够满负荷地激发起农民朋友的审美激情。他们用葱和藕这样的上等植物来比拟童惠娴,表达他们的心情,表达他们对城市人的认可与赞同。

农民朋友们说童惠娴和"大葱"一样水灵。而好皮肤则和"新藕"一样皎白。

童惠娴的歌声传到农民朋友们的耳朵里头,则已经是这一年的初冬了。农民朋友们再也没有想到,这个一说话就会脸红的女孩子,站到舞台上去居然是那样地一反常态,当着黑压压的一群人能把普普通通的一首歌唱得睁开眼来,一眨巴一眨巴的,直愣愣地盯住你,让你的下巴再也挂不住。童惠娴小学时代可就参加"小红花"艺术团了,还做过十几回领唱呢。这个胆小羞怯的小丫头一上台就镇得住场,豁得出去,台下的人一多她反而不害怕人了。用老师的话说:"天生就是一个唱歌的料子。"

入了冬就是乡村的闲时,正是各类文娱宣传队传播"思想"和"主义"的日子。公社把刚刚插队的知青组织了起来,挑选了十几个文娱骨干。这些文娱骨干直接肩负了党和毛主席的谆谆教导,用表演唱、三句半、快板书这些艺术形式把它们送到农民朋友的心坎里去。他们一村挨一村,走一村,演一村,学一村,教育一村同时又被教育一村。热热闹闹地红火了一路。当然,"不正当"的事总是会有的,演到一半上海的一位男知青和女知青就给开除了,他们有事没事总要蹲到一块说上海话,头靠了头,距离都不到一尺宽,把所有的人都撇在了一边。这像什么话嘛!这哪里是来接受贫下中农再教育嘛!这不是宗派、小资产阶级是什么嘛!不要他们。让他们去兴修水利去。

童惠娴是这群骨干里的骨干。压台戏女声独唱就是由童惠娴来承担的。给她做手风琴伴奏的是刘家村的一个知青,叫徐远。童惠娴和徐远是老乡,童惠娴毕业于二十一中,而徐远毕业于九中。方言相同,在一起说话的时候当然就多一些。幸好有上海知青的前车之鉴,要不然童惠娴犯一些错误也是说不定的。童惠娴自己都意识到她在徐远面前的话已经越说越多了。照这样下去无疑会有滑进小资产阶级泥坑里的危险性。这真是太危险了,一个人如果对自己不警惕,走错了道路实在是一眨眼的事。

文娱宣传队的巡回汇演进行到最后一站,是耿家圩子,也就是童惠娴所说的"我们村"。舞台搭在乡村小学的操场上。童惠娴给乡亲们演唱了《远飞的大雁》。童惠娴一登台就使村里的乡亲们惊呆了。她上台的步子迈得落落大方,一点都不像她的黑眼珠子,见人就四处躲藏。她在舞台的正中央站成"丁"字步,小辫子从左肩那边挂在胸前,用指尖不停地缠绕。童惠娴始终保持一只肩头对着台下,当她换句子的时候,另一只肩头却转过来了,又自然又婀娜,宛如玉米的修长叶片。她的春秋衫做成了小翻领,收了一点腰,不过分,真是又漂亮又朴素,完全有资格代表耿家圩子的全体社员向首都北京表达深情:

> 远飞的大雁——
> 请你快、快飞——〜〜〜
> 捎一个信儿到北——京(哪)
> 翻身的农奴想——念
> 恩——人毛主〜〜〜席〜〜〜

"恩人毛主席"那一句被童惠娴唱得动听极了。舞台上的扮相也就格外动人。她会把重心移到前脚上,后脚只有一只脚尖支在台面上,而两只手的指尖跷起来,呈兰叶状,交叉着缓缓地扣向胸前,紧紧地贴在了心窝子上。热爱毛主席的人太多了,可是谁人这样热爱?谁又能把两只手与胸脯的关系处理得这样柔和,这样相互企盼,这样情深似海,这样美不胜收?方圆二十里再也找不出第二个。耿家圩子的村民盯着童惠娴,所有的脖子都随了这句歌转了半个圈。这句歌里头有一种无限的亲近与缅怀,更严格地说,有一种普通人才有的牵挂,像牵扯了骨肉那样难分难舍。真是动听,都有点像儿女情长了。如果不是献给毛主席,这首歌要是这样演唱简直要犯错的。好听得叫人耳朵都支棱不住了,直往下挂。

耿家圩子这一站汇演完了,文娱宣传队就暂解散了。所有的知青都聚集在河边向童惠娴道别。徐远坐在抽水机的船头,手风琴一直被他套在脖子上,像个宝贝似的搂在怀里。东风牌抽水机发动之前童惠娴正在和一个扬州女知青说话。这时候她听见手风琴响了一下,是"3"这个音,就一下,童惠娴侧过脸,徐远正冲了她微笑,半个脸被傍晚的太阳照得通红,又快活又帅气的样子。童惠娴一点都没有料到自己突然又产生了那种错觉,就是刚刚下乡时的那种错觉,胸中的油菜花抖动了那么一下,但不是纷絮状的,漫天遍野的。只有一棵。一株。一朵。愣愣地抖动了那么一下,毫无预示地抖动了那么一下。童惠娴一下子就呆住了,失神了。童惠娴站在河边的柳树下面。柳树临近落叶,青黄色的叶子显示出最后的妖娆。童惠娴反而看不见眼前的徐远了,徐远的模样反而成了她的想象了。她想起了这些日子里头的诸多细节,每一个细节都伴随了徐远,而徐远都是快乐的,帅气的。童惠娴就这么失神地伫立在初冬的夕阳里面。

太阳在河面上红了一大块,而村里的鸭群正从水面上归来。抽水机船开动了。冲到了鸭群里头,鸭群对称地分成了两半,向两边的岸上飞蹿。船上的知青们开心得不行了。他们大声喧哗,夹杂了手风琴的快乐响声。他们的叫声随抽水机船缓缓远去了,随后船拐了个弯儿,河水最终归结于静,那种白色的、易碎的静。童惠娴握住了自己的辫梢,有一种旋律好听得都让人难受了:翻身的农奴想念,恩人毛主〜〜〜席〜〜〜

童惠娴的成功演唱使耿家圩子的人们对她有了全新的认识。村里的小伙子开始更为伤心地单相思了。童惠娴和谁说过话了,很快就会成为一个谈话的中心。他们用一种悲痛的心情与神态评论起村里的女孩们:"她们要是有人家的一半就好了。""人家"当然是童惠娴,而"一半"到底是怎样,这个难以量化的标准则近乎令人绝望了。但是童惠娴在这个问题上是高傲的,甚至是冷漠的。这个问题在"接受贫下中农再教育"之外,童惠娴不马虎,不随便。尽管童惠娴处处显得很随和,然而什么样的人可以多说话,什么样的人不能说话,她心里头有底。光棍的眼睛都是雪亮的,童惠娴注意着回避。该把头低下去的时候她一定会低下去的。有些人的目光天生就不能答理。你一和他对视他就会缠上你;目光炯炯,兼而浮想联翩。

但是对耿长喜童惠娴却不能够。耿长喜是支部书记的儿子,说话和做事的样子有几分呆霸王的气质。相对说来,童惠娴对耿长喜是客气的。这里头有一半当然是碍着老支书的面子,打狗要看主人,对支部书记的大公子说话就不能太过分了。另一半则是出于童惠娴的策略。童惠娴缺少安全感;但是有耿长喜在,童惠娴的危险感不仅不会加强,相反,会大幅度地削弱。大家都明白耿长喜的心思,谁要是对童惠娴太热情了,耿长喜的目光大多数时候也是不吃素的。他不动手。他的目光叉住谁谁就得自觉,你要是不自觉你就会惹麻烦的。耿长喜巴结童惠娴,这个谁都看得出来。他巴结和讨好童惠娴的时候脸上一点都没有分寸。好在耿长喜怕他的老子,老支书做过十多年杀猪匠,心正,但是手狠。他的大巴掌要是"帮助"起人来,你坦白是从严,抗拒也是从严。耿家圩子的人都说,村里的风气这么好,老支书的一双大巴掌实在是功不可没。政策和策略全在他的大巴掌里头。"谁要是不走好他的正道",老支书的大巴掌一定会让他嗷嗷叫!

不过老支书很少用巴掌。他的有效武器是他的咳嗽。在耿家圩子,老支书的干咳是家喻户晓的。许多人都学会了这一招,晚辈做了什么错事,做长辈的干咳一声,事情就会有所收敛。当然,老支书的那一声干咳你是学不来的。老支书中气足,正气旺,他在村东干咳一声,一直可以领导到村西。支书管得住儿子,儿子管得住光棍,童惠娴的日子总体上也称得上有惊无险了。童惠娴最大的骚扰也就是在晚上,几个小青年们路过她的房间时尖叫几声,他们捏住鼻子,小公兽一样尖声喊道:童惠娴!

仅此而已。

不过,对童惠娴直呼其名已经显得出格了。平时村里的上下老少都喊她"童知青"的。"童知青"这个称呼表示了一种尊敬,也许还表示了一点高贵。当然,耿支书是例外。耿支书从第一天起就喊她"小童同志"了。从支书这边讲,"同志"里头就有了长者的关爱与组织的温暖。别人是不配享受"同志"这个光荣称号的。除非你倒了霉。人一倒霉了有时候反而会成为同志的。这时候你已经需要"组织上"给予帮助了嘛。

徐远终于来信了。

公社的邮递员骑着自行车驶向了童惠娴。童惠娴在那个瞬间里头产生了某种奇妙的预感。她就知道自己有信了,她就知道徐远给自己来信了。邮递员把那辆墨绿色的邮递专用车停在路边,低了头,手伸进墨绿布包里迅速地翻动。童惠娴看了一眼四周,心却跳得厉害了。这时候围过来几个人。童惠娴接过信封,迅速瞄一眼右下角的寄件人地址,地址是老家。童惠娴便有些失落了。然而信封上陌生的字体再一次让童惠娴的胸口狂跳不已了。第三小队的扬州知青笑着说:"谁给你来信了?"童惠娴稳住自己,十分沉着地说:"还能有谁?还不是老妈。"童惠娴说完这句话一个人便离开了。童惠娴回到屋子里头看信,果然是徐远。徐远是不会在信封上写上"内详"的,这样的欲盖弥彰只有傻瓜才做得出。

爱情故事像一只彩蝴蝶,静悄悄地飞翔了。没有声音,没有风。只有你的胸口能感受到它有翅膀,扑棱棱地一阵子,随后又是扑棱棱地一阵子。童惠娴把徐远的来信一遍又一遍打开来,多么漂亮的字体,多么亮丽的句子。徐远的来信完完全全就是夏夜的天空,那么多的字密密麻麻地挤在一起,是浩瀚的星斗与纷繁的清辉,它们无边无垠地覆盖了童惠娴,每颗星都注视着童惠娴,中间没有阻隔;没有烟火、云层。那些干干净净的星星无休止地向童惠娴重复,我爱你。我爱你。我爱你。我爱你。

天哪。天哪。天哪。

我恋爱了。我已经感受到了爱情。

天一黑童惠娴就上床了。她放下了用以挡灰的蚊帐。这是一个温暖的小空间。这样小的空间最适合于初恋的少女憧憬爱情。童惠娴的胸口还在跳,都有些让她生气了。这么慌张做什么?这么喘不出气来做什么?爱情突如其来,却又像童惠娴的一个小小的计谋,今天只是顺理成章地出现了。她知道会有这么一天的。童惠娴打开了手电,用被窝把自己裹了起来。不漏出一点点光亮。她就了手电的微弱亮光,一遍又一遍地温习。都能背出来了。然而童惠娴总是担心落下一句,落下一个字。手电的光亮越来越暗了。而徐远的样子却变得越来越清晰了。他快乐。爽朗。帅。天生就完美无缺。

他们开始了通信。秘密地,企盼地,紧张地,像险象环生的地下工作。处境与时代决定了他们爱情的古典性。幸福与快乐只能是隐秘的,内敛而又钻心的。这样的事不可以"传出去"。爱情是敌人,往小处说,它影响"进步";往大处说,这是"生活作风"的有毒液质,有败坏与腐化身心的严重后果。一个人什么样的缺点都能有,但"生活作风"是万万出不得差错的。这上头要出了事,就再也对不起贫下中农们的再教育了。然而,没有人知晓的秘密反而是感人至深的,其动人的程度反而是无微不至的。胆怯、羞赧,内心却如火如荼。这样的日子是多么折磨人,又是多么地叫人心潮澎湃呵!

徐远所在的刘家庄离耿家圩子十来里路。然而他们在信中约定了,等春节回城时再见面。下乡第一年就"这样",传出去影响多不好。可是徐远憋不住,他在一个大风的日子以急行军的速度赶到了耿家圩子。天黑透了,而徐远突然出现在童惠娴的面前,仿佛是从天上掉下来的一样。幸好被童惠娴在门口撞上了,要不然他非闯进屋子不可的。徐远的出现仿佛漆黑的夜空突然跳出了一轮月亮,月亮的四周还带上了一圈极其巨大的光晕。童惠娴总算处惊不乱,她丢下手里的东西回头就跑。徐远跟在她的身后。保持了一段距离,刚好能听见她的脚步,童惠娴一直跑到打谷场。她在巨大的稻草垛避风的一侧停住脚,听着徐远的双脚一步又一步向她逼近。徐远站在她的身后。贴得很近。她的后颈感受到他的灼热呼吸。她屏住气。心脏在嗓子里头拼了命地跳。徐远就是在这个时候拥她入怀的。童惠娴呼出一口气,几乎瘫软在他的胸口了。天哪。我的天。

头顶上的风被草尖划破了。风发出了细密而又疼痛的呻吟。巨大的稻草垛发出了干草的醇厚气息,弥漫在他们四周。

徐远总是在天黑之后潜入耿家圩子,而天亮之前则必须赶回刘家庄。爱情是什么?爱情就是成仙。不吃,不喝,不睡。只要能呼吸就能够活蹦乱跳。

而另一个活蹦乱跳的男人就是耿长喜。童惠娴唱歌时的声音和模样让他发了疯。他一闭上眼睛就是童惠娴的样子。而最要命的就数童惠娴的歌声了。它萦绕在耿长喜的耳朵上,弄得他的整个身子在冬天的风里都能够发烫。就差像公猫那样叫春了。耿长喜和他的老子闹过一回。他耷拉了脑袋逼着他的支书

81

老子"向童知青提亲"。老支书盯住他的儿,一巴掌就把他搧开去了。老支书压低他的嗓子厉声喝道:"你要是敢胡来,老子的杀猪家伙侍候你!"

耿长喜捂住脸,拖了鼻涕对他的老子发誓说:"我不成亲,我让你绝子绝孙!"

老支书颠了颠披在肩头的衣服,摔了门出去。他在临走的时候丢下一句话:"小子,只要你那根鸡巴肯省省油,老子由了你。"

第 六 章

八月二十七日晚,北京时间十九点三十分,"二十二频道成立一周年允况之夜文艺晚会"准点举行。文艺晚会是在市体育馆举行的。体育场爆满,碗形体育场充满了嗑瓜子和摇手扇的声音。数千名观众围成了弧状的梯形,把舞台围在了中间。全国著名的电视播音艺术家刚好在上海主持完一台晚会,被市电视台请来了。晚报上发过消息,说:"著名的电视播音艺术家将亲自主持"这台晚会的。晚会的现场纷繁极了,称得上人头攒动,人声鼎沸。一个女人在高处高声叫喊:"阿强,阿强,七区五排,五排九号!"但体育馆的灯光突然熄灭了。接下来就是万籁俱寂。音乐响起来,著名的电视播音艺术家被一束蓝光送上了舞台的正中央,他身体微胖,面带职业性笑容,一上来就用诗朗诵一般饱满的激情向全市的"人民"表示了最亲切的问候。他说,这是他第三次到这个城市来,"一次比一次漂亮"(掌声)。看台上的镁光灯千闪万烁了,著名的电视播音艺术家和过去在电视上一样,习惯性地踮了踮脚后跟,又反过来"代表全市的人民"向市电视台,尤其是二十二频道表示了崇高的敬意。他祝愿市电视台尤其是二十二频道越办越好,为社会主义的精神文明建设做出更大的贡献！著名的电视播音艺术家向看台上凝望了半周，开始抒发他对允况集团的款款情谊，他说："允况集团从无到有，从小到大，它经历了风、风、雨、雨，与坎、坎、坷、坷——而今天，允况集团正在改革开放的春风中，迎来了又一个辉煌。请听歌舞：《走向新的辉煌》。"（掌声如潮）

晚会举行得很好。领导同志的讲话与歌舞、小品、相声相间着出场。演员们尽情地歌颂着二十二频道与允况集团，省歌舞团的一名男中音亲自谱写、亲自演唱了一首主题歌：

二十二频道

你是我的良师

二十二频道

你是我的益友

啊，二十二频道

我们跟着你

走向改革开放的明天

他唱得很好，二十二个少女身穿红、黄、蓝三色长裙，伴随着2/4拍的节奏翩然起舞。她们簇拥着男中音，而男中音一直凝视着四十五度的左前方，手执了麦克风，一遍又一遍地抒发他的深情厚意。歌停了，舞住了，现场再一次安静下来。市电视台综艺栏目的女主持人身穿一袭黑衣走上了舞台，她眨巴眼睛，酝酿好心情，开始了低声诉说："在这欢庆的时候，在这快乐的时分，朋友们，你可曾想到，在这个美好的世界上，还有许多不幸的人们。"女主持人走下舞台，牵起一位小女孩的手，女主持人说：

"朋友们,六月十一日,我们二十二频道的社会大扫描栏目曾经制作了一栏特别节目。吴婷婷,一个如花似玉的女孩子,就是她,——摄像,给一个特写,朋友们,吴婷婷,就是她,患上了白血病,也就是血癌。"女主持人细致地描述了小女孩的病痛,惨状,肉体所经受的磨难,以及家庭经济状况的拮据。四周响起了一片啜泣。"朋友们,电视播出之后,二十二频道收到了不计其数的电话、来信,还有大量的汇款,他们感谢二十二频道,感谢二十二频道与广大的观众息息相关,血肉相连,其实,我们应当感谢你们,你们这些善良的人们!"(经久不息的掌声)主持人的泪水开始在镜头的面前闪烁,然而不掉下来,她有这样一种能力:什么时候该泪光闪烁,什么时候该让泪水流淌,她都有数。她蹲下了身,拥住了吴婷婷。她把话筒递向了吴婷婷,说:谢谢爷爷奶奶、叔叔阿姨、哥哥姐姐们。小女孩细声细语地,来到一位妇女的面前,女主持人说:"朋友们,这就是婷婷的妈妈,一位三十七岁的普通工人。"这位母亲的神情相当木讷,她被女主持人扶起来,一副被人牵扯、魂不守舍的样子,女主持人含着泪,说:"大姐,请你说几句话。"母亲接过了话筒,泪汪汪地只是无语。女主持人说:"说说你的心里话,此时此刻你的真实感受。"母亲只是无声地摇头,眼泪便掉下来了,说不出,只剩下极为困难的模样。她的嘴角不住地抽泣,牙齿紧咬着小拇指的指尖。女主持人说:"请说一句,哪怕一句。"出人意料的事情就是在这个时候发生的,母亲在摇头的过程中突然失声痛哭了,但只哭了一声,她就用双手捂住了。电视镜头捕捉到了这个画面,把她的痛苦送给了千家万户。女主持人总算处惊不乱,她转过脸,接过话筒,热泪终于流淌下来了,挂在她的面颊,在电视画面上闪闪发光,她无比深情地说:"这位母亲的心里一定在感谢我们的社会,感谢我们这个大家庭。是我们这个大家庭给她们母女送去了温暖,送去了爱。朋友们,这对母女是不幸的,然而,在我们这个社会里,她们又是幸运的,是幸福的!她们的不幸验证了这样一句话,一方有难,八方支援,这是一种血浓于水的爱的奉献。"女主持人的声音提高了八度,大声宣布:"朋友们,朋友们,我们的允况集团听说了小女孩的不幸遭遇,今天,允况集团的董事长罗绮女士代表全公司向吴婷婷母女捐献一万元人民币。让我们向这样的义举表示衷心的感谢!"晚会达到了高潮,罗绮女士迎着摄像机的镜头款款走来,她的手上提了一只巨大的红色信封,信封上排着一行醒目的阿拉伯数字￥10,000,罗绮女士十分郑重地把巨大的红色信封交给了吴婷婷的母亲,并和她的母亲握手。全场响起了长时间的热烈掌声。全场被感动了,激情被渲染得如火如荼。著名的电视播音艺术家正在与人耳语,旁边的人轻推了他一把,示意镜头对着他了,著名的电视播音艺术家立即微笑起来,做鼓掌状,参与到"人民"的欢乐之中去了。

女主持人把话筒再一次递到了小女孩的面前,说:"婷婷,告诉姐姐,你想听什么歌?"小女孩眨巴着眼睛,想了半天,想起来了,说:"我想听《祖国,我慈祥的母亲》——是男声。"这里正说着话,场内的灯光已经黯淡下去了,伴奏带响起来,而耿东亮早已站在了麦克风的面前,追光灯打在了他的身上。耿东亮一站上舞台立即就换了一个人了,自信、镇定、英气勃勃,压得住台面。

谁不爱自己的母亲

用那滚烫的赤子心灵

谁不爱自己的母亲

用那滚烫的赤子心灵

亲爱的祖国

慈祥的母亲

蓝天大海贮满着

贮满着深情

我们对您的深情……

李建国总经理坐在罗绮女士的身后,他抱着胳膊,很仔细地倾听每一个声母与每一个韵母。果真是不错,耿东亮的吐字与归音完整而又科学,气息好,松弛,有力,有很好的穿透力。高音部分也平稳,该交代的部分都交代得清楚,音质统一,放得开也收得拢,果真是不错。这首曲目是李总亲自选定的,不算太难,却也不算太容易。李建国用胳膊捅了一下罗绮女士,对舞台上努了努嘴,小声说:"你看怎么样?"

罗绮说:"不错,小伙子,挺帅。"

李建国说:"那是,小伙子的确挺帅。"

第二天一大早耿东亮就被李建国呼到办公室里去了。连续熬夜,使耿东亮的脸上挂上了疲惫的颜色,像过完十五的月亮,出现了亏空。李总的心情不错。耿东亮进门的时候他正在兴致勃勃地看一张八开报纸,耿东亮走到他的面前,李建国说:"一颗新星正在冉冉升起。"这话听上去有点文不对题。李建国把

87

报纸摊到耿东亮的面前,说:"你上报纸了。"耿东亮蒙头蒙脑接过来,他果真"上"报纸了,正在三版的文艺版面上放声高歌。旁边还有行楷体说明文字:"新生代歌唱家耿东亮的演唱引起了观众的极大热情。"耿东亮望着自己,望着这段文字,又兴奋又惭愧,一夜的工夫,他什么时候就成了"新生代歌唱家"了?观众什么时候对他表示"极大的热情"了?真是空穴来风,真是有为无处无还有,让人羞愧,却又让人振奋。他不就是唱了一首歌吗?耿东亮红了脸,有些惶恐,说:"怎么能这样说,让同学们看到了怎么好意思?"

李建国平静地说:"你不认为自己是歌唱家,可是人们已经承认了。"

李建国拉开抽屉,取出一扎现钞,丢在了桌面上,李建国用指头摁住桌面上的一张表格,递过来:"一万,是你的,签个字。"

耿东亮没有回过神来,极本能地反问说:"什么?"

李建国说:"你的出场费,一万。你签个字。"

耿东亮的脑袋到了这个时候才"轰"地一下,他望着那扎现钞,百元面值,码得整整齐齐,油油地发出青光,那么厚,还扎着银行的封条呢。他的祖祖辈辈也没有见过这样一大笔巨款,不就是为一个身患血癌的小姑娘唱了一首歌吗?耿东亮害怕起来,支吾说:"这怎么行?弄错了吧?"李总很郑重地拿起表格,重新看过一遍,说:"你不能和别人比,人家是职业歌星,有号召力,有知名度,你不可能拿得和别人一样多。"

耿东亮的气都短了,说:"我不是嫌少,我是说……怎么能给这么多。"

"你值这个价。"李总说,他的神态是轻描淡写的。李总说:"你远不止这个价。"

耿东亮在下楼的电梯中一直回想起李总的话,"你值这个价。你远不止这个价。"他的脑子里就剩了这么两句话,别的都空了。耿东亮甚至都记不清是怎么拿"出场费"的,怎么签字的。真的像一场梦。耿东亮用那扎现钞抽了自己一个嘴巴。不是梦。而电梯恰好在这个时候就落入大厅了。落地玻璃外面是满把满把的大太阳。不是梦。耿东亮一上街就拦下了一辆出租车。太阳正热,司机看上去有些迷糊。司机说:"哪儿?"耿东亮坐在后排,一时回不过神来,反问说:"什么哪儿?"司机挂了红肿的眼皮,马马虎虎地说:"我问你上哪儿?"耿东亮想了想,用那种神经质的腔调说:"瑞金路,延安路与瑞金路的交界处。"

耿东亮对司机说:"快,快快。"但是司机不急。司机说,"延安路失火了?"

发现母亲修车是一个刮风的日子。初冬的风已经很硬了,都长指甲了。耿东亮骑了自行车陪他的一位女同学串亲戚。这位女同学还没有熟悉这座城市,坐汽车认得路,骑自行车就不行了。女同学的亲戚在城北,请耿东亮带路也是顺理成章的事。耿东亮一直害怕和女同学接触,母亲一看到她的二儿子和女生太亲密了就会好几天不吃饭的。这样的事在高中二年级有过,其实耿东亮什么都没有做,连女孩子的手都还没有来得及碰一下。母亲在洗衣服的时候就把女同学的信给洗出来了。母亲什

89

么也不说,到了晚上把那封信皱巴巴地摊在了耿东亮的面前。耿东亮脑袋里就"轰"地一下。母亲要是打骂和责问就好了,耿东亮就可以说清楚的。可是母亲不问,不开口,母亲只让自己越来越没有力气的样子给儿子看。你一抬眼皮就能看得见她的难受。母亲再也舍不得对自己的二儿子粗声大气的,更不用说碰一根指头了。在他们的四口之家里头有一个小家,只有母亲与耿东亮。只有耿东亮和他的母亲才能心照不宣的。母亲喊耿东亮的哥哥就叫"耿东光",而耿东亮是"亮亮",从小就这样的。小时候吃早饭的时候,耿东光的稀饭碗里只有稀饭,而亮亮的稀饭里头却有白糖,小时候亮亮睡在母亲的怀里,而耿东光只能睡在另一张床上。耿东光又矮,又粗,愣头愣脑,"全像他老子"。而亮亮眉清目秀,有红有白,一副女儿态,真是人见人爱。小时候母亲洗衣服的时候总要喊一场:"亮亮,送个嘴来。"送个嘴来就是"亲一下妈"。母亲的双手支在搓衣板上,亮亮就会抱住母亲的脖子,左边亲一下,右边又亲一下。亮亮还会把鼻子伸到母亲的头发里去,像一条小狗一样四处闻,说:"妈妈的头发真香呀。"而耿东光就闻不到母亲的头发。母亲给耿东光洗澡的时候能听得到"咯吱咯吱"的,而给亮亮洗澡的时候就一点声音也没有了,母与子会长时间地对视在一起,四只黑眼珠子总是望着的,母亲会疲惫而又满足地微笑,说:"还喊妈妈啦?"说:"还喜不喜欢妈妈啦?"说:"长大了还要不要妈妈啦?"亮亮答应一下母亲就亲一下,每次都是这样的。都是这几句话,这几个动作。但是没完没了,每一回都像第一次。

　　所以童惠娴不能让二儿子受一点儿委屈,而耿东亮不能看到母亲有一点儿难受。所以耿东亮当了母亲的面烧掉皱巴巴的"初恋",说:"我再也不了。"而童惠娴摸了摸亮亮的头,说:"妈没有怪你。"

而母亲修车子就是让耿东亮看见了,而耿东亮和女同学"有说有笑"的样子就是让母亲撞上了。

童惠娴的身子躬在冬天的风里,用扳手拧一只螺丝。车主正在往飞轮上加油,童惠娴取过了油枪。往链条上头打了几滴机油,关照车主说:"干飞,油链子。飞轮上不要上油,灰粘在油上,反而不润滑。"这么说着话童惠娴却看见自己的二儿子从迎面骑过来了,离自行车只剩下七八米远,一个姑娘正在和他说笑。童惠娴想避过去,但她的儿子已经看见她了。儿子的目光正沿着车子的惯性匀速而又快捷地逼近过来。他的脸色在七八米之外说青就青掉了。女同学刹下车,说:"打个气吧。"女同学架好车,从梧桐树根旁取过气筒,童惠娴却接过去了。耿东亮目睹了母亲弯着腰的用力过程。冬天的风沿着打气筒的压力一阵又一阵刺进耿东亮的胸口,耿东亮走上去,想抢过气筒,却被女同学拦住了。女同学笑着说:"你看看你还是个干粗活的人。"女同学说话的时候摸了摸口袋,对耿东亮说:"你有碎钱吗?"童惠娴抢过话说:"不收钱。"旁边卖报纸的女人却开口了:"一个胎一毛。"耿东亮掏出一块硬币放在三轮车的老虎钳上,掉过头就跨上自行车,一发力,车子和人却一起倒在了地上。女同学走上去,说:"伤着没有?你伤着没有?"耿东亮的眼眶里早就含了泪了,大声说:"你有完没完?"女同学不知道耿东亮为什么发脾气,内疚地说:"都是我不好。"

当天晚上耿东亮就赶到了家里。父亲正在看电视。父亲摁掉香烟,说:"你妈病了,没吃饭就上床了。"耿东亮进了卧室就从被窝里头拉出母亲的手,她的手又红又肿,裂开了许多血口子,指甲里头全是油垢。耿东亮拉住母亲的手只喊了一声"妈"。母亲便把手收了回去,说:"妈就是干粗活的命。"童惠娴一出口就知道这句话说重了。她侧过身来,说:"等你读完大学,找一个稳当的事业单位,妈就收摊子。妈就盼着你把心思全花在学业上来。"妈的话里有话,耿东亮听得出。耿东亮说:"我不会做对不起妈的事情的。"童惠娴听完这句话脸上便松动,支起了上身,耿东亮说:"我给妈盛饭去。"童惠娴摸着儿子的头,这个小东西说长就长这么高了,天天盼他长,长大了心里头反而难受了。童惠娴说:"妈知道亮亮会赶回来给妈盛饭。"

出租车一开到延安路的路口耿东亮就下车了。他跑到母亲的身边,没头没脑地说:"妈,你不用再修车了!"耿东亮把母亲拖出去三四米,拉开了口袋,露出了钱扎的乌青脊背,像浅水滩上的鲫鱼背,一伸手就能抓住了。耿东亮满脸是泪,大声说:"你再也不用修车了!"童惠娴望着钱,脸上立即放光芒了,但刚一放亮却又突然暗淡了下去,紧张地说:"哪来的?"耿东亮急不可待地说:"我挣的,是我自己挣的。"童惠娴仰着脸,用手给儿子擦泪,越擦越脏,越脏越擦。童惠娴的眼眶就热,说:"亮亮。"

司机跟过来了,很不开心地说:"给车钱。"

耿东亮弄不明白李建国总经理为什么要把他带进小会议

室。会议室很小,而那张椭圆形的会议桌就显得很大了。会议桌的中间留出了一块椭圆形凹穴,放置了一排兰草和金橘之类的盆花。李建国总经理走进会议室之后就把门关紧了,示意耿东亮坐。李建国沿着会议桌的弧顶绕了一圈,坐到耿东亮的对面去。李建国放下文件夹,往外掏扁盒的三五牌香烟,然后掏打火机。会议室很静,李建国的一举一动都伴随了很清晰的声响效果。桌面上响起了烟盒的声音,随后是打火机的声音。

气氛一下子就变得特别庄重了。耿东亮咽了一口唾沫,望着李总。而李总也正望着他。

李建国说:"我们谈谈。"

耿东亮一下子就紧张起来了。他在回忆。他记不清这些日子到底做错什么了。

李建国打开文件夹。点上香烟。开始说话。他首先谈起了唱片市场,唱片市场的前景,以及把握机遇的重要意义。他的谈话一开头就抓住了宏观形势的要害,简明而又透彻。然后,李建国翻开了文件夹的另一面,开始谈及耿东亮。他第一次当了耿东亮的面没有用"你"而是直接用了"耿东亮"这个完整的姓名。耿东亮听着李总的话都觉得自己不是自己了,而是躯壳,而真正的耿东亮这一刻正生活在李总的谈话里。他分析了耿东亮的音色,尤其是中音区易于抒情和色调丰富的特征,他分析了耿东亮的身高,形象气质,易于被听众(即市场)接受的可能性,他谈及了新闻炒作、唱片、唱碟、磁带、肖像权、个人演唱会、声乐比赛、广告、投入经费、计划的步骤。他谈得很好。他的谈话是一份完整的技术分析与可行性报告。李总又翻过了两面,他报出了一连串的数据。师范大学音乐系声乐专业从一九八七年恢复招生开始,至今一共招收了269名学生。1名病退,2名因在食堂长凳上发生了不正当行为被开除,1名车祸身亡,实际毕业为265人。这265名毕业生中,4人下海,2人在深圳改唱流行乐,3人做了行政干部,7人从事专业演唱,6人出国,14人在大专以上院校从事高等教育,1人坐牢(现已释放),1人因喉癌切割而改行,余下的227人全部在普通中学从事基础音乐教育,占总数的85.67%。耿东亮无法审核这些数据,然而从李总的表情看,它不容置疑。完全可以精确到小数点之后的两位数。李总合上了文件夹,严肃而又负责地指出,正反两方面的情况是一目了然的。李总说:"我们希望你不要失去机遇。"

李总的目光是诚恳的,口吻是友善的。

耿东亮:"我当然不想失去,我越来越喜爱现在的生活了。"

李建国:"问题是你必须改变。"

耿东亮听完了这句话便陷入了沉默,沉默到后来他变得忧虑了。耿东亮小心地说:"你是说,我必须退学,……是不是?"

李建国:"是。"

耿东亮:"两年后……不行吗?"

李建国:"成名要早,同样,发财也要早。生意不等人。我们不会等你——我们等不起。"

耿东亮:"我可以一边读书,一边……"

李建国:"谁都不可以踩着两条船。每只船都有自己的码头。"

耿东亮:"没有机遇我们痛苦,有了机遇我们更痛苦,为什么?"

　　李建国:"因为我们都贪婪。"

　　耿东亮:"……我要是放弃呢?"

　　李建国:"你会更痛苦。有85.67%的可能性。"

　　耿东亮:"……不放弃呢?"

　　李建国:"人只能活一次。痛苦就是对另一种活法的假设。这是上帝对我们的惩罚。"

　　耿东亮:"那我为什么要选择?"

　　李建国:"每个人对逃避惩罚都怀有侥幸。"

　　耿东亮:"你利用了这一点……"

　　李建国:"我喜欢这一点。"

　　耿东亮:"我现在很乱。我太矛盾了。"

　　李建国:"这只不过是现代人的现代性。"

　　耿东亮:"让我想想……再想想……"

　　李建国:"你什么时候把退学证明拿来,我们什么时候签约。"

　　耿东亮:"……这是条件?"

　　李建国:"不是。是次序。"

　　耿东亮:"我必须退学……是不是……"

　　李建国:"我不勉强谁。我从不勉强谁。"

　　李建国说:"后天就开学了,你必须决定。我只能提醒你一点,不论作出什么决定,都必须坚决咬着牙,眼一闭就过去了。但我不会勉强谁。我从不勉强谁。"

沉寂了一个暑期的校园又一次灯火辉煌了。同学们都报到了。整个校园呈现出一片热情喧闹的景象。耿东亮没有回到寝室去,他一个人在校园里游走,像一个孤魂。而事实上,他就是一个孤魂,无枝可依。

耿东亮没有勇气决定自己的命运,他只希望能有一种"第三种"力量来编排自己。然而,没有第三种力量。耿东亮仰起头,晴朗的夜空星光浩瀚,但它们不语。他们以一种事不关己的姿态闪闪发光。校园里有许多树,开学的前夜每一棵树下都有一对恋人,他们在吻。他们在吮吸。他们在抚摸。他们的呻吟声痛苦得要了命。耿东亮在游走。他举棋不定。一刻儿是报到占了上风,一刻儿是退学占了上风。它们是两只手,在掰手腕。它们全力以赴,各不相让而又不知疲倦。最终疼痛下来的是耿东亮。他走进了食堂,食堂里洋溢着一股馊糟的气味,有一对男女正在黑暗的条凳上拼命。耿东亮刚一坐下来就听到一种相当诡异的声音了。耿东亮很自觉,只好离开。他来到图书馆的楼前,玉兰树下同样有那种诡异的声音。耿东亮连坐下来好好想一想心思的地方都没有了。整个夜间耿东亮都在校园里长征。他不停地走,形不成决定,拿不了主意。李建国说得不错,因为我们都贪婪。李建国说得不错,痛苦就是对另一种活法的假定。李建国说得不错,人只能活一次。

活法比活着更关键。更累人。

下半夜起了点风。风在枝头,枝头摇摆不定。耿东亮闻到了自己的口腔里头发出了一种苦味,有些腥,有些臭。耿东亮眨了几下眼睛,眼泡似乎肿起来了,多出了一些悬浮物质。而手背和脚面仿佛也肿起来了,整个身体像被一种无形的东西缚住了。耿东亮累得厉害。露水打湿了他的头发。头发贴在了额前,撩人,又烦人。这一刻李建国正在酣眠,炳璋正在酣眠,而他的母亲也在酣眠。耿东亮目光炯炯,他在寂静的校园里无声地燃烧,全身上下都有一种病态的汹涌。

上帝,你为什么不说话?

耿东亮躺在了足球场上,他望着天。天空在星星的那边。

上帝,你让每个人都长了两只眼睛,两只鼻孔,两只耳朵,两只乳头,两只手,两只脚,你为什么让人只有一次生命,一种生存道路,一个活法?你为什么?

非此即彼。是老天对人的残忍处。

但重要的是此生,此时,此刻。未来是不算数的。未来只是一种幻影。这个世界没有什么未来。"今天"是这个世界唯一的方式。人只能生活在今天,而不可能生活在"二十年"之后。诱惑是伟大的,诱惑的源头越来越成为生活的终极了。

李建国说得对,必须坚决,咬着牙,眼一闭就过去了。

眼一闭"今天"会变得如此现实。

天色已微明,耿东亮选择了这个早晨。

耿东亮在退学申请交上去一个星期之后被系主任叫到了办公室。系主任让人给耿东亮带去了口信,"让他来一下。"传口信的同学就这么说的,"让他来一下。"耿东亮进校两年了,还没有进过系主任的办公室呢。耿东亮进门的时候系主任正在整理桌子上的旧报纸,主任的块头很大,头顶谢得厉害,发际线像英文里大写的"M"。主任看见耿东亮进来了,大声说:"怎么样?"耿东亮不知道什么"怎么样",一时不知道怎么回答。系主任侧过脸,说:"挺好吧?"耿东亮说:"挺好。"主任"哦"了一声,把手头的旧报纸码好。耿东亮站在桌前,有些担心。系主任一定会挽留他的,和他讲一些大道理,告诉他国家培养一个大学生多么地不容易,这是一定的。耿东亮不害怕系主任晓之以理,就担心系主任动之以情。如果那样的话,耿东亮说不准就会动摇的。这么些日子里头攒在一起的坚强决心就会被他化解掉了。耿东亮低下了头,尽量不看他。他猜得出系主任现在的样子,这一刻他的一双眼睛一定会是一副动人的模样,一只眼晓之以理,另一只眼动之以情。过去系里头开会的时候系主任全是这样的。然而系主任没有。系主任一上来就引用了一句谚语,大声说:"海阔凭鱼跃,天高任鸟飞,你能在外头有出息,我们当然为你高兴。"耿东亮抬起头,出乎他意料的是,系主任的脸上没有表情,完全是一副公事公办的样子,并没有苦口婆心的样。系主任说:"你能有机会在外面发展,也不容易,我们为你高兴。"系主任站起身,走上来摸了摸耿东亮的脑袋,关照说:"学生处来电话了,让你去一趟,无非是学籍管理上的事,户口、团组织关系什么的,你去一趟。"耿东亮愣在那里,有几秒钟,知道系主任没有和他长谈的意思,没有晓之以理动之以情的意思,就道了谢,慌忙退出来。仿佛一退迟了就会动摇了他的退学决心似的。

　　系主任关好门。插上。拿起了电话。系主任摁下七个阿拉伯数字,耐了性子站在那里等候。电话后来通了,系主任寒暄了几句说:"那头还顺利吧?"系主任拿耳机仔细听了一会儿,说:

"你运气好,名额我是给你定下来了,能否办成,老兄你八仙过海吧。"

耿东亮的退学办理得极为顺利,称得上快刀斩乱麻。星期五的上午他就从学生处的办公室里取回了一大堆证明,所有的证明上都盖了公章,鲜红鲜红的,仿佛被狗咬了一口,圆圆的,留着的牙印,流着血。耿东亮拿着退学证明,户口关系证明,组织关系证明,一切都如此容易,如此平静,都有点不像生活了。耿东亮一时便不知道怎么才好了。事情办成了,落实了,一股无限茫然的心情反而笼罩住了耿东亮。出于本能,耿东亮走到学校的大门口,站在学校的大门口他的心中便不再是茫然了,而是反悔与后怕,眼泪说上来就上来了,一点准备都没有,一点预示都没有。他抬起头,看学院的大门门楼,辛苦了十几年才跨进来,跨出去居然是这样的容易,像羽毛在风中,无声无息地就飘出来了。耿东亮不敢久留,他走进了一条小巷口,用力整理自己的心情。他忍住了泪水,但伤心却忍不住。后悔这种东西居然是如此厉害,它长满了牙,咬住你就不再放松了。

难怪古人说,世上没有卖后悔药的。发明这句话的人一定被后悔的尖牙咬了一辈子。

耿东亮走到公用电话亭,拨通了李建国的电话。那头"喂"了一声,耿东亮听得出,是李建国的声音。耿东亮喘着气,慌忙说:"是李总吗?"耿东亮自己都听出来了,自己口气怎么这么低三下四的,一副巴结的腔调,就好像反过来要求他了。耿东亮就是记不清哪一个关节弄错了,明明是别人求自己的事怎么反过

99

来要求别人了。耿东亮稳住气息说:"李总,我办好了。"李总那边很平静,说:"什么办好了?"耿东亮说:"学校这边,退学的事。"李总说:"好。"李总说:"很好。"李总说:"我代表公司欢迎你过来。"耿东亮放下电话,再一次从口袋里掏出退学证明,而这一次他没有能挡得住自己的眼泪。

再见了,我的大学。再见了,我的男高音。

第 七 章

逢八的都是好日子,九月十八就更是好日子了。"久要发",听起来就喜庆,预示了一种良好的兆头。好日子就该派上好用场,自古就是这样。

季候风唱片公司与耿东亮的签约仪式就是在这天上午十时举行的。与耿东亮一起签约的还有两个女孩子,艺术学院三年级的民谣歌手舒展,省戏剧学校的越剧小生筱麦。耿东亮一眼就看出来,她们也是刚从学籍管理簿上扒下来的。站相和坐相在那儿,一股子学生腔。然而学生腔归学生腔,毕竟是美人,站相和坐相就不一样了,又姣好,又宁静。尤其是筱麦,到底有才子佳人的戏剧底子,尽管静若秋水,但目光里头却是波光滟滟的,一盼一顾就有了说不出的千娇百媚,站在哪儿都是风月无边。李建国总经理真的是好眼力,这样的女孩子光凭一张海报也能卖出一个好价钱。

耿东亮和舒展、筱麦对视了一回,点过头,脸却红了。这才是女孩子呢,从头到脚都是女儿态。

签字并不复杂,然而,张罗了三个预备歌手,好歹也是李建国总经理上任之后的一份成绩,有了成绩就必须有"仪式"。这是国情，原本就应该这样的。这一来签字就不能是签字了，而必须是"签字仪式"。李建国请来了总公司的头头脑脑们，董事长罗绮女士都赶过来了。这一来场面就纷繁了，热闹了，有穿梭与往来的人们。桌子上的水果和西瓜红红绿绿的，成了背景，气氛顷刻间就铺张又喜庆了。罗绮女士留了很入时的短发，一副亮堂而又持重的样子，显得驻颜有术与摄取有度。这一来年纪就显得模糊不定了，既像中年的上限，又像中年的下限，说不好。罗绮走过来的时候身后跟了一串人，他们的手上都端着杯子，高脚杯里头的果汁或鲜红或碧绿，或橙黄或奶白，仿佛一大片抽象的花朵十分抽象地开放着，用微笑表示祝贺与满意。她走到耿东亮的面前，仰起头，自语说："好帅的小伙子。"又指着舒展和筱麦说："好漂亮的女孩子。"罗绮女士突然想起什么了，回过头，指着耿东亮对李建国说："这不是晚会上的那个小伙子吗？"李建国赔上笑，说："是。"罗绮说："叫什么？"李建国说："耿东亮。"罗绮又问："多大了？"耿东亮说："二十。"罗绮笑起来，说："比我的儿子大。"耿东亮这时候闻到了一股很淡的香水气味，是从罗绮的身上散发出来的，很贵重的那种，气味很近，却又很远，像低声耳语的某种语气。公司里背地里有人说，罗绮董事长是一只母老虎，可耿东亮没有看出半点威严来，照他的眼光看过去，罗绮的身上倒是有几分慈爱的，七八分像大姐，三分像母亲，哪里有一点母老虎的样子？

这时候罗绮身后的那个男人看了一眼手表，走来凑到罗绮的耳边，小声说了一句什么。罗绮便伸出手，和李建国握过。李建国说："你先忙，晚上我们到高老庄喝茶，罗董事长你一定来。"罗绮握着耿东亮的手,向四周点点头,说:"我一定来。"一群人便跟了她向门口涌去了。

依照时间顺序,"仪式"的后面只能是宴会。往白处说,"仪式"的后面必然是一顿丰盛的吃喝。所有的人都喜气洋洋的,人们一路说笑,一路往餐厅去,每一个人的脸上都挂满了九月十八日的吉祥气氛。新闻界的朋友夹杂于其间,与新结识的兄弟姐妹们交换名片。九月十八日,真是一个良辰吉日。

罗绮女士的席位在小包间里头,包间有很好的名字,"盛唐厅"。这里的所有包间都用各个朝代的名称命名,比起植物花朵来可就有含意多了,动不动就是"兰花厅""牡丹厅""菊花厅",听起来就没劲,仿佛大雅,实在是大俗。——哪里比得上这儿,唐宋元明清,一路吃到今。

罗绮女士放下包,往卫生间走去。从卫生间出来的时候耿东亮正站在大厅的一大堆桌椅旁边,呆头呆脑地不知道坐在哪儿。罗绮女士路过他的身边,就觉得这孩子挺好玩,白长这么高,一点都没有见过世面。罗绮对他招招手,便把他带到盛唐厅去了。罗绮坐到主席位子上去,既像大姐又像母亲似的大声说:"过来,挤一挤,坐到我这边来。"耿东亮知道这里都是公司的重要人物,坐在这儿哪里是吃饭,实在就是受罪了。李建国说:"董事长让你去,愣在这儿做什么?"耿东亮只好在罗绮的身边坐下来了。罗绮打趣说:"我见的人也不少了,还没有见过爱脸红的小伙子呢,这年头不多了。"大伙听了罗绮的话便笑。主要领导人一般是不随便开玩笑的,只要他开了,大家就必须笑,以示领导者的亲切与幽默,正如领导人在大会上讲话,他一旦停下来了,目视四周,大家就必须鼓掌,以示热烈响应。大伙笑过了,纷纷从杯子上取出小餐巾,放到大腿上去。耿东亮没有参加过这样高级的宴会,不太敢轻举妄动,罗绮便替他拿过餐巾,塞到他的手上去,问:"多大了?"耿东亮说:"二十。"罗绮"哦"了一声,说:"下午我已经问过了,比我的儿子大。"罗绮转过脸来对大伙说:"我怎么没有生个这样听话的儿子?"大伙都看得出董事长喜欢这个年轻人,对面的一个就说:"董事长再认一个干儿子嘛。"大伙又笑,以为耿东亮会诚惶诚恐地站起来,说两句"高攀不上"这样的话,或者干脆就十分机灵地喊一声"干娘"。但是耿东亮没有。罗绮女士便举起了杯子,代表总公司恭喜"小李"。"小李"站起来,忙说:"我敬各位领导。"晚宴便在热烈的气氛中开始了吃喝。

气氛一直很好。大伙说一些闲话,说起了英国皇家的风流韵事,说起了市政府里的人事变动,今年西瓜的价格,巩俐与毛阿敏,说起了白血病,吴婷婷,吴婷婷的母亲。大伙伤感了一回,同情了一回,接下来便为季候风唱片公司干了杯。酒是五粮液,大伙儿干杯之后大大"啊"了一声,仿佛对少女吴婷婷又一次表示了同情与感叹。

耿东亮一直傻坐着,插不上话。当然,他也不想插话。只是静静地坐在那儿。吃得也少。桌上的许多东西他没有见过,也就更不会吃了。罗绮多次很关心地示意他,他只能吃一个,吃一回,吃得又蠢又笨,拙巴极了,一看就知道是工薪家庭走出来的苦孩子。女人总是心细的,罗绮过一些时候就会掉过脸来和耿东亮说一些话。罗绮:"原来在哪儿工作?"耿东亮回答说:"还没有工作呢,正在师范大学读书。"罗绮又"哦"了一回,说:"以后的学业怎么办呢?"耿东亮说:"退学了。"罗绮的上身往后让了一下,吃惊地打量耿东亮,说:"你说什么?你退学了?为什么?"耿东亮的回话还算得体,耿东亮说:"我想早一点为公司工作。"罗绮听了这话之后就拿眼睛打量李建国了。李建国不能喝酒,但今天他又不能不喝,脸上已经满面酒色。李建国说:"他们三个都退了,舒展是艺术学院的,筱麦是省戏剧学校的,他们的基础好,又年轻,前景肯定不会错。"罗绮便不语了,望着李建国,只是微笑,终于说:

"小李,你可真是太能干了!"

李建国连忙端起了酒杯,向董事长敬酒。他说过"先干为敬",一口就干掉了。罗绮抿了一小口,自语说:"小李你实在是太能干了。"

酒喝到一定的份儿上大伙便都放开了。被称着"高总"的从身后取过了麦克风,对耿东亮说:"小伙子,给你的干妈唱一首歌。"所有的人都鼓掌表示赞成。罗绮伸出双手,说:"算了,还当真做干妈呢,说着笑笑罢了。"李建国接过话筒,塞到耿东亮的手上去,大声说:"就唱一首革命歌曲,《再见吧,妈妈》。"耿东亮只好拿起麦克风,站起来等待 MTV 的伴奏带。等了半天,小姐过来打招呼说:"没有这首歌。"罗绮说:"就给我们唱一首《东方之珠》吧,我挺喜欢。"耿东亮不好在这样的时候扫大伙的兴,唱起了这首通俗歌曲。唱完这首歌之后大家一起为罗绮鼓掌,罗绮董事长喜得贵子,又多了一位干儿子了。

隔了一天,也就是第三天的下午,李建国总经理就把耿东亮叫住了。李建国忙了这么久,脸上的气色有些疲惫,看上去便有些忧心忡忡了。人在疲惫的时候大多会忘记微笑,这一来李建国的忧心忡忡就给了耿东亮某种严峻的印象。李建国关照说:"我们再谈谈。"

谈话的地点依旧在小会议厅。李建国和耿东亮依照上一次的谈话习惯,各人坐在了上一次谈话的老位置上。李建国捧了一只不锈钢茶杯,吹了一口气,自语说:"还真有点累。"耿东亮在这个瞬间里头突然产生了一种错觉,李建国不是他的总经理,而是他的辅导员或班主任。耿东亮想起来了,自己在他的面前其实一直保持了"学生"的心态的,即使在李总满面微笑的时候,骨子里头其实总有一股威严,也就是那种不怒自威。从什么时候有这个坏印象的,耿东亮又有点儿说不上来。

李建国说:"我读书的时候别人说,我唱得比说得好,可我坚持相信,我说得比唱得好。"

耿东亮眨巴了几下眼睛。这句话听在耳朵里头有点没头没脑。依照"谈谈"的习惯,李总说完一句话之后耿东亮该说点什么了。可是耿东亮说不出话来。耿东亮不知道有什么合适的话可以跟在李总的这句话后头。耿东亮便笑了笑,耿东亮干笑的时候感觉到脸上很不自然,好像预感到有什么事要发生似的。

李建国突然说:"你改唱通俗怎么样?"

耿东亮凝起神,说:"你说什么?"

李建国一点都没有绕圈子,说:"我有个想法,想让你改唱通俗。"

耿东亮:"那怎么行?"

李建国站起来了,两只手背在了腰后。他的模样不像在说话,而更像授课。李建国说:"我们唱美声的都有个错误的认识,以为美声才叫'唱',而别的不是。这是个错误。至少在现代性面前,这是个错误。"

耿东亮:"问题是我还喜欢这个错误。"

李建国却笑了。李建国伸出一只胳膊,一只手,一只指头,说:"我想我们找到了共同点了。我们都看到了,这是一个错误。"

耿东亮张着嘴,突然也站起身了。而耿东亮站起身之后李建国却又坐下去了。他坐得很慢,很沉着。他的"坐"在耿东亮的眼里带上了一股警示性与告诫性。耿东亮望着他,重新坐回椅子里去。耿东亮想找回刚才"坐"的那种感觉,但是没找到。耿东亮就是记不清刚才是怎么"坐"的了。他努力了几下,没有找到。耿东亮这回放低了声音说:"再说我也不会唱。"

李建国便笑:"这只是个技术问题。"李建国说,"我们要讨论的正是这一点。况且你唱得准错不了,前天晚上你唱得就挺好,你唱得不错,称得上出口不凡。"

耿东亮的脸色越发变红了。他被塞住了,堵住了。耿东亮结巴起来,说:"那只是让大伙儿高兴,玩玩的。"

李建国说:"我们的对话已经越来越接近本质了。我们就是要让大伙儿高兴,玩玩。"

耿东亮愣了几秒钟,说不出话来。脱口说:"我不会。我不干。"

　　李建国拧开了茶杯,喝一口,漱了几下,再咽下去。李建国随后掏出香烟,叼好了,点上。李建国很客气地说:"我不勉强谁。我从不勉强谁。每个人都是自由的。我只是和你商量。"

　　耿东亮说:"我不。"

　　李建国说:"你不?"

　　耿东亮说:"我不。"

　　李建国便微笑。不语。

　　李建国说:"好。你不。"李建国又站起来了,往口袋里头装烟盒。装打火机。李建国拧好不锈钢茶杯盖,说:"我不勉强谁,我从不勉强谁。"

　　耿东亮的坏心情似乎被黄昏的太阳放大了,带上了昏黄和无力的光圈。他回到师范大学的时候已是傍晚了,秋后的黄昏是校园最热闹的季节与时刻。学校的高音喇叭里头正在播放表演艺术家黄宏和宋丹丹的小品。学校的播音设备很旧了,磁带也很旧了,声音里头似乎夹了许多沙砾。这盘磁带被播放了无数遍,《超生游击队》里的每一句台词耿东亮都能背得出来。耿东亮扶了自行车站在一棵老槐树的下面,铁丝网里头一口气排下去十来个篮球场和排球场。每一块球场都挤满了人,他们油亮的背脊在太阳光底下发出类似于玻璃的反光。中间的那一块篮球场围了很多人,那无疑是"三好杯"的某一场淘汰赛。一阵又一阵的欢呼声从那块球场上传过来。而高音喇叭里头的背景笑声也是一浪高过一浪的。人们在球场上大叫,人们在高音喇叭里大笑,真是各得其所,各得其乐。又是一个三分球,远处送过来一阵喧哗,那阵喧哗夹在傍晚的阳光之中,有一种很特别的渲染力。宋丹丹说:"哪能跟人家比呀?连个水果都吃不上,你瞧我们的孩子,一个个葱心绿。"(大笑)黄宏说:"你知道啥呀?书上说了,大葱有营养,你知道不?"(大笑)宋丹丹说:"你拉倒吧。"(大笑)耿东亮眼睛里头看的是球,而耳朵里注意的却是喜剧小品,只是听多了,再不觉得好笑了。这一来那些笑声似乎与快乐已经没有任何关系了,只是一种节奏,一种声响。一只排球就是在这个时候飞到铁丝网扑面而来的,那个高个子男生冲了耿东亮喊:"哥儿们,喂,哥儿们!"耿东亮愣了一下,回过头找排球。一个打羽毛球的女孩子却走到球边,她捡起球用很漂亮的勾手把球打过网去。却打歪了。排球场上的男生便是一阵哄笑。女孩子又着腰,不好意思的样子。她的刘海被汗水粘在了额头上,在夕阳之中愈发英姿飒爽了。那一对乳峰却极漂亮,迎着余晖,又挺又不买账。宋丹丹在高音喇叭里说:"想当年,俺俩人儿恩恩爱爱郎才女貌比翼双飞……"(大笑)"三好杯"的赛场上一个篮下快攻似乎没有得手,一群女学生大声尖叫:"数学系,臭臭臭!"而另一群女生针锋相对地对她们说:"历史系,加——水!"

这样的场面是耿东亮生活里的一个部分,每天都如此的。但是,它们现在和耿东亮已经没有任何关系了。耿东亮只是闯进来的一位客人,融不进去,被一块冰或别的什么透明的东西永远地隔开了。耿东亮抬起头,高处的一群归鸟都快活得不成样子了,一冲一冲地在天上飞。而天也格外蓝了,滋润、平整,天上地下都是秋高气爽的开心模样。耿东亮涌上来一阵难受,这种感觉似乎是少年时代就有过的,在他换牙的季节。他的乳牙刚一动摇,耿东亮就不声不响地在课堂上用手摇晃了,每颗牙齿差不多都是耿东亮自己拔下来的,带着尖锐的痛感与血迹。耿东亮就是弄不懂自己为什么那样急,生拉硬拽,把牙齿从牙床的肉里头往外抠。越疼越固执,越坚决,而最终满足于怅然若失。耿东亮感觉到又有一颗牙齿被自己硬拽出来了,牙根上带了血与肉丝,空缺处有了撕裂与连根拔起的绝望感、疼痛感、残缺感、血腥感。耿东亮记得那时候总是把牙齿再摁到牙床上去的,而舌头一动便掉下来了。牙床与牙齿各自都无能为力。耿东亮的舌头在嘴里舔几下牙齿,它们完好无缺,但是耿东亮坚持认为牙床里头被扒去了一样东西,身体在疼,而身体的另一个部分与身体剥离了,掉在自己的掌心里头。耿东亮的眼眶里头汪开两汪泪,染上了很深的天蓝色。而夕阳在这个时候变得又大又红,在湛蓝的背景上妖娆而又易碎,呈现出完满与挣扎的矛盾局面。太阳下坠的模样靠那几根树枝是再也撑不住了。耿东亮低下头,秋意在这个时候布满了他的胸腔。

耿东亮的寝室是红八楼的304室,同室的七个兄弟这一刻却歪在床上,胳膊和腿在床的边沿挂得东一根西一根的,一副死气沉沉的样子。窗外高音喇叭里的笑声一阵又一阵飘进来,与寝室里头鞋垫与袜子的气味混杂在一块。桌子上布满了饭盒、餐叉和两副纸牌。这两副纸牌自从耿东亮退学之后就再也没有人摸过了。耿东亮的退学使班里的气氛变得凝重起来了。人们都知道,耿东亮这小子发大财去了。耿东亮这小子已经出人头地了。他的课桌空在那儿,一到上大课的时候同学们的目光就会不自觉地瞟到那儿,那个空穴仿佛成了深水里的漩涡,凭空产生了一股致命的诱惑力与吸附力。你一心一意地就想往里冲。班里的气氛越来越浮动,越来越令人伤心了。耿东亮这个狗杂种实在是太让人羡慕了,也太让别人难受和不甘心了。

耿东亮爬上三楼。304 室的门是半掩的。耿东亮站在门口,闻到了寝室里头鞋垫与袜子和短裤的混杂臭气。气味里头全是青春的分泌物。耿东亮闻到这股气味就陷入了缅怀,这种缅怀使他对往昔的生活有了一种出格的敏感,一点一滴都有了逝者不可追的大失落。鞋垫与袜子的气味使耿东亮的懊丧愈发纷乱了,夹杂了反悔和自卑等诸多杂念。耿东亮用手握住门框,稳住了自己,说什么也不能在同学们的面前流露出这种情绪的。耿东亮预备好自己的微笑,推开门,刚一进去就碰上了十四只眼睛,十四只眼睛一起向他盯过来了,如一、专注、凝神。耿东亮径直往窗下左侧的下床走过去,那是他的铺位,他一屁股坐下去,手里捏了一只彩色塑料网兜。

老大的头上罩了一副大耳机,正在听音乐。看见耿东亮回来了,老大对耿东亮说:"老六,该请我们喝一顿了吧?"他罩了耳机,说话的声音就特别了,又大又冲。耿东亮抬起头,注意看他们的脸色,他们的脸似乎比自己更需要安慰。耿东亮说:"喝什么?有什么好喝的?"老五的目光从一本杂志上移过来,说:"兄弟们为你高兴,你就陪兄弟几个醉一回。"耿东亮站起身,向上铺的老二要了一支烟,点起来吸了一大口,又猛又深,都呛住了,那口烟如一把毛刷子塞在了胸口,咽不下去也吐不出来。这样的坏感觉似乎只有酒才能抚慰。耿东亮把玩着手里的烟,突然大声说:"一人借我五十块,兄弟们喝酒去。"老八一直在床上挖耳屎,挖到哪一只耳朵嘴巴就往哪边歪。老八说:"你向我们借钱?你装得也过了,干脆我们请你算了。"耿东亮听到这话却笑起来了,高声说:"兄弟我还没成大牌明星呢,兄弟我还没有大把发财呢。"老大摘下耳机,跳下床,接了耿东亮的话沉下脸说:"今晚上吃大户,各人借他五十,我们兄弟七个一人再掏五十,我就不信几百块钱买不来一回醉生梦死。——今晚谁不醉兄弟我叫他两头冒屎汤子。"

八个人是肩并了肩搀扶着回到师范大学的。回到寝室不久耿东亮就吐出来了,一个吐个个吐。老大点上一根烟,找出各人的饭盒,用他们自己的饭盒接住自己的呕吐物。老三没有吐。老大便提了他的耳朵用力晃了几下,老三梗了脖子就全吐出来了。老大把他们的呕吐物用另一只盆子盖好,排成一排,叉了腰依靠在门背上。寝室里头只有过道灯的余光,老大点了一根烟,看着他们僵卧在床上,老大大声说:"我操你们的妈,星期一操你,星期二操你……"老大指着一屋子的醉鬼,从星期一一直操到星期天。然后,老大捂上脸,哭了,老大躺到床上去,大声问自己,"你他妈的什么时候才能熬到头?!"

第二天上午耿东亮的脑袋疼得厉害。差不多已是上午的第二节课,他醒来的时候寝室里头早就空掉了。寝室像一间下等旅馆,又乱又脏,飘浮了呕吐物的气味。耿东亮匆匆洗漱过了,在离开的时候却发现袖口处的呕吐痕迹。耿东亮捡起一面小方镜,仔细端详了自己,镜子里的目光让他这一刻儿的心境更为恍惚。醉卧之后的脸色呈现出酒后的糟糕局面,泛出青光,又颓废又无力。这是酒的后遗症,任何流体都冲洗不去的。这样的气色远比袖口的呕吐物更为醒目。耿东亮放弃了洗刷袖口的愿望。然而头疼得厉害。他走出楼道,上午的太阳都不像太阳了。

在那条冬青路上耿东亮终于与炳璋遇上了。这条路离教工宿舍区有一段距离,耿东亮总是从这里绕到大门口的。炳璋从冬青树的那边迎面走来,他花白的头发在冬青树的上方显得分外醒目,耿东亮几乎在看到花白头发的同时蹲了下去,猫了腰,利用冬青树的有效隐蔽爬着退了回去。他看见炳璋的白发从他的身边渐渐远去,而心口的狂跳似乎在这个时候开始了。耿东亮蹲在那儿,失神了,——怎么就越活越像贼了呢?

第 八 章

冬季的里下河有一种逼人的寒冷,所有的树枝都是光秃而冷峭的,在风的脊背上划出一道又一道口子。河里头结满了冰,冬天的太阳在冰面上反射出一种晶莹与坚固的光。整个大地都冻得结结实实的。所有的人都闲着,连太阳也像是闲着的,只做做样子,走过场。而孩子们在忙。他们在冰面上戏耍,他们闭起一只眼,用打水漂的方法将冰块平行地砸向冰面,尖锐而玲珑的声音就滑过冰面了。除了春节里的爆竹,这差不多就是整个冬季最欢快的声音了。

童惠娴决定在这个晴朗的冬天去一趟刘家村。借口都找好了,去借点钱,顺便看一看徐远,过些日子再去还钱,又可以跑一趟。要不然徐远又会在深夜跑过来。这样冷的天,遇上大雪可不是闹着玩的。童惠娴在出门之前很用心地小了一回便,这样冷的天在路上憋急了可就麻烦了。又不是夏天,可以露天作业。童惠娴小完便,围上长围巾,一张脸就留了一双眼睛,童惠娴在怀里塞了两个馒头,便上路了。

一出门就碰上了耿长喜。童惠娴一点都没有料到从这个上午开始她的一生已经和耿长喜联系在一起了。耿长喜的双手抄在袖口里头,看见童惠娴走来,耿长喜的脸上便露出了很巴结的微笑,同时点了点头。由于手抄在袖管里,点头的时候就不可能不哈腰了。这样一来耿长喜模样就显得格外巴结了。童惠娴礼节性地点了点头,兀自前去。耿长喜却反而擤了一把鼻涕,死气白赖地跟了上来。童惠娴怕他跟在身后,假装着摸了摸口袋,又折回了屋里,童惠娴躲在门缝的背后张望了两眼,等到没有动静,就重新走了出来。这一回童惠娴没有走原来的路。她绕到屋子的后面去了,决定从村庄的冰面上过河,这样虽说会多走一两里路,但毕竟能躲过耿长喜。要不然,在这样寒冷的荒野上走路,身后拖一个尾巴实在是太让人提心吊胆了。

童惠娴的命运在这个错误的决定里产生了变异。童惠娴在返城之后的回忆大多都是从这个严寒的日子开始的,她的命运结上了冰,她的命运只剩太阳的反光这么一种内容,童惠娴走到村北,面对河上的冰面,她害怕了。她用一只脚试了试冰的性能,吃不准。她想起了徐远,胆子便大了,闭上眼睛就决定豁出去。她并了双脚,一蹦就跳到冰上去了,轰隆一声,冰面上什么也没有留下来。

耿长喜跳进冰窟窿绝对称得上奋不顾身。按照常理,跳进冰窟窿救一个不会游泳的人,两个人至少也要死掉一双。然而,这个鲁莽的家伙在最危难的时候偏偏多出一份心眼,他从冰面上捡起了童惠娴的红围巾,把它扔在冰窟窿的前端,水并不深,耿长喜跳下冰窟窿不久就摸到童惠娴的衣服了,幸运之神光顾了此刻。他抓住的是童惠娴的一条腿,耿长喜一把拽住,仰过头去睁开了眼睛,他在游动的时候水像刀子一样划在他的眼膜上,钻心地疼,整决冰面在太阳的照耀下闪烁出怪异的光,太阳像一个蛋黄窝在冰层上,幸亏是上午,如果在正午时分耿长喜肯定只能看见满眼的玻璃花,他什么也不能看见的。耿长喜透过闪亮的冰层看到了那围巾,像一摊结成冰块的血。耿长喜不敢闭眼,而冬天的棉衣全被水吸附在身体上了,使他的动作万分地吃力,他像一只巨大的乌龟,顽强地伸出头,尽可能地运动起四肢。他的脑袋在冰的背面悄然移动,他的那一口气就快用完了,而头顶上还是冰,耿长喜的身子沉了,两条腿便往下面掉,耿长喜的双脚就是在这个时候碰上了河床的斜坡的,他站直了双腿,低了头冰压在他的后背上。他蹲下去,倾尽最后的力气,冲上去。冰窟窿的四周裂开了许多缝隙,否则耿长喜就算是一头牛也撑不开这个冰面的。他的脑袋出了水了,这个一口气就能吹皱的水面正是生死的鬼门关,耿长喜张大了嘴巴,冰块在他的前额拉开了一条血口,血涌出来,流进眼里,冬天的阳光无边无际地无限猩红,耿长喜把童惠娴倒了身子拖上岸,童惠娴就剩下一口气,只会张嘴巴。嘴巴一口比一口张得大。耿长喜蹲下去,很笨拙地翻过童惠娴,让她的腹部趴在自己的大腿上,耿长喜用肘关节猛击童惠娴的后背,童惠娴的身子后弹了一下,哇地就是一口,吐出一地的黄泥汤。童惠娴醒来了。一醒来童惠娴反倒昏过去了。

童惠娴第二次醒来的时候,耿长喜的母亲正守在她的身边。现在是正午,但是老式房里很暗,耿长喜的母亲点了一只油灯,黄黄的像一个豆瓣,耿长喜的母亲松了一口气说没事了。这个女人年纪不大,嘴却先瘪了,看上去是那种慈眉善目的样子,童惠娴想动,却让她摁住。童惠娴轻声说:"他呢?"耿长喜的母亲说:"他没事,他是头牛,一碗热粥就没事了。"这么说着话耿长喜刚从赤脚医生那边回来了,他裹了一件军大衣,光脚套在拖鞋里头,头上打了一道雪白的绷带,头发窝里正冒着热气,耿长喜十分开心地用舌头舔着嘴唇,反反复复搓着两只大手。耿长喜想不出什么话来,就说:"我去给你冲糖茶。"耿长喜的母亲叹了一口气,对童惠娴说:"我烧水去,用一大缸热水泡一泡,泡出汗,你就能起床了。"

耿长喜端了糖茶进来。给客人端糖茶是里下河地区最隆重的礼仪了。童惠娴的头疼得厉害,身子也越发沉重了。童惠娴说:"三喜。"三喜是耿长喜的小名,全村老少都这么叫的,只是童惠娴从来不这么叫。童惠娴的心口捂了许多感谢的话,不知道从哪一句说,却喊了一句"三喜"。"三喜"的脸上立即就挂满冰糖碴了。童惠娴说:"你救了我的命。"耿长喜笑着把糖茶放到床头柜上去,吮着大拇指说:"这样最好,救了你我最高兴。"童惠娴挣扎了一下,想撑起来,回宿舍去,却又有些身不由己。耿长喜正盯着她,她无力的黑眼珠在这昏暗的屋子里头是那样地晶莹而多芒。耿长喜的下嘴唇身不由己地就噘开去了。他的嘴唇一噘开去,"三喜"又成了"耿长喜"了。童惠娴决定回去。她吃力地支起身子,掀开了被窝。童惠娴掀开被窝的时候发现耿长喜的眼睛十分突然地瞪大了,露出近乎点燃的那种火光。童惠娴一点都没有想到自己正赤条条的,通身洁白而又明亮,她的乳房在灯光里头发出不要命的光芒。童惠娴自己都没有在灯光底下这样看过自己,她慌忙裹住自己,紧张地盯住耿长喜。耿长喜正咽唾沫。耿长喜说:"姐,姐。"这样的语无伦次早就逼近了危险的边缘了。耿长喜这么叫了两声"姐",便情不自禁地脱去了他的军大衣。军大衣里头只有一条大裤衩,别的地方都一丝不挂。童惠娴捂住自己。她只要喊一声他就会立即安静的。可是她不敢。她甚至不好意思,这个人刚刚救过她的命呢,而耿长喜已经跨上来一步了。童惠娴收紧了被窝,低声央求说:"三喜你不能。"女子的央求对男人来说大多数是火上浇油。耿长喜说扑就扑上来了。耿长喜说:"姐,姐,鸽子。"他握紧了她的手腕,童惠娴的脑袋离开枕头了,她昂起头,却不敢喊,童惠娴轻声说:"不能,我求你,不能。"但童惠娴看见耿长喜发力了,他一发力雪白的绷带上洇开了一片鲜红,血从绷带下流出来,从他的鼻尖上滴在了她的右颊,童惠娴闭上眼,脑袋就落在枕头上了。她企图夹紧自己的大腿,然而,两只有力的膝盖十分蛮横地把它们分开了,一只坚硬的锐器顶住了她。顶在她最要命的地方。童惠娴的整个身体都被两只手和两只膝盖固定住了。童惠娴说:"求求你,求求你。"但坚硬的锐器就是在这个时候塞进她的体内的,一阵尖锐的疼痛一同插进来了,那只坚硬的锐器胡弄地在她的体内冲刺了两三下,一股肮脏的、温热的液汁就在她的体内喷涌了,宛如臭烘烘的墨汁滴在了一盘清水里,无可挽回地四处漫洇。这个杀戮的过程只有几十秒钟,耿长喜匆匆地把沾满鲜血与液汁的东西从童惠娴体内抽出来,披上大衣,慌慌张张地撒腿就奔,他撞在了门上,整个屋子里头"轰隆"就是一声。

耿长喜的母亲是在听到动静之后赶过来的。她进屋的时候童惠娴正光了身子平躺在床上,胳膊和腿都像死了,伸得笔直。

她的下身汪了一大摊血红色的黏液,散发出古怪的气味。童惠娴的两只雪白的乳房正在拼命呼吸。她睁着眼睛,恐怖而宁静地盯着半空的某个高度,不动,她墨黑墨黑的瞳孔里头只剩下黑,而没有了光,比她的昏迷更加骇人。耿长喜的母亲倚在门框上,说:"杀人了,杀人了。"耿长喜的母亲说:"这个畜牲噢,这个畜牲。"

耿家圩子的村支部书记在当天晚上来到了童惠娴的知青屋,一起来的还有他的老伴。老支书跨过门槛,很小心地掩好门,他的肩膀上披一件褐色老棉袄。老棉袄上积了许多雪,雪花相当大,里下河地区的这个夜里又一次下起鹅毛大雪。

老支书一进门就走到了童惠娴的床沿,"呼"的一声跪在了地上。老支书伸出大巴掌"啪啪"就是两下。他抽了自己两个耳光。老支书在地上说:"娃子,你给个话,是废了他的胳膊还是废了他的腿。"童惠娴无力地说:"你起来。"老支书只好就起来,黑乎乎地站在了床沿。童惠娴说:"你们坐。"老支书和他的老伴只好坐下去。屋子里无语,老支书只好掏出旱烟锅,点上了,他不停地眨巴眼睛,吸烟,过一些时候用肩头拨了拨身上的褐色棉衣。他的老伴低着头,一双眼睛交替着打量面前的两个人。

老支书好几次欲言又止。童惠娴坐起来,只是望着自己的手。她的脸色像一块晒酥了的冰块,只有寒冷,没有光亮。

"娃子,你发个话。"老支书说。

"我不要他的胳膊,也不要他的腿。"童惠娴轻声说,"别让人知道,别让他再那样,就行了。"

"我绝对饶不了他!"

"事到如今,我只是不想让人知道。"童惠娴说。

老支书吸出一口痰,吐在地上,他的老伴立即用鞋底为他擦干净了。地上只留下一摊湿。

老支书站起身,说:"娃子,你要是看得起大叔,就写个入党申请书来。"

童惠娴说:"你们回吧。"

童惠娴在床上昏睡了两天,不吃,也不喝,整个身体都散开了,洋溢着被窝的慵懒气味。童惠娴在这两天当中做了许多梦,每一次都梦见自己躺在医院里头,正准备手术。医生们说,要从她的体内"割掉"一样东西。医生说,你已经打过麻药了,不疼的。然后,医生手上的那把不锈钢钢钳就从"那个"地方插入了她的体内,医生说得不错,不疼,然而每一次她都要出血,血从那个地方涌出来,温热得近乎灼烫,童惠娴每一次都是在这个时候被惊醒的,惊醒了之后后背上粘了一身的冷汗。

童惠娴不知道这两天来发生了什么。事实上,这两天来发生在耿长喜身上的事要比发生在童惠娴身上的严重得多,不吃不喝的还有一个人,那就是耿长喜。耿长喜不仅仅滴水不进,他用他的那一双大手把自己的"东西"搓得又红又大,然后,握在手心里,大声尖叫:"姐,我还要,姐,我还要。"随后就把一股液汁喷在了墙面上。村里的许多人都听到了耿长喜的叫喊,他的尖叫声像猫,让人恶心又让人同情。人们都听出来了,他不是"要",他是说他"还要"。

第四天的上午耿长喜已经奄奄一息了。老支书的干咳、巴掌、杀猪刀对这个儿子已经失去了一切威胁。老支书在绝望之中只能派人把儿子抬到合作医疗社里去。许多老少跟在他的身后,全村的人都知道了,耿长喜救了童惠娴,接下来癞蛤蟆就吃了天鹅肉,癞蛤蟆还想吃,天鹅不答应,癞蛤蟆就给抬到合作医疗社打吊针去了。

耿长喜被摁在桌子上。他的神志已经相当不清了。赤脚医生把针头插进了他的血管,他的性命完全靠那些盐水来维持了。耿长喜的嘴角长满了白痂,额头上的伤疤还历历在目。

但耿长喜一醒过来就会把针头拔掉,用脚踢开盐水瓶。他的动作是那样地无力,全身上下都像一只加了水的面疙瘩。然而,人们注意到耿长喜裆部的那个东西显出一种病态的挺拔,它在耿长喜垂死的身上体现了不屈不挠的战斗精神,动不动就能把裤子撑起来,许多人都看见他的裤裆又潮了,湿湿地洇开来一大片,耿长喜对他的支书老子说:"你不给我弄到手,我就死。我让你断子绝孙!"

村支书第二次走进童惠娴的屋子,身后依旧跟了他的老伴。村支书在门外吐了几口痰,把嗓子料理干净了。村支书进了门后,坐在条凳上,望着童惠娴,不说一句话。那盏小油灯安静而又无力,三个人的脸庞各自照亮了一个侧面。后来村支书发话了,他一开口就给童惠娴带了一个致命的坏消息:

"娃子,村里人全晓得那事了。"

童惠娴别过脸,对了灯,不声不响地看。灯芯在她的瞳孔里闪烁,像水面上的残阳,有了流淌与晃动。

"三喜他喜欢你呢。"

童惠娴小声说:"不行。"

耿支书在沉默良久过后终于站起身来了。他拨过肩头的棉衣,瓮声瓮气地说:"他想死就死。他就会吃人饭做畜生事!"耿支书直到门口,丢下一句话:"丫头,做人终归要有良心。他好歹给了你一条命。——就是他老娘掉进冰窟窿,他也不一定有那份孝。你这条命好歹是他从阎王牙缝里抠出来的。做人总不能忘恩负义!"耿支书撂下这句话就在门外把门关上了。外面响起了踏雪声,有雪的艰涩,还有脚的愤怒。童惠娴听着这样的脚步声,回过头来看耿大妈,说:"大妈!"童惠娴随即就忍住了。但童惠娴忍不住,又说:"大妈。"耿长喜的母亲听不得一个城里姑娘三番两次喊"大妈",只是眨眼睛。耿长喜的母亲叹了一口气,抓住童惠娴的袖口说:"你还是快点逃吧。"童惠娴按住了她的脖子,哭出声来了,说:"大妈,我能往哪里逃?"

第二天村里人就全知道这件事了。人们对城里人忘恩负义表示了不满。人们得出了这样的结论,皮肤越白,心越冷,童惠娴再这样犟下去,在这个广阔天地里恐怕再也难有作为了。

童惠娴打定了主意,她决定死。

她决定死在河里,用锹头在冰面上砸一个窟窿,双脚并起来,跳下去,一切就会了结的。她的尸体就会漂浮在冰面下面,而人就像在镜子里了,那又有什么不好的呢。童惠娴稳住自己,不让自己想家,想徐远,想别的。不要再让自己伤心了,走要走得快活,不能快活,至少要走得平静,死是一件很简单的事,几分钟的事,还苦自己做什么?还让自己伤心做什么?童惠娴自己也很惊奇,怎么打定了死的主意之后,人反而轻松起来了呢?早知道这样,早一点死有多好?被强奸完了你就可以死了,你干吗拖到现在?你这个蠢货!你这个破鞋!你这个没血性的东西!

童惠娴撑起自己。才一个刹那,她似乎又有了力气了。缠在身上的绳子全解脱了。人怎么会这样的?真是回光返照,人想死了一切都这么轻松,这么空明,这么心情通畅。早一点想死有多好?怎么就有福不会享的呢?上帝对人不薄,他老人家会给你一些幸福。

童惠娴居然幸福地微笑了。身轻如羽,胸中霞光万丈。童惠娴坐起来,准备下床。她开始收拾自己。她在收拾自己的时候就感到自己是去演出的,徐远已经坐在舞台的左前方了,就等着报幕员报幕。报完了,四周看了一圈,把被子叠好,把枕头放好,把枕巾的四只角掭好。把床下的鞋左右对称码得很整齐。然后,走到门前,开始拉门闩,童惠娴打开门。童惠娴一打开门就差一点吓昏过去了。邻居耿二婶和耿七奶奶正站在门口,耿二婶的头还伸在那儿,关注着门缝里头的一举一动。童惠娴后退了一步,一个踉跄,差一点就栽下去了。耿二婶一把就把她拽住了,扶她上床。耿二婶把她的裤带抽出来,童惠娴挣扎着说:"你放手!你放手!我要上厕所!"

耿二婶捂住了她的脸庞,命令身后的耿七奶奶去叫人。耿二婶说:"童知青你好歹也是女人,你想什么我还能不知道?支书早就安排啦!——你想想,一个村子的贫下中农能让你死?"

"你让我死吧!"

"傻丫头,我活着,你就死不掉,我向支书保证过的。"

童惠娴只挣扎了几下,就虚脱了,她的最后一丝力气总算用光了。那些绳子又回来了,重新捆在她的身上。这一回的绳子是具体的。她的手,她的双脚,全被耿二婶结结实实地捆紧了,耿二婶力大如牛,三下五除二就把童惠娴收拾妥当了,捆好童惠娴,耿二婶跳到了地上,往床上张望,看看有没有敌敌畏、六六粉、乐果、二三乳剂。随后耿二婶收走了菜刀、剪子、火柴以及可以看到的所有绳索。投河、服毒、上吊、捅刀子、火焚等自杀的所有隐患都消除了。这时候耿七奶奶带着赤脚医生终于过来了。赤脚医生的手上提了一大串注射液。他们准备给她吊葡萄糖。童惠娴的疯狂就是在这个时候开始的,她像一只被捆的粽子在床上打滚。她拒绝葡萄糖,就是饿她也要把自己饿死。耿七奶奶说:"这个城里的丫头烈哩,平时也看不出来。"耿二婶说:"不叫的驴比马烈。"耿二婶取来了三根扁担,扎成"大"字状,把童惠娴系上去,这一下就好了,童惠娴除了小肚子能打两个挺,嘴里能发出几声响之外,什么动静也都没有了。赤脚医生找到童惠娴的血管,把针头插进去,晶莹的液汁开始了点滴。

"难怪三喜,"耿二婶说,"你瞧她的胳膊,这么白。"

"白。"耿七奶奶说,"真是白得像鱼肚了。"

耿二婶和耿七奶奶坐到了凳子上。这下安稳了。这下总算安稳了。"你主意还真多,"耿七奶奶说,"你怎么想起来用扁担的?"

耿二婶"唉"了一声,说:"成亲的那一天我死活不肯,他们家父子两个把我扒光了,就是这样捆的,他老子一出门,狗日的他就上来了。"耿二婶捂上嘴,就到耿七奶奶的耳边,小声说:

"他性急得要命,还没进去,全出来了,弄得我一腿根。我人都这么样了你还急什么?气得我,唉,气得我。"

"就这样,"耿七奶奶说,"新官上任三把火,新郎上身一泡尿。就这样。"

童惠娴被捆成了"大"字状,一直躺在床上。到了下半夜童惠娴实在受不了了,手脚全像断了。童惠娴说:"二婶,七奶奶,你们放下我。我的手脚全麻了。"

耿二婶说:"傻丫头,我是心疼你,将来你就知道了,我是你的救命恩人。"

"你是我的恩人,我求你,你放开我,我吃不住了。"

耿二婶便给童惠娴松绑说:"你可千万别动想死的念头了,你想想,村子里几百双眼睛,往后全盯着你,怎么能让一个好端端的知青寻了短见?你是毛主席派来的,你要有个三长两短,我们对得起谁?"

一大早乡亲们就都知道童知青想寻短见。乡亲们都难受,红着眼睛,纷纷看望童惠娴来了。乡亲们提了红枣、糯米、鸡蛋、红糖、地瓜干、蚕豆、粉丝看望童惠娴来了,屋子内挤满了耿家圩子的乡亲们。她们拉住童惠娴的手,问长问短,问寒问暖,她们关照童惠娴,千万不要再从冰上走了,千万要保重身子,有什么委屈,全给我们说。我们就是你的亲娘。我们就是你的亲奶奶。我们就是亲二婶、四姨妈、六舅母和五姐姐。你怎么能想不开,你千万不能想不开。和三喜的事你千万别往心里去,是女人都少不了这一天,等你嫁过去了,这话就不再有人提了,反正是自己的男人,又不是和人家,不就是早了几天吗?肉只要烂在自家锅里,就算不了什么。凡事听人劝,你看你瘦的,你看你把自己作践的,谁不心酸,谁不心疼,好日子还没有开始呢我的好闺女。有我们在,就不答应让你死!

童惠娴流下了眼泪。她的手被乡亲们拉住,失声痛哭了,多好的乡亲,多么温暖多么善良的乡亲!我忘不了你们,树高千尺也忘不了根。

这是阶级性。这是冬天里的春天。这是人间的春风。这是生命的源泉。因为苦过你的苦,因为路过你的路,所以感动着你的感动,幸福着你的幸福。

童惠娴咬住下唇,失声说:"我不死,我活着好不好?——好不好?!"

这就好,我们这就放心了。人心换人心,白银换黄金,乡亲们对你不薄,你再想死真是对不住人了。

门外的吵闹声就在这时候响起了,有人要进来,有一个年轻的男人要进来。他操着一口城市口音大吵大闹,他要进来。童惠娴一听到这个声音整个身子就全软下去了。往开化,像一把水银倒在了地上,碎碎的,亮亮的,成了细细的小珠子,没有一颗能收得回来。童惠娴抓住了耿二婶的手,手指一片绵软。她无力的手指在作无用的努力。她的血在往上涌,她感觉到一股恶火正从嗓眼里冒出来,裹住了她,裹紧了她。无数颗金星正从她的双眼里头飞迸出去。童惠娴抓住耿二婶,要过她的耳朵,说:"让大伙走。让乡亲们走。我这儿不要人。"

耿二婶噙着泪,很郑重地点点头,扯起了嗓子说:"大伙儿散了,散了。"耿二婶走到门口去,大声说:"走。快走。童知青说了,这儿不要人,她谁也不见!大伙儿散了,散了!"

推搡和殴打的声音就是在这个时候传到童惠娴的耳朵里的,她听到了有人正在挨揍。童惠娴恶火攻心,说:"别打他,你们别打他。"但她的声音连她自己都听不见了。童惠娴的眼前一片黑。她昏了过去。

童惠娴再一次醒来的时候用眼睛找耿二婶。童惠娴说:"二婶,给我熬点粥。"耿二婶的脸上喜出望外的样子,说:"你想过来啦?"童惠娴说:"我想过来了。"赤脚医生正从门外进来,天气太冷,他一进来卷进来一股冷气。赤脚医生看了童惠娴一眼,才几天的工夫,她整个就换了一个人了。她的面庞使人联想起纸、石灰、医用纱布,而一双眼睛就像雪地上的反光,天空越晴朗,光芒就越寒冷了。童惠娴的黑眼珠再不像流水了,失去了顾盼,失去了眨巴。童惠娴说:"麻烦你把支书给我叫过来。"医生走后童惠娴请二婶给她梳头,脑袋却支不住,不停地往两边挂,只好就算了。童惠娴要过镜子,看了自己一眼,镜子像冰,她的一张脸就全在冰的下面了,封得严严实实的。童惠娴就这么望自己,随后把镜子提到嘴边,哈了一口热气。镜子让这股热气弄糊了。村支书的到来同样带进来一股寒气。童惠娴无神地说:"我想到小学里头做代课教师。"村支书听了这句话心里就明白了。这个城里的漂亮丫头还是知恩图报的,还是有良心的,她的良心还没有丢到美国去,村支书说:"你对得起我,我也不能对不住你,过几天你就到商业店去卖酱油醋和糖烟酒!"

"我不去卖糖烟酒,"童惠娴说,"我就想做代课教师。"

腆着大肚子的童惠娴终于变成"童老师"了。"童老师",多么美好的一种称呼。

童惠娴整天待在学校里。除了吃饭和睡觉,她整天和孩子们在一起,给他们讲刘胡兰的故事,邱少云的故事,收租院的故事。给他们讲述加减乘除,四则混合运算,公斤与市斤和克的关系。她给他们朗读课文。

夏天的太阳红艳艳,冬季的雪花飞满天。

她教孩子们唱歌。让孩子们站到操场上,手拉手,而她自己拿了一只小手鼓,有节奏地打起了节拍:

嗦啦嗦啦哆啦哆,
嗦咪啦嗦咪咪咪,
咪啦嗦咪咪哆咪,
咪发咪咪哆咪哆,
…………

孩子们喜欢她。他们的阅读与背诵都带上了城市口音,像电影里人的说话似的。他们的说话多了"不但……而且……"与"因为……所以……",他们在与大人的交锋当中以"童老师"说的作为一种准绳。童惠娴的话是耿家圩子的"童老师语录",它验证着正误、好坏,一句话,她的话使孩子们明白了坚持正确与反对错误。孩子喜欢她了,大人也就更喜欢她了,孩子们叫她"童老师",大人们就再不拿她见外了,一起喊她"惠娴"。舍弃了姓氏是一种"自己人"的称谓,里头就有了最朴素的阶级情。女人在这一点上有先天条件,她和什么人"睡了",她就必然属于哪个阶级,"地主婆"不就是睡错了床吗?而惠娴也开始用里下河一带的方言与人打招呼了,诸如"可曾吃过呢?"诸如"上哪块去呀?"随着大儿子耿东光的降生,童惠娴知道自己的"根"在这块姓耿的土地上是"扎"下来了,什么是"根"? 根就是泥土的纵深,泥土的植物部分。

这不就是生活? 童惠娴问自己,生活不就是大家都这样,而你也这样了吗? 平静下来了,"认了",其实生活就开始了。

但童惠娴并没有平静,并没有"认了"。她瞒得住自己,但瞒不了梦。藤蔓一旦有了断口,梦就会找你,梦就会挂在那个断口上,以液汁的方式向你闪耀最清冽的光芒,向你诉说攀扯的疼痛与断裂的疼痛。童惠娴一次又一次梦见徐远,他就站在河边,脖子上套着手风琴的琴带,满面英俊,精力充沛,快活而又自负的模样,童惠娴就靠过去,像藤蔓一样,小心地、卷曲着、无比柔嫩地靠过去。但每次就要攀缘上去的时候她就断了。断口流出了液汁,她无能为力。随后徐远就拉起了手风琴,2/4拍的,又单调又粗鲁。随后童惠娴就醒来了。那不是徐远的手风琴,是耿长喜在打呼噜。耿长喜在喊完了"姐"与"鸽子"之后通常要打呼噜。他不太喜爱吻、抚摩、悄悄话。他就会扒衣服,扒完了就"鸽子","鸽子"飞走了就睡。这个过程差不多在晚上九点之前,而到了凌晨四点童惠娴差不多就醒来了。四点到六点是童惠娴最清晰的时刻,也是最恍惚的时刻。她每天都要经历这两个小时。这两个小时里头她不是"童老师""惠娴",而是"童惠娴"。每天都有这两个小时她避不开自己,就像水面避不开浮云,燃烧避不开灼痛,秧苗避不开穗子的叹息,麦子避不开雪白

129

的粉碎。

这通常是一天中最黑暗的时刻,屋子里一片漆黑。漆黑伴随了尿、脚丫和烟的气味。童惠娴睁开眼睛。她的黑眼睛如这个时刻与这个房子一样,没有亮的内容,没有"看"的内容。她不知道自己在哪里。在黑暗中,她知道自己有一双黑眼睛。她悄悄地抚摩自己。她的手指辨得出自己的身体轮廓。她对自己说:我在我的身体里。

而童惠娴的指头时常在自己的两只乳房之间停住,把自己的手假想成另一双手,那双手抚弄在她的乳房上,仿佛弹击手风琴雪白的琴键,弄出了一排响来。她的身体在那只手的弹奏下涌动了吟唱的愿望,童惠娴耸起了胸脯,她的身体随着指头长出翅膀想飞,像远飞的大雁。

但是液汁流淌出来了,挂满了她的面颊。

"我不甘心,我死了也不甘心!"

耿家圩子离刘家庄只有十二里路,但是,这十二里路成了童惠娴的永恒遥远,她怎样努力都不能走完这十二里路的。这十二里路是她的伤痛,她的空隙,她的不甘,十二里路,成了童惠娴的心中一条巨大修长的伤疤。

童惠娴再一次见到徐远已经是在两年之后了。她是专程步行来到刘家庄的,徐远的变化相当显眼,除了说话的口音,他差不多已经是刘家庄的一个村民了。他的脸上有了胡子。他的手上还夹了一根勇士牌香烟。他的皮肤粗而黑,只剩下手风琴年代的轮廓和影子,但他的笑容依旧是那样爽朗而快活,他把手上的香烟扔到仓库的门外去,大声说:"嗨,是你!"

童惠娴一只脚跨在仓库的里头,另一只脚却站在仓库的外头,身子倚在了门柱上,童惠娴说:"是我。"徐远说:"怎么还不进来?"童惠娴说:"我不是进来了?"童惠娴说完这句话感觉到一股异样的悲伤向上攀缘,像青藤,盘旋着往上,又说不出来处。徐远一脸极高兴的样子,却再也没有说出话来。徐远只是重复说:"是你。"

童惠娴便也重复说:"是我。"

仓库相当大,洋溢着谷物、化肥、农药的混杂气味,又新鲜又陈腐。徐远就站在这股浓郁的气味里头,同样带上了新鲜与陈腐的气息。童惠娴弄不懂怎么刚一见面自己就背过脸去了。仓库的迎面是一块开阔的打谷场,河边垒了两堆高耸的稻草垛。稻草垛大极了,像新坟,童惠娴回过头来的时候目光正和徐远撞上了,徐远笑了一下,童惠娴也笑了一下,短短的像一片风,没有来处也说不出去处。

徐远说:"我看仓库。"

童惠娴说:"我知道,你看仓库。"

徐远的身后是各种谷物堆成的堆,用芦苇的苇子围成一个又一个圈。徐远把手伸到面前的菜籽堆里去,说:"今年年成好,丰收了。"童惠娴便说:"我们也丰收了。"童惠娴走上去一步,同样把手伸到菜籽堆里去,乌黑的菜籽溜圆而又光润,滚动在皮肤上,有一种沁人心脾的细腻,童惠娴突然就想起了漫天的油菜花,黄黄的一望无际,散发出大地与阳光的香,那些鹅黄的花朵而今凋谢得无影无踪,变成了溜圆而又光润的菜籽,童惠娴

131

的手掌在菜籽堆里头抓了一把,菜籽贴着她的指缝却全都溜光了,像流淌,只给她留下了近乎慰藉的空洞,童惠娴感受到一种空无一物的怅然,往心里钻,她十分不甘地又抓了一抓,最终却抓住了一只手,是徐远的指头。徐远的手指挣扎出来,却抓住了童惠娴。他们的手在抚摩,菜籽涌起了无声的浪,汹涌不息,浪决堤了,童惠娴感觉到自己宛如菜籽那样不可收拾地往平面里头滚动,不可收拾地四处流淌。

他们抽回手,仓库里的气味奔腾起来,闪烁起伤心的星。

仓库的木门巨大而又厚重,关上的时候发出了两声粗重的闷响。白天被关在了外头,白光偏偏地从门缝里斜插了进来,光带上了气味,是仓库的混杂气味。

他们的身体在麦粒上困难地扭动。他们不说话,他们用泪水倾诉了各自的心思与哀怨,麦粒被泪水和汗沾在他们的脸上和身上,童惠娴看见自己的身体,正伴随着一种节奏,发出耀眼的表白的光芒,一阵,又一阵。童惠娴咬住他的肩,童惠娴伤心至极,哭出了声音,说:"抱紧我,抱紧我。"

黄昏时分他们已经是麦堆上的两躯尸首。徐远卧在童惠娴的身边,很轻地吻,反复地吻。童惠娴用双手扒过来一些麦子,把自己的腰部垫高一些,今天是她排卵的日子,她的第十五天,作为育龄女人的第十五天,她算好了的,在这个下午她的身体是具有土壤的意义,用不了很久她的身体就会开春的,漫天遍野的油菜花一定会从她身躯上绽放开来。

但他们不说话,他们只是吻,流泪。每一代人都有自己的倾诉语言。他们的命运、苦难、困厄、被蒙骗、爱、希望、挣扎,还有幻灭,都会变成一种语言。这一代人的语言是无声的泪与偷偷的吻。他们最大的慰藉就是眼对眼,泪对泪,别的都无从说起。天黑了,仓库里的气味再一次浓郁起来,而童惠娴的黑眼睛在仓库里头乌黑闪烁,身子底下的麦粒一点一点冰下去,童惠娴支起了身子,俯在徐远的身上作最后的长吻。这个吻有哀伤那么长,有思念那么长,有夏夜里流星的尾巴那样长。后来童惠娴摸到了衣服,她开始穿。她说:"我走了。"徐远说:"再等一等,再黑一点,我送你。"童惠娴说:"不。"徐远说:"为什么?"童惠娴说:"不。"徐远跪在麦子上说:"让我送你,我的爱人。"童惠娴听到"爱人"身子便打了一个冷战,她拥住自己说:"这不是爱。"童惠娴说:"我不爱你,我只是偷了一回汉子,这只是偷情。"

童惠娴离开仓库的时候仓库里已是一片漆黑。她跨出仓库的门,夜晚在黑暗里头有一种乌黑的清晰,天上星光灿烂,像密密麻麻的洞,童惠娴的眼睛眨了一下,那些发光的洞便模糊了,晶晶亮亮地四处纷飞。

接连着两个星期童惠娴不许耿长喜碰她。坚决不许这个男人碰她,她坚决不允许有任何肮脏的杂物流进她体内。她在等。她在等下个经期。她用指头数着一个又一个逝去的日子。经期来临的时候她的身体没有任何动静,她给自己垫了一张极干净的卫生纸,它一连数十天都干干净净,没有一点红,没有一点额外的颜色。她的身子干净一天,她的生命就有意义一天。那张纸没有红。她的身体终于成为一块土壤了,她的身体终于成为一个温暖的秘密了,有一个生命正在她的体内做窝,正在吃她,吮吸她,正成为她的身体的全部归宿与全部意义。童惠娴时常兀自坐在学校的办公室里,一连好几个小时,自己与自己温存,自己怜爱自己,自己喜欢着自己。她在默默地与自己说话,说给自己听,说给自己的腹部听,这些语言不需要通过喉头、声带,它们沿着血脉以一种流淌的方式直接进入了心窝,沿着心脏以一种跳跃的方式直接传递到腹部,这是一种大幸福,大温馨,它沁人心脾,它入木三分。秘密是上帝给予不幸者最仁慈的馈赠,童惠娴的心窝绽开了花瓣,它像油菜的黄色花蕊,娇嫩地颤动,不知不觉地绽放开来。每一次颤动童惠娴都能感受到那种感人至深的震颤。我的爱人。我的爱。我的骨肉。我的孩子。我的生命。我的眼泪。我的小乖乖。我是你的土壤,我是你的温床,老天爷,我看见你的眼睛,感谢你的仁慈,感谢你的悲悯,阳光,你照亮我的身体吧。

耿长喜一清早就出去收鱼去了,他的捕鱼方法原始而又有效,用一根线拦腰拴住绣花针,而线的另一端系在木桩上,只要在绣花针的针头刺上一小块猪肝,再把木桩插到河边去,黄鳝和甲鱼就会在夜间把猪肝和绣花针一同吃进去了。那根针横在脖子里之后,黄鳝或甲鱼就不动了,静静地卧在那儿,等他的主人一大早来"捡"它。耿长喜这个清早的成绩不错,捡来的黄鳝足足有一鱼篓,每只手上还提了两只大甲鱼。耿长喜走进院子的时候童惠娴正在刷牙,童惠娴的刷牙每次都要带出许多血来,耿长喜懂得疼老婆,总是劝她不要受这份罪了,每次流血,人身上一共才能有几两血呢,所以耿长喜只好弄鳝来给老婆"补"。然而童惠娴不听耿长喜的劝,动不动就给他脸色。老婆一给脸色了耿长喜就会很开心地笑,老婆是城里的洋小姐,皮又白,肉又嫩,发点小脾气本来就是应该的,只要大部分时候同意给他"睡",这不就齐了吗?讨个老婆回来,隔三岔五有得"睡",日子也就应当满意了,只是童惠娴的规矩多,上床之前不是让他洗就是让他涮,这就有点烦人了,不过城市人就应该有城市人的规矩,这本来也是应该的。耿长喜的牙刷上总是积了很厚的灰,再说了,在晚上刷牙,呱叽呱叽的,让人家听见还不是把床里的事都预先告诉人家了吗?村里已经有人笑话他了,一看见他的牙齿白,就说他"昨天晚上又刷牙了"。不过耿长喜的牙齿在那些"特殊的情况下"总是要刷的。不刷童惠娴绝对不依,"躲"他。童惠娴总是说,他的嘴里有"气味"。耿长喜对了镜子哈过气,实在闻不出自己的嘴里有什么气味来。话还得说回来,嘴里没有嘴的气味的那还叫嘴吗,嘴里总不能有鼻孔的气味、脚丫的气味吧。为了平静地上床,耿长喜有时会把老婆的牙刷借过来用一回。她的牙刷软,毛也倒到一边去了,正用对了牙形,可是有一回就是让童惠娴发现了,童惠娴居然把自己的牙刷扔到马桶里去了。这也太伤人了。耿长喜说,我能亲你的嘴,为什么不能用你的牙刷?童惠娴不吭声,她就会默不作声地掉眼泪蛋子。童惠娴一掉眼泪蛋子耿长喜的心就软了,当了老婆的面给了自己一个嘴巴。童惠娴第二天一早就到小店买了两把新牙刷子,责怪耿长喜:"谁让你自己打自己嘴巴了。"耿长喜听得心也热了,眼睛也热了,城里的女人就是会疼人呢。耿长喜对老婆发誓说:"我再用你的牙刷就是你孙子。"

耿长喜一放下鱼篓就听见童惠娴一阵干呕了,耿长喜没有往心里去,他拿了一只木盆,呼啦一下就把黄鳝全倒进去了,黄鳝们稠糊糊地在木盆里头很黏滑地挤成一团,又困厄又鲜活。耿长喜端了木盆走到童惠娴的身边去,报告自己的成绩。童惠娴看了一眼,又呕出来一口牙膏沫和一串声音,童惠娴衔了牙刷,掉过脸,很含糊地让他拿开。耿长喜知道自己的老婆怕蛇,顺便也就怕到黄鳝的身上来了,耿长喜放下木盆,却听见老婆的呕吐似乎止不住了,嘴角那儿还是一大串清水。耿长喜侧过头,看老婆的脸。老婆的脸上有些古怪,看不出痛楚,而是若有所思的样子,似乎正想着一件相当满意的事。耿长喜有些不放心,"嗨"了一声,童惠娴猛地回过神来,面色便紧张了,文不对题地说:"我没有。"耿长喜一听这话就明白了,大嘴巴宽宽地乐,说:"你瞎说,你肯定又有了。"童惠娴从肩膀上取下毛巾,望着地上的一摊水说:"我也不知道是什么时候。"耿长喜一把拉住童惠娴,大声说:"我们家要有老二喽!"耿长喜扶了童惠娴往房里去,童惠娴只走了两步却停住了,突然捂住脸,哭了,耿长喜很不放心地问:"哪里不好受!"童惠娴放开手,脸上全是泪痕。童惠娴笑着说:"没有,我只是高兴了。"

耿长喜进了屋子就把大儿子耿东光拎起来了,小光才一岁多,还没有睡醒,一脸的瞌睡相。耿长喜扒开大儿子的裤裆,埋下头就亲了一口,大声说:"儿子,我们家要有第三根枪啦!"

童惠娴抱过小光,把脸贴在小光的额头上,摇晃着身子,童惠娴轻声说:"妈再给你生一个小弟弟。"

全家都知道了,童惠娴又"有了"。老支书的高兴是不用多说了。他关照童惠娴说:"不要去上课了吧?"但是童惠娴不依,童惠娴在这种时候就是喜欢站在课堂上,面对了一大群孩子,说话,或者走神。童惠娴站在课堂的讲台上,心神又有一点收不回来了。她起了一个头,让全班的同学齐声朗读第七课《雄伟的人民大会堂》,整个教室里都是嘴巴,所有的嘴巴一开一闭,发出稚嫩的童音,童惠娴就是喜欢在这个时候追忆这两年的知青生涯,茫然、苦难、还有屈辱,而这一切在现在看来又是值得的,没有爬不上的坡,没有蹚不过的河,乡亲们全这么说的。

童惠娴用手捂住了自己的腹部,而教室里的同学们早就读完《雄伟的人民大会堂》了。他们正看着她,用陌生的目光研究她,童惠娴回过神来,用普通话说:"同学们,让我们再想一想,人民大会堂在哪儿呢?"

同学们齐声背诵道:"在天安门广场的西侧,雄伟的人民大会堂正对了人民英雄纪念碑,它高……"

童惠娴打起手势,说:"好,老师知道了。"

第 九 章

在这段相对清闲的日子里头李总迎来了第二个青春期。李总看见自己四十开外的身体岔出了一根青枝,蓬蓬勃勃地垂下了碧绿的枝条,使李总返青的是那个越剧小生,那个姓筱名麦的丫头。越剧小生的短头发和下巴的确有几分假小子的味道,然而,"假小子"的味道没有使她变成"臭男人",相反,越发显示出她的女儿态来了。越剧小生很乖巧,有事没事都喜欢到李总的办公室里坐坐,当然,时间是选择好的,是在下班之前十几分钟的样子,七八分钟的样子,面对这个亮亮堂堂的假小子,李总说:"这个世界真是越来越中性了,耿东亮不像小伙子,而你呢,又不像姑娘——观众还就是喜欢这样,我就弄不懂这个世界是怎么了。"小生却站了起来,以那种戏剧程式在胸前抱起了一只拳头,另一只手的兰花指无限柔软地跷在那儿,小生向李总道了一声"公子",说:"我本是女娇娥,又不是男儿郎。"这是京戏里的词,被小生用越剧的行腔说出来竟有一种格外的动人处,李总的心情就是这声道白弄得吹拂起来的,这位排演过贾宝玉、梁山伯、张生和许仙等多情公子的小女孩台上做惯了情郎态,台下的招式也就戏剧化了,眼睛一闪一闪的,还眨呀眨的,真是风月无边,情态万方了。她说"女娇娥"的时候双手一起捂在了胸前,十只指头全开出花瓣来了。李总知道小生在和他调皮,脸上便不笑了,心里头一摇荡,脸上的表情反而变得严肃了,这样的心情李总做教师的日子里是多次有过的,他教女学生"腹式呼吸"的时候总是要把女学生的手掌摁到自己的腹部来的,示范一下,让女学生"体会体会"。然而总有一两个漂亮的女学生就特别笨,李总只好生气地把她拉过来,让她的身体贴在自己的腹部,"体会"他发出"mi——"和"ma——"。李老师那样的时刻胸口里头的杨柳也要摆几摆的,会生出一股很陌生的"豪气",然而,女学生一喊他"老师"他那股子豪气就下去了,他是"老师"呢,千万不能弄出什么乱子来,"为人师表"有时候也实在是受罪。李总坐在小生的面前,延续了他一以贯之的教师心态,只好收住自己,从大班桌上拿起了香烟,可是小生不是女学生,她从李总的手上抢过香烟,却叨到自己的嘴上,很笨拙地点燃了,吸一口,而后屏住气,就到李总的面前把两股烟从鼻孔里头小心地喷到李总的脸上去,又可爱又挑衅的样儿。李总从她的手上接过烟,他的嘴唇"体会"到过滤嘴上的那摊潮湿了。李总说:"你瞧你,都像我的女学生了。"小生便生气,说:"真没出息,堂堂一个总经理,当我老师做什么嘛。"这句话真是点拨了李总了,他现在哪里是什么教师,哪里需要为人师表,他是李总了嘛。李总很放心地笑了笑,伸出手去拍拍小生的腮,故意虎下脸来说:"小鬼。"而小生的脸蛋却像一只小羊了,很小心地往李总的掌心上蹭。她的目光却越发明亮了,盯住李总,一动都不动,这一来李总心中的杨柳像是遇上了龙卷风,刮了起来,刮得数不出根数。

李总一把便把小生拽到胸前,捂在了自己的胸前。李总的胳膊收得死死的,小生挣开来,十分可怜地说:"轻一点,我才十七呢。"这句话让李总心疼死了,便松开些,孩子才十七呢。这就更让人不能不怜爱了,小生的嘴唇上没有唇膏,然而有什么样的唇膏比十七岁的颜色更加柔嫩呢。李总伸出手,用食指很轻佻地在她的下唇上抚摩。她的嘴唇便张开来了,咬住了他的指头,咬得狠极了,一阵钻心的疼,李建国总经理从来没有体验过这样欢愉的疼痛,李建国便十分孟浪地把她的嘴唇吻住了。她的嘴唇湿润而又多肉,有点像注满了水的海绵,散发出十七岁的气味,越剧小生的鼻息燥热起来,她的腹部开始了腹式呼吸,很不安地扭动。越剧小生的眼里闪耀起泪花,伤心地说:"你以前哪里去了?"这话问得既相见恨晚又情意缠绵。李总一下子难受了。他解下了领带,拴到她的脖子上去,一点一点牵扯到了沙发边沿。

　　沙发上的游戏结束之后李总没有回去。他重新坐回到大班椅里去,重新点上刚才的那半根烟,他打上领带,真正找到"老总"的感觉了。能够决定别人的命运,能够有人巴结,这不是"老总"还能是什么?李总一连吸了三根香烟,站起身,心中喊了自己一声"李总",回家去了。

　　一进家门心思又来了,高庆霞正坐在沙发上等他。李建国一看见她便愣了一下,她今天怎么就这么老,这么难看呢,高庆霞一见他进来立即放下了手上的毛线,说:"办得怎么样了?"李建国想了想,想起女儿转贵族学校的事了,原计划是晚上去找人的,能不能减一些价。李建国放下包,说:"哪能那么快,培养一个小贵族不是两三天的事,少说也要个把月。"李建国说完这句话自己也觉得好笑,人类弄来弄去,革一回命就消灭贵族一次,手头有几个钱了,又忙不迭地再去培育贵族,让下一代再去革他们的命。然而李建国没有笑,解开衣服便走进卫生间去洗澡,热水器上个月才装上,效果很是不错的。高庆霞坐在客厅大声说:"上午不是才洗过的吗?怎么又冲了?这么个冲法要多少电?"李建国在卫生间里头说:"你这种话哪里是贵族的母亲说出来的。"李建国仔仔细细地洗完了身子,就钻进被窝里去了,高庆霞的话头似乎又转掉了,兴致勃勃地有了"那个"的意思。李建国一下子便困得厉害了,吻了高庆霞一下,说:"过两天,好不好?"高庆霞的屁股在被窝里头撅了一会儿,李建国不高兴了,说:"总不能让我白天在公司加班,回到家再加一个班。"高庆霞转过身子,赌气了。她赌气的样子实在是蠢笨,动作那么大,那么重,一点四两拨千斤的境界都没有。李建国叹了一口气,关掉床头灯,一下子又想起"女娇娥"来了。李建国又叹一口气。一宿无话。

第 十 章

依照李建国总经理的吩咐,耿东亮来到了荷花里九幢102室。李建国总经理说了,这里住着他的"最好的老师"。耿东亮敲过门,开门的是一个临近四十的中年男人。他的门只开了一个人身的宽度,而他恰好就堵在这个宽度里了。门一打开来耿东亮就感到一股阴冷的气息。屋子里很黑,中年男人的脸出现在这个很黑的背景上,宛如伦勃朗的画面,所有的光亮都集中在人物的某个侧面,他的面色是苍白的,无血色的,是那种怕光和贪杯留下来的满面苍茫,仿佛没有体温的某个面具,而他的眼睛出奇地亮。凹在眉眶底下,但那种亮不是炯炯有神,是飘在面上的,像玻璃的反光,像水面的反光。

中年男人说:"你找谁?"

耿东亮递上了李建国的名片。

中年男人很仔细地端详了名片,让耿东亮进去。耿东亮刚一进屋就感到屋子里不是阴冷,而是有点阴森,仿佛进了地下室。所有的窗户都被很厚的窗帘裹住了,屋子里的物什只是比屋子里的昏暗更加浓黑的黑色块,只能看出造型,却看不出质地。耿东亮闻到了久不通风的混杂气味,那是从家具、地毯和皮革上散发出来的,这样的气味总是让人联想起真丝面料上的酒迹斑点,中年男人拐了个弯,他的臀部闪耀起电视荧屏的光亮。他刚才一定是坐在沙发上看电视了,那只烟头还跷在茶几的烟缸上,发出黯红色光亮,说不上是热烈还是挣扎。烟缸旁边的高脚酒杯却相当干净,即使在昏暗里头依然保持了那分剔透,笼罩了自尊和沉着的光。耿东亮跟了几步,不敢再动了,他担心一不小心就会踢翻了什么,中年男人坐回到沙发角落里去,耿东亮注意到他是跛足的,左腿伸得很直,不会弯曲,挂在臀部的左侧,像身体上多余的一种配件。酒鬼坐到沙发上去,打开一盏小座灯,屋子里依旧很暗,他取过遥控器,把电视机关上了。耿东亮有些后悔,无论如何也应该在李建国那儿问一问这个人的姓名的,耿东亮有点紧张,都忘记了在什么地方了,很不自然地问:"你贵姓?"

中年男人说:"不要这么问,像个跑江湖的。你就叫我酒鬼。"

耿东亮站在原地,有些进退两难,耿东亮说:"能不能弄亮一点,比方说,拉开窗帘或者开一盏灯。"

酒鬼在黑暗处盯了耿东亮一会儿,然后说:"明亮不是光线问题,而是时间问题,耐心了就会亮了。——你干吗不坐下来?"

耿东亮笑笑说:"你还没有请我呢。"

耿东亮看看四周,除了那张沙发,周围其实没有可以坐的地方。耿东亮情愿就这么站着也不愿意坐到他的身边去。

耿东亮突然闻到了另一股气味,这股气味有别于家具、皮革、地毯上散发出来的那种,仿佛从某个更为幽暗的角落里飘出来的,并不突出,但是闻得见,这股古怪的气味使整座屋子仿佛在水下,更幽暗,更窒息了。"那我们开始。"酒鬼说。这句话听上去有点前不靠村后不着店,耿东亮刚想说"开始什么",酒鬼便抬起手,拿起了另一只遥控器,摁了一下屋子里就响起了音乐声,是《重归苏莲托》的起调。耿东亮听着这个起调就明白"开始"的意思了。酒鬼已经全准备好了,耿东亮放下肩上的小包,做好演唱的预备姿势。

耿东亮坚信自己发挥得不错,高音区又飘又稳,听得出意大利人的热烈与伤痛。酒鬼很小心地听完了,不说话,抬起手腕,用遥控器关掉音响,他侧过身,取出一支十分粗大的红蜡烛,点上了端在手上。

酒鬼在烛光底下显得更为虚妄了。烛光是柔和的,在火苗的底部蜡烛呈现出半透明的局面,即像被熔化,又保持了固态。耿东亮借助于烛光注意到屋子的装潢其实很不错,尤其可爱的是角落里的那只小吧台,式样与调子都有点别致,只是与"居家"的氛围不相通融,更像酒吧的某个角落。墙上有几幅很大的相片,是一个年轻人的演出剧照。样子很疯。它们一定是酒鬼的风光岁月。

"你这哪里是歌唱。"酒鬼冷冷地说。他说完这句话顺手就拿起了一把小尖刀,小尖刀寒光闪闪的,在阴暗的屋子里头像母兽的眼睛,他没事的时候一定不停地把玩这把小尖刀,要不然刀片的正反两面是不可能这样雪亮如新的。

"你只是背诵乐谱罢了。"酒鬼说,脸上的嘲讽宛如蜡烛的烛油,化开了,却不流淌。"你只是背诵,仅此而已。"

酒鬼说完这句话便站起了身体。一手秉烛,一手执刀,他在大白天里手持了一根蜡烛向耿东亮走来,烛光从下巴的底部照上来,在酒鬼的脸上形成很古怪的受光凸凹,不像伦勃朗,更像德加笔下的舞女,一张脸全是自下而上的明暗关系,鬼气森然的。

酒鬼往前走,由于腿瘸,墙上的影子夸张了他的生理缺陷,有点像墙的阴魂了。他站在耿东亮的面前,目光停留在耿东亮的喉头上。他张开了嘴巴,喉科医生那样做了一个示范:

"啊——"

耿东亮只好张开嘴,依照他的样子,说:"啊——"

但耿东亮一开口就流露出他的美声发音习惯来了,软腭抬了上去,喉头下沉,整个发音部位都打开了,酒鬼显然不满意,用刀尖顶住了耿东亮的喉结,又来了一遍:"啊——"

耿东亮又说:"啊——"

不行。出来的声音还是美声。

酒鬼把刀片伸到了耿东亮的口腔里去,冰冷的刀片压在他的舌面上,一直凉到心窝。

酒鬼说:"把手伸出来。"

耿东亮不知道他要干什么,只好把手伸出来。酒鬼的刀尖就在这个时候扎向了耿东亮的手心了。扎得并不猛,并不深,然而,惊心动魄。耿东亮猝不及防,失声就尖叫了起来,一声尖叫身不由己冲出了喉咙。

酒鬼站着,不动,脸上的表情似乎满意了,酒鬼说:"挺好,你的声音挺好。"

耿东亮捂住了手,手心出血了,并不多,然而疼得厉害。酒鬼退回到座位上去,放下蜡烛,把刀尖送进了嘴里,吮了几下,又放下了。酒鬼做完这一切就用手指拂拭火苗,他拂拭火苗的样子就像一个贪财的女人很用心地数钱。

"发音不能作假。"酒鬼说,"作假有什么意思?假的东西总是经不起当头棒喝。一刀下去你的真声就出来了,就像你刚才那样,你那么在乎发音的位置做什么?歌唱从来就不是肉体发出来的声音,肉体从来就没有声音,除了打嗝,还有放屁!——你记住了,歌唱只是有感而发,就像你刚才那样。"

耿东亮捂住手,愣在那儿,酒鬼在他的眼里简直就是一个鬼。

"你的声音的确不错,"酒鬼说,"到底有美声做基础,呼吸,共鸣,音质都不错,需要修正的只有行腔和位置。——这笔买卖我做了。"

酒鬼站起身,说:"今天就到这儿吧。回去告诉你的总经理,我不要支票。我只喜欢现金。——这笔买卖我做了。"

耿东亮第二天登门的时候带了现金。一见面耿东亮就把信封递给酒鬼了。酒鬼坐到吧台的里侧,点上两根红蜡烛,耿东亮就坐在了他的对面,像主人唯一的顾客,酒鬼所做的第一件事就是打开信封数钱。他数钱的样子相当仔细,口型是念念有词的,然而不出声,似乎一出声就会有一半分到耿东亮的耳朵里去了。数完了,酒鬼把钱丢到抽屉里头,他脸上就平静多了。他给自己斟满了酒杯,酒鬼说:"喝点什么?"耿东亮指指嗓子,说:"我不喝酒。"酒鬼便给耿东亮倒了一杯矿泉水,酒鬼在自饮的时候没有忘记玩弄火苗。火苗极其柔嫩,蛋黄色的,像少女的小指头,火苗在某些难以预料的时候会晃动她的腰肢,撒娇的样子,半推半就的样子。蜡烛在燃烧,安静地、美丽地燃烧,并不顾及其他,光亮与温度只是它的附带物。蜡烛从不奉献出什么,因而火苗也就格外自珍自爱了,它的温度像愉悦,它的光亮像缅怀,蜡烛亭亭玉立,烛光在酒的反光中安详,酒鬼张开手,他的指尖抚摩火的侧面。火苗光滑极了。不可久留。

酒鬼坐在他的对面,玩火,玩刀,喝酒。酒鬼有时候会把两根红蜡烛并到一处去,用不了多久蜡烛的连接处就会化开一道口子,蜡油化下来,往下淌,一边流淌一边黏结,结成不期而然的形状,淌完了酒鬼就会重新取出两支,或一支,再点上,烛光又平稳如初了。

"你怎么这么喜欢火?"

"我不喜欢火,"酒鬼抬起头,说,"我只是喜欢烛光的品质。"

"什么品质?"

酒鬼抬起头,说:"性感。"

但是酒鬼把授课的事似乎给忘了。一连三四个下午都把耿东亮关在他的客厅里头,在小酒吧的内侧坐着,不说一句话。这样的静坐实在是一种受罪。酒鬼平静而又满足,他能连续好几个小时玩火,耿东亮就显得十分地窘迫了。耿东亮不说话,他也不说话,耿东亮不提唱歌的事,他也不提,耿东亮忍受了一个下午,又一个下午。耿东亮简直弄不懂他这是做什么,这不是要他又能是什么?

"该上课了吧?"耿东亮说。他心里让自己礼貌,让自己客气一些。

"上什么课?"酒鬼不解地说。

"当然是歌唱。"

"我没有什么可以教你的,"酒鬼面无表情地说,"我已经说了,你的呼吸、共鸣、咬字、归音、行腔,样样都比我出色。我教不了你。"

"那我跟你学什么?"

"我不知道。"酒鬼说,"我怎么知道?我没有要教你,是你自己找上门来的。"

耿东亮的脸色在烛光底下说变就变掉了,然而,他敢怒,却不敢言。

"你拿了钱了。"

"钱也是你们送过来的。"

耿东亮便不语了,站起身,往门口去,但是耿东亮只到门口就停住了,回过头来,看酒鬼。酒鬼的脸上没有任何表情,他只是平静地玩火,烛光在他的脸上一晃一晃的。

耿东亮重新走到他的面前,忍住自己,说:"你总得教我一些什么。"

"你想学什么呢?"

"当然是唱,"耿东亮说,"除了唱我还能学什么。"

"我实在弄不懂你想学唱做什么,"酒鬼说,"由美声改唱通俗,就像是鼻涕往嘴里淌,太容易了。重新摆好发音的位置,一个月你就可以毕业了。"

"你总得告诉我重新摆好的位置。"

"我告诉你了。"酒鬼说。酒鬼这么说话的时候重新拿起那只小刀片,用左手的指尖来回抚摩,酒鬼说:"我一见面就告诉你了。"

耿东亮产生了那种被欺骗的感觉。这种感觉一出来他就急了,流露出了无能加幼稚的那一面。耿东亮像个孩子那样有些气急败坏了,慌不择言,大声说:"你把钱还给我!"

酒鬼料不到耿东亮会说出这样的话来,他第一次开始认真地打量面前的这个小伙子了,一边打量一边却笑起来了,是微笑,很缓慢,很开心的样子,一点声音都没有,所有的皱纹都出来了,耿东亮注意到酒鬼在笑起来的时候其实是又傻气又单纯的,甚至也有些天真,酒鬼说:"钱我不能还你的。钱对我来说是手的一个部分,到了我的手上就是我的手指头。"

耿东亮简直就不知道再说什么好了,只是无奈地看四周。眼睛差一点就要出来了。酒鬼注意到面前的这个高个子年轻人有一双特别生动的眼睛,目光清澈、忍让,还有些缠绵,是那种在所谓的"正路子"上长大起来的年轻人,内敛、胆怯、本分、缺少攻击性。酒鬼说:"你就那么急着想做歌星?"

耿东亮说:"我只是急着像那样挣到钱。"

酒鬼向左侧咧开嘴,笑起来了:"像我这样,挣到钱。"

"是的,"耿东亮说,"有了钱我就可以去做歌唱家,有了钱我就可以独立,有了钱我就可以自由。"

酒鬼又笑了,说:"像我这样,独立,自由。"

耿东亮说:"我是说独立,自由,我没说愿意像你这样。"
"为什么?"
"我在坐牢,你同样在坐牢。"

酒鬼屋子里的白天永远像黑夜,门窗封得严严实实的,点着蜡烛,只有那台华宝牌分体空调均匀地叹息。好几次耿东亮都以为自己生活在深夜了,而一出门又是白天,耿东亮在出门的时候时常与午后的天色撞个满怀,呆在门口,愣在门口,弄不清时间的明确方位。

酒鬼给耿东亮所安排的教学内容只是仿唱。那台先锋音响在整个下午都开着,耿东亮握着麦克风,十分小心地跟在一张旧唱片后头照葫芦画瓢,酒鬼则守着另一个麦克风,坐在小吧台的里头,喝酒,玩烛光,抚摩小刀片,监工那样关注着耿东亮的每一个发音,耿东亮一滑到美声上去他就会用刀片敲击麦克风的网状外壳,整个屋子就会响起音响的回环声了。酒杯就在他的手头,过半天就是一口,过半天又是一口,酒鬼不说话,他在耿东亮"上课"的时候永远就那么坐在小吧台的内侧,既像一个永远做不上生意的吧台老板,又像一个永远不知道"天亮"的孤独酒客,他的酒吧里放满了酒,各式各样的酒瓶呈现出各种各样的款式与颜色,散发出来的光芒有一种近乎哀怨的镇定,酒的反光成了酒鬼的背景,被烛光照耀着,每一只酒瓶都有一支蜡烛的倒影。的确,酒瓶与烛光是一种天然的依赖,天然的彼此照映,一瓶酒有一瓶酒自己的蜡烛,它们在酒的深处,显现出假性燃烧。

"你首先得弄清楚你是谁。"酒鬼在漫长的沉默之后终于开口说话了,"你想表达什么,然后才是声音。脱口而出,不说不行,表达得越简单越好,越明了越好。——简单、明了,是歌唱的生命,像呻吟那样,像呼救那样,呻吟、呼救,它们是现代人最真实的世俗情怀。你唯一要做到的是准确,然后诉说。你不要像美声那样顾及音量,顾及声音的品质,对于通俗歌曲来说,这是话筒和电声的事。人私语,若上天打雷,歌唱就这么回事,歌唱的时候我们通着天。"

其实酒鬼有一种言说欲。寡言的人似乎都有一种言说欲望,这一点同样类似于酒,不过,是啤酒。寡言的人如同被封压的啤酒那样,天生就有一种内存的压力,金属盖一打开来内存的压力就成了一种自溢,所有的内容都向瓶口吐气泡。酒鬼在说话的时候甚至还有点像太阳下面的冰块,开始是傲慢的,端正的,但慢慢地就会自融,有了不可收拾的流淌与波动,阳光闪闪烁烁的,跳荡而又绵延。

歌唱是什么?酒鬼这么问。这一问酒瓶的封盖就打开了,端正的冰块就会正迎着好太阳了。——歌唱是我们的活法。

世界上只有一种人不会歌唱,那就是我们汉人。酒鬼说,每个民族都有每个民族自己的歌,自己的旋律。但是我们没有。忧伤、辽阔、旷达,苦中作乐,那是伟大的俄罗斯,天蓝蓝海蓝蓝,那是意大利,苏格兰是温情的,南美是纷繁的,本能的。听过蒙古歌曲没有?天高地阔。苗族的呢?甜美,嗲得很,娇得很;藏族的歌声鼻息是不通的,直上直下,有一股蛮荒气;维吾尔的歌声就更美妙了,可以说妙不可言。不管他是什么民族,他一开口就会把他的民族性表露出来,就像他的语言和长相。汉人没有歌,汉人没有发音方法。你不知道什么旋律属于汉人,但是汉人很自信,我们会把兄弟民族的歌声说成自己的民族。这一来我们就更没有歌声了。你学的是美声,这种做法就如同法国人用毛笔写七律情书,德国女人裹脚,巴西佬向自己的老丈人送臭豆腐。

你心中有上帝吗?没有。没有上帝你唱什么美声?美声要求上帝子民的身体变成一架乐器,成为合理的、科学的、利用最高的声音共鸣器。美声从一开始就是先在的、奴性的,它面对的是天堂、上帝,还有君主,你的声音只是礼物、颂歌、赞美诗、忏悔。——那是圣乐。可你又崇敬什么?你没有忏悔。你有什么?你有愿望、欲、虚荣、渴求,你需要解放、自由、自我,所以你别学他妈的美声,你天生就是一个俗人,那就唱自己,那就喷发,照镜子那样,让真嗓子发出真声。感受感受你的现时、即时、此在、临在。就像你遗精,在虚妄中自溢。不要说谎。这年头人在说谎,——除了病人面对医生。

这样你至少可以满足自己,碰得巧还可以安慰别人。

"放弃吧,"酒鬼说,"跟我学,你还来得及。"

酒鬼坚信自己是"仅存的一个好歌手",没有另一个酒鬼会比他更棒。酒鬼说,流行音乐的意义不能用理性去断定,只有靠生态。只有生态意义上的流行才称得上真正的流行,像流感,像打喷嚏。不打不行,塞都塞不住。流行的第一要素不是流感病菌,而是预备着去感冒和打喷嚏的人,他们的身体。

通向流行歌手的道路只有一条,这是一条单行线,不是学习,不是临摹,艺术是没有摹本的,艺术的产生对他人来说就是一种艺术的死亡,别人只能依靠忘却、舍弃。歌手是天生的,天成的。寻找歌手就是发现"自己","自己"就是"我"。"我"是什么呢?是上帝发明的第一粒精子。人不能发明,人只有寻找,只有发现,我发现了我,而你发现了你。把多余的部分舍弃掉,我不是歌手还能是什么?青蛙在跳跃中发现了自己,乌龟在伸缩中,猫在献媚中,狮子在孤寂中,种猪在交配中。

流行乐应当是挣扎的、控诉的、呐喊的、反抗的。因为流行乐是现代的。现代性使我们的身体远离和失去了水、空气、泥土、空间维度、草地、亲情、邻里、烛光、缅怀、混沌。现代性使人只剩下了时间这么一个东西。时间是可怕的。人类发明了监狱正是人类对时间的本质认识,剥夺了你的一切,把你关在笼子里,只给你时间。现代性正是人类的监狱,现代性使时间变得分外急迫,让你像擀面条那样把时间越擀越长,但是你无处躲身。你不论藏在哪儿别人都可以通过一组数码找到你,你的生命完全地数字化了。被数字极端化了,典型化了。你只是电话号码、电话保密号码、手机号码、BP机号码、信用卡号码、工资卡号码、工作证号码、通行证号码、音质号码、指纹号码、血型号码、瞳孔直径号码、体重号码、心律号码、血压号码、血小板号码、血质素号码、肺活量号码、骨质号码、避孕套号码、探亲避孕药号码、女性内用卫生棉号码、座次号码、航班号码、密码箱号码、考勤号码、信箱号码、图书证号码、发动机号码、车牌号码、驾驶证号码、鞋帽号码、电表水表号码、维修号码、姓氏笔画号码、准考证号码、准营证号码、合格证号码、病床号码、死亡证号码、骨灰盒号码,总之,在0~9之间,这些无序混乱偶然必然的阿拉伯基数组合和序数组合就成了你,朋友可以通过这些号码找到你,警察可以通过这些号码侦破你,仇人可以通过这些号码揭发你,你可以通过这些号码发财、做官、倒霉、因祸得福或因福得祸,然而,你没有一项隐私是"私有"的,它只能是社会的一个"值",现代性就是依靠这些数字组成了一首歌,哆、唻、咪、发、嗦、啦、希,你就成了旋律,与汽笛、干杯、卡拉OK、打耳光的声音一同,汇进了一片响声之中。你无知无觉,你不知身在何处,你觉得岁月如常,而电脑通过科学的二进位制的电子换算,放大了你,缩小了你,使你重新变成颜色、线图、声音、形象、运算思维,再现你拷贝你,使你普遍成偶像、效益、利润、税收,而你无知无觉。人类唯一的大理想就是把"人"再讨回来,流行乐就是一种最没用的办法。讨回来了吗?没有。讨不回来了。所以歌手只剩下"歌唱"这么一点临在。"临在"你懂不懂?歌唱会告诉你。流行乐的悲悯和无奈全在这里头。

但是人们需要。所以商人就看中了它。

人类的每一次重大行为最后都成了商业。商业总是人类行为的最后一个环节。他们永远是赢家,优秀的政治家总是把目光投向商业。这一来在他临死的时候至少是成功的。

我们歌唱,是因为我们渴望破坏——最后被破坏的也许就是你的声音,我们自己。

第十一章

作为生活里的一种补充，BP机在该响的时候总是会响起来。而BP机真的响起来，生活就会顺应BP机的鸣叫发生某种改变。耿东亮把手上的麦克风放到吧台上，开始拿眼睛寻找电话。酒鬼说："我没有电话，你出去打。"耿东亮回完电话，匆匆赶向大宇饭店去。李建国在那里等他，他不能不快点。虽说早就入了秋，秋老虎还是厉害，比起夏天也差不了哪里去。城市的确是越来越热了。除了在空调下面，你在"大自然"里头几乎已经无处藏身了。

李建国正坐在大宇饭店的璇宫，很悠闲地抽着三五牌香烟，他的对面坐了一个女孩子，开心地和他说笑，女孩留了童花头，看上去像一个日本中学生，璇宫里的冷气开得很足，耿东亮从电梯上跨进来的时候T恤正被汗水贴在后背上，潮了一大块，现在却又有些冷了。耿东亮走到李建国的面前，很恭敬地说："李总，我来晚了。"李总抬起头，用夹烟的左手示意他"坐"。耿东亮怕坐到女孩的身边去，却更不情愿和李总并肩坐在一起，就犹豫住了。这时候留童花头的女孩往里挪了一个座位，耿东亮只好坐下去，随意瞟了一眼，身边坐着的却不是什么日本中学生，而是舒展,艺术学院辍学的女民谣歌手,签约仪式上见过的。她穿了一件很紧身的海魂衫,两个小奶头肆无忌惮地鼓在那儿,乳峰与乳峰之间挂了一件小挂饰,很俏皮的样子,很休闲的样子。即使坐着不动,舒展的两只小奶头也能起到一种先声夺人的效果。舒展仰起脸,对耿东亮说:"哈,不认识我啦?"耿东亮从坐下去的那一刻脸就已经红了,这刻儿更慌乱了,文不对题地说:"哪儿,我只是出汗太多了。"

小姐递过来一杯雪碧,冰镇过了,干干净净的玻璃壁面不透明了,有些雾。而杯子里的雪碧更让人想起那句广告词,晶晶亮亮,透心凉。

璇宫在大楼的顶部,以每小时一周的匀速缓慢地转动,人就像坐在时间里了,与时间一样寓动于静,与时间一样寓静于动。城市在脚底下,铺排而又延展,整个城市仿佛就是以大宇饭店为中心的,随着马路的纵深向远方辐射。许多高楼竖立在四周,它们与大宇饭店一起构成了城市。城市在被俯视或者说被鸟瞰的时候更像城市了。它们袒露在耿东亮的面前,使耿东亮既觉得自己生活在城市的中心,又像生活在城市的局外,这样的认识伴随了眩晕与恐高感,耿东亮认定只有一个出色的歌星才配有这样的好感觉的。

璇宫在转,耿东亮就是时间,他可以是秒针,也可以是分针,甚至,他还可以是时针。一切都取决于他的心情,时间的走速这刻儿全由当事人说了算。

耿东亮说:"李总,有事吧?"

李建国的上身半仰着,不像是有事的样子。李建国微笑说:

"别总是李总李总的,等我把你们捧上天,成了明星,别不认识我就行了。"舒展把杯子握在手上,让杯子的弧形壁面贴在自己的右肋,一副娇媚的样子。舒展笑着说:"李总,你又来了。"李总优雅地弹掉烟灰,说:"刚刚忙完一阵子,累了,歇一下,想和你们吃顿饭。"耿东亮听完这句话,身体全放松了,把上身靠到了椅背上。李总说:"今天吃自助餐。别怪我小气。我只想来一次自由化,想吃什么点什么。就像阿 Q 说的那样,想要什么就是什么,喜欢谁就是谁。"耿东亮和舒展一同笑起来,很有分寸地笑过一回,耿东亮和舒展在敛笑的时候相互打量了一眼,不管怎么说,这句话在璇宫的空调里头多多少少有一点生气盎然。璇宫里的人不多,三三两两的,他们很斯文地咀嚼,或者耳语。斯文,干净,整洁,还有空调,这一切都不像炎热的秋老虎,一举一动都如沐春风。

点好菜,李建国就发起感慨来了。李建国说:"你们知道我最怀念什么?"李建国这么说,立即又自问自答了,"我现在最怀念做教师的日子,师生相处,实在是其乐无穷。"李建国随口就说出了尊师爱生的几个小故事,舒展和耿东亮一边抿了嘴咀嚼,一边很仔细地听,不时还点几下头。李建国说:"其实我一直拿你们当学生,好为人师了——没办法,心理上拐不过来。"李建国打起了手势,说:"干了这一行就身不由己了,没办法。你们不一定能了解我的心情,我拿你们当自己的孩子,这话过分了。没办法。"耿东亮不住地点头,认定了李建国的这些话是说给自己听的。耿东亮在这一刻觉得李总这个人还是很不错的,挺实在,挺可爱。人家只是"没办法"。

"你别说了,"舒展说,"做我们老师也就罢了,怎么又做起父亲来了?我们可是拿你当大哥的。"

这句话李建国很受用。他的表情在那儿,他摇了几下脑袋,笑着说:"没办法。"

李总笑道:"多吃点,给我把三个人的钱全吃回来。"

李总故作小气的样子,让耿东亮和舒展又笑了一回。

李总敛了笑,脸上的表情走向正题了。李总放下餐具,从三五牌烟盒里抽出两根香烟,并列着竖在餐桌上。李总望着这两根烟,便有些失神。李总说:"公司经过反复研究,打算给你们采取一种短、平、快的包装方式。"李总用手指着一根烟,说:"你,金童。"随后他又指了指另一根香烟,说:"你,玉女。"然后李总才抬起眼来,交替着打量耿东亮和舒展,问道:"明白吗?"

大大方方的舒展却咬住了下唇,低了头不语,李总伸出手,把两根香烟挪得更近一些,几乎是依偎在一起了,心连心,背靠背的样子。李总笑起来,依旧只盯着餐桌上的两根香烟,说:"我是不是在拉郎配?嗯?"李总说,"我不干涉你们的生活,公司只是希望你们在某种场合成为最受人羡慕的情侣形象,是假戏真做还是真戏假做,那我可不管,否则我真的成了乔太守了,乱点鸳鸯谱的事情我可不干。——我希望看得到你们的恩爱,快活得只剩下忧愁。如此而已。"李总抬起眼,看了耿东亮一眼,又看了舒展一眼。他的这一眼既是询问,又是通知。

"是真事,但可以假做;是假事,但做得要像真的。——表演和包装就是这么回事。"李总说。

"试试看吧。"舒展说。

李总就拿眼睛盯耿东亮。

耿东亮有些愣,有些无措,一时回不过神来。这件事过于突兀,在感受上就有许多需要商量与拒绝的地方。然而当着舒展的面,话也说不出口。耿东亮说:"试试看吧。"

李建国听得出两个"试试看"的不同意义。女性天生就是演员,从幼儿园到敬老院,她们在表演方面总是胜男性一筹的。李建国在舒展那一头就不打算再说什么了,他再一次伸出手,挪出一根香烟,放在自己与耿东亮之间,依旧只看烟,不看人。李建国说:"还有件事情要和你商量。是你的姓名。——你的姓名太像人名字了,太像了就一般,流于大众,流于庸俗,缺乏号召力。一句话,你的姓名不像一个明星,没有那种摸不着边际的、鹤立鸡群的、令人过目不忘的惊人效果。这样很不好。"李建国总经理说,"公司不能眼睁睁地看着你,叫什么'耿、东、亮',不能。公司决定让你叫红枣。大红枣又甜又香,送给那亲人尝一尝,对,就是那个红。这名字不错。有那个意思。"

耿东亮愣在那儿,说:"这一来耿东亮是谁?"

李总慢声慢气地说:"你耿东亮当然还是你耿东亮。"

"那么红枣呢?"

"红枣也是你。这么说吧,红枣就是耿东亮所表演的那个耿东亮。"

"我为什么要表演耿东亮?"耿东亮的目光便忧郁了。

"所谓明星,就是表演自己,再说了,耿东亮这三个字不好卖,而'红枣'好卖。——价格不一样。"

舒展这时候在一旁插话了,舒展自言自语说:"舒展,'红枣',我也觉得这样好。"

耿东亮便不语,低下头弄了一点什么东西放进了嘴里,嚼了半天也没有嚼出是什么东西,只好咽下去。

李建国总经理从脚下取出了公文包,抽出几张纸,耿东亮一看就知道又是合同。李建国微笑着说:"我看我们就这么定了吧。"

耿东亮接过合同。合同的全部内容等同于这顿自助餐的所有步骤,真是妙极了。商业时代以一种极端的方式印证了这样一句古话,天上不会掉馅饼。商业时代的每一顿饭都隐含了精打细算的商业动机。耿东亮提起笔,犹豫和难受又上来了。舒展却早早签完了,打量着耿东亮。耿东亮不动手,只是很茫然地愣神,呈现出犹豫与无奈的局面。

"怎么啦?"舒展说,"不愿意和我搭档?"

"哪儿。"耿东亮说。

舒展半真半假地说:"是不是我长得不够漂亮?"

"哪儿,"耿东亮说,"你说哪儿去了。"

"我可是巴不得和你合作的,"舒展说,"签了吧。"

耿东亮只好就签了。一笔一画都有些怪。他写下的是"耿东亮",而一写完了自己就成了"红枣"了。

李建国端起了杯子,开心地说:"为红枣,干杯!"

耿东亮在这一个瞬间里头就变成了红枣了。

红枣有这样一种印象,李建国总经理与红枣几乎从合作的开始就建立了一种新型的关系,即改造与被改造。正如李总对三位签约歌手所要求的那样:"这是一次脱胎换骨,你们必须重新开始。"李总尽量用那种玩笑的口吻对他们说:"我希望你们重新做人。"

这些话虽然是对三个人说的,然而红枣听得出来,这几句话是"有所指的"。红枣与另外两名歌手在性质上有所不同,他走上商业的前线从一开始就带上了"脚踩两只船"的动摇心态。这就决定了他的二重性与不彻底性,这就有了摇晃与背离的可能性。李建国总经理要求自己的队伍在挣钱这个大目标上是一支特别能战斗的队伍。李建国总经理必须保持这支队伍的纯洁性。

红枣似乎是在某一个瞬间里头发现自己有点惧怕李总的。这位师兄对红枣一直都是礼貌的,微笑的,并没有显示出任何方面的严厉。然而,红枣一直有这样一种错觉,李建国不是他的总经理,而是他的班主任或辅导员。李建国总经理始终让红枣自觉地以学生的心态面对他,是哪一句话或哪一个具体的细节,让红枣得出了这个印象,红枣似乎又说不上来。总之,红枣总认识到自己在某一个方面正和李总较着劲,但是在哪儿,红枣还是说不上来。就好像红枣和李总的目光总是对视着的,并没有抗衡的意思,可是到后来眨眼的总是红枣,而永远不会是李总。说不上来,而红枣也就越发胆怯,越发流露出了郁闷和伤怀的面部表情了。

红枣在这样的日子里越发追忆自己的学生生涯了。那种生活并不遥远,甚至可以说就在昨天,可是红枣认定了自己不是在追忆,而是在缅怀。所有的往昔宛如自己的影子,就跟在身子后头,一回首或一低头就看见了,尾随了自己,然而捡不起来,也赶不走,呈现出地表的凸凹与坡度,有一种夸张和变形了的异己模样。但是异己不是别的,说到底依旧是自己,只是夸张了,变形了,另一种意义上的自己,昭示出自己的一举手与一投足。红枣不知道这些日子为什么这样关注自己的影子,真是自艾自怜了,真是病态的自恋了。说不上来。

而那个下午这种印象似乎又强烈了。

那个下午红枣去填写一张表格。办公室的张秘书看见红枣过来,很客气地说:"红枣来啦?"红枣愣了一下,还没有习惯别人称自己"红枣",有些别扭。红枣他很客气地说:"还是别叫我红枣吧,耳朵听惯了自己的名字,有些排异呢。"李总好像听到红枣与张秘书的说笑了,李总故意问:"排异什么呢?"张秘书知道李总从来不说闲话的,就夹了墨绿色的文件夹走进另一间办公室去了。红枣说:"我说我的耳朵排异,听不惯别人叫红枣,还是叫我的名字吧。"李总眨了两下眼睛,又很缓慢地眨了最后一下,反问说:"为什么?"红枣想不起来为什么,就笑,说:"不为什么。"李总扶了扶眼镜,也笑。突然说:"排异是一个医学问题,我们不能让器官去适应身体,相反而应当让身体去适应器官。如果不能适应,毁灭的将是自己。"这是一句玩笑,然而,红枣一下子就闻到自己"身体"的气味了,他一下子就从这句笑话里头体味到一种凶猛,一种凌厉。李总补充了一句,说:"这只是一个不恰当的比喻。"李总又开玩笑了,对红枣说:"回去站到镜子面前,问自己,我是谁?问到五十问你就知道了,你不是红枣还能是谁?"

红枣在那个下午一直回味李总的话,他一次又一次回想"排异"。想来想去都有些害怕了,居然有些寒飕飕的。他在黄昏时分望着自己的影子,影子又大又长,在那道围墙上又拐了一个九十度的弯儿,贴在地面与墙之上。影子在这种时候已经比"自己"更具备"自己"的意味了。或者说,影子是更本质的,可供自我观照的自我。红枣对影子承认说:"你才是耿东亮,因为我是红枣。"

然而更大的问题不是面对自己,而是面对母亲。红枣在这个黄昏躲在了瑞金路的另一侧,他站在商店的玻璃橱窗的里面,买了一瓶酸奶。他装着专心喝奶的样子打量马路对面的母亲。母亲正弓了腰,高耸的打桩机正做了母亲的背景。咚的一声,又咚的一声。他与母亲之间隔了一层玻璃,一道水泥路面。大街像一条河,而玻璃像一层冰。红枣找不出一种语言在母亲面前解释自己。就像鱼不肯在水下面对人。红枣喝完了酸奶就心思重重地走开了。走出好几步才被店主拖回来,"还没给钱呢。"店主说,红枣挣了钱之后已经是第二次忘记付钱了。

把儿子送进大学,再看着儿子从大学毕业,这是童惠娴作为母亲最重大的、也是最后的梦。是儿子亲手毁掉了这个梦。这里头有一种百般无奈、分外失措的无力回天。

更糟糕的是红枣无枝可栖了。家回不去,而学校也就更回不去了。住在哪里,成了红枣最迫切的问题。

整个晚上耿东亮和酒鬼对坐在吧台上,开始后悔下午的轻率举动。怎么说也不该在那张合同上随随便便地签字的。酒柜的挡板是一面镜子,镜子映照出诸多酒瓶,在酒瓶与酒瓶的空隙之中映照出耿东亮的脸。那张脸是残缺的,怪异的,有酒的反光与蜡烛的痕迹,那张脸不是别人,是红枣。红枣的脸在酒的反光之中残缺而又怪异。

镜子的正面与反面现在不是一个人,而是两个人,一个是耿东亮,一个是红枣。他们显现出矛盾的局面,他们彼此有一些需要拒绝与排斥的地方,然而,谁都无法拒绝谁。拒绝的结果是我中有你,你中有我。

耿东亮冷冷地盯着红枣。而红枣同样冷冷地盯着耿东亮,红枣有镜子掩护着,他的目光就越发具备了某种挑衅性了。耿东亮坐在那儿,胸口就感觉到了堵塞,难于排遣。这些堵塞物是固体的,却又像烟。——怎么越需要拒绝的东西就越多呢?而所有需要拒绝的东西最终将成为一种鬼魂,降临在你的身上,吸附在你的身上。你拒绝的力量有多强大,它们吸附的力量就有多强大。

耿东亮,你不可能不是红枣。

你不可能拒绝表演另一个自己的命。

这样的命运宛如镜子的纵深能力,它没有尽头。

酒鬼突然想逛逛大街,有点出乎耿东亮的意料。像他这样的男人怎么也不应该喜爱商场的。耿东亮和酒鬼出门的时候天色似乎偏晚了,天上正飘着霰状小雨。他们叫了一辆出租车,径直往长江路去。红色夏利牌出租车在状元巷与举人街的交汇处给塞了二十分钟,到达长江路的时候正是华灯初上了。这条最繁华的商业街上对称而又等距地亮开了橘黄色路灯,半空的雨雾显柠檬色,而潮湿的路面上全是轿车尾灯的倒影,仿佛水面上洒上了一层油,缤纷的倒影时而聚集,时而扩散,拉出了一道又一道嫩红的光带,黄红相间。而最深处却是高层建筑顶部的霓虹灯,霓虹灯的色彩变动不居,它们在倒影的最深处有一种说不出的天上人间。椭圆大厦、新时代写字楼、世纪广场、新亚洲饭店、盛唐购物中心、香港岛中心大酒店,这些标志性建筑在干净的倒影里一个比一个深,一个比一个亮丽、佻达,一个比一个珠光宝气。酒鬼走下出租车,对耿东亮说:"只有在这个时候城市才像城市,下雨,华灯初上。"

酒鬼带领耿东亮走进了盛唐购物中心二楼的布匹市场。酒鬼对布匹这样感兴趣,简直就有点匪夷所思。盛唐购物中心的二楼是一个巨大的布匹市场,色彩斑斓的布匹悬挂在半空,给人一种美女如云的印象,它们寂然不动,真是静若处子。悬挂的姿态又精心又天成,似乎天生就应该如此这般的。酒鬼从布匹的面前缓缓走过,十分在行地把面料握在手心里,再突然放开,然后用修长而苍白的指头很小心地抚平褶皱。他抚摩布匹的时候是用心的,投入的,仿佛抚摩某一个人的面颊。不停地有女营业员走上来。她们用不很标准的普通话给酒鬼说些什么,介绍质地、门面、工艺、出处,乃至原料产地与价格。酒鬼在这种时候便会找出这种布料的缺点来,比方说手感,比方说花式、图案、颜色组合,比方说丝头与跳纱。总之,他喜爱每一匹布,每一匹布都是有毛病的,可以挑剔的,而终究是要不得的。酒鬼侧过头对耿东亮说:"闻到了没有?"耿东亮说:"什么?"酒鬼说:"布的气味。"耿东亮嗅了嗅鼻子。酒鬼说:"不要嗅,要漫不经心地闻,好气味一嗅就跑到耳朵里去了。"耿东亮果然就闻到布的气味了。其实他从一开始就闻到了,只是没有留神罢了。布匹的确有一股很缭绕的香,宛如女儿国里的好气味,酒鬼就说:"布匹多好闻,裁剪成'人'形,一上身就再也没有了。就像人,经历过初恋身上的好气味就全跑掉了。"

耿东亮说:"你那么在乎气味做什么?"

酒鬼说:"气味是事物的根本,形状和颜色只不过是附带物罢了。什么东西都有它的气味:真丝有薄荷味,府绸像爆米花,呢料的气味里头可是有漩涡的,全棉布的气味就像阳光再兑上水。什么东西都有气味。"

"歌呢?"

"当然有,"酒鬼说,"现在的大部分歌曲都有口臭,要不然就是小便池的气味,一小部分则有避孕套的橡胶味。"

耿东亮听到"避孕套"脸就红了。酒鬼再也不该在这种场合说那种东西的。耿东亮说:"好歌应该是什么气味?"

"阳光、水混合起来也就是棉布的气味。你的声音里头就有水味,是五月里的那种。你身上也有。"

耿东亮极不习惯别人谈论自己的身体,站在一具石膏女模的身边,极不自在了。好在酒鬼并不看他,正凝神于他的面料。耿东亮侧过脸看一眼石膏女模,她的身上裹了一块海蓝色真丝,目光里头贮满了疑虑。耿东亮就和她对视,她什么也没说。只是疑虑。石膏对人类充满了天然忧伤。

然而酒鬼的心情似乎特别出色。他挨着商场一家连了一家转,他左腿上的毛病在他出色的心情面前反而显得格外醒目了,拖在他的身后,拽在他的身上,很勉强,破坏了均衡的对称关系。耿东亮对商场都有些厌倦了。可是酒鬼乐此不疲。他们沿着长江路自东向西,用了两个半小时才走完这条商业街。街上的小雨毛绒绒的,在城市的上空变成了城市的潮湿颜色。酒鬼说:"我一直讨厌城市。可是离开它又总是没有勇气。"耿东亮说:"我们该吃点东西了吧?"酒鬼便带着耿东亮走进了椭圆大厅的三楼。这个干净的大厅光线很暗,笼罩了茶色调子,一对又一对情侣正腻腻歪歪地悄然耳语,酒鬼和耿东亮在临街的大玻璃底下对坐下来,沙发的靠背有一人高,弧形的,坐在里头差不多就把整个世界剔除出去了。酒鬼点了许多很精巧的中式点心,好看的小碗与碟铺满了一桌子。

窗外看不见雨,然而玻璃上布满了流淌的痕迹。

耿东亮依照口味的喜好次序吃掉面前的酥饼、铁蛋、小笼包、赤豆粥和豆腐脑。他的饥饿推进了他的咀嚼速度。酒鬼坐着看他吃,又像若有所思,又像羡慕他的胃口。耿东亮差不多吃饱了之后小姐又端上来两碗龙凤汤圆,养在青花瓷碗的清水里头,宛如刨过光的四块雨花石。耿东亮从来没有见过这样漂亮的中式点心,拿起青花匙,尝了一个,口味很不错,就又尝了一个。耿东亮剩下两只雨花石汤圆,深吸了一口气,弄出很饱的样子。耿东亮推开青花碗,抬起腕弯来看手表,离师大下晚自修的时间已经不远了。倒两趟公交车少说也要四十分钟。耿东亮说:"不早了,我该回去了。"酒鬼有些诧异地说:"什么不早?一天才刚刚开始呢。"耿东亮说:"我和同学们说了,还住在过去寝室里头,晚了进去会很不方便。"酒鬼说:"有作息时间的生活怎么能叫生活？你住我那儿吧，看看艺术家是怎么摆弄时光的。""这怎么可以，"耿东亮小声说，"这可不太好。"酒鬼望着他，说："可能不太好，不过也挺好。"

酒鬼似乎特别喜爱汤圆。他吃完自己的那一份，却把耿东亮剩下来的那一份端到自己的面前去了。他拿起了耿东亮用过的那只青花匙，耿东亮注意到酒鬼拿起小匙的时候，小拇指头是跷着的，像女人的手指那样张了开来。酒鬼就用耿东亮用过的小匙把剩下的那两只汤圆送到嘴里去了。耿东亮甚至都没有来得及阻拦他，耿东亮说："再点一份罢。"酒鬼舔过嘴唇，搓了巴掌说："行了。"耿东亮看着他的快乐样子，说话也就随便了。耿东亮说："今天怎么不喝酒了？"

"今天是星期天。"酒鬼说。

星期天的夜晚汽车明显减少了。车子在大街上开得飞快。耿东亮望着大街，玻璃上的雨水使大街上的光源看上去像无规则的色块，尤其是马路上汽车尾灯的倒影，以一种怪异和过分的鲜亮在玻璃上左右穿梭。而人行道上的行人却悠闲了，他们的步调不再功利，不再有目的，完全是为走路而走路的调子，情侣们依偎在雨伞底下，他们的身影全被玻璃弄模糊了，不真切。只有个大概罢了。有点像梦。像用水彩笔上过颜色的梦。耿东亮望着那些模糊的雨伞和模糊的行人，耿东亮回过头，出于错觉，酒鬼的脸色在那个瞬间里头都有些青灰了。耿东亮说："你为什么不结婚？"酒鬼点了香烟，烟雾把他的整张脸都罩住了，酒鬼说："和谁结？""当然是和女人结。"耿东亮说。"俗。"酒鬼说，"你一开口就俗。"

耿东亮冲了一个热水澡,酒鬼的卫生间装修得真是漂亮极了,站在这样的卫生间里头淋浴,好像连心情也洗了一个澡,里里外外都是舒泰。耿东亮换上了酒鬼的纯棉内衣,真是更干、更爽、更舒心。酒鬼的纯棉内衣很旧了,露出了棉纹衣物的本来面目。贴身而又松软。酒鬼一定是一个极爱干净的男人,衣物洗涤得那样爽洁,洋溢着冬日阳光与水的气味,耿东亮走进客厅,坐到三人沙发里去。酒鬼在酒吧里头问:"还行吗?"耿东亮不知道他说的是内衣还是沙发,但是这两样都是那样地令人满意,耿东亮说:"挺好。"

酒鬼这个家伙其实并不冷漠,并不古怪,耿东亮想。他拉开棉被,躺在了沙发上。衣服与沙发是那样地干爽柔软,真是不错,耿东亮仔细详尽地体会这种感受,再也不用赶回师范大学去做贼了。有一个地方可以睡觉,可以自由地进出,离开了母亲,离开了炳璋,这好歹也可以称作幸福的。耿东亮躺着,往四周巡视了一遍,这里不太像一个家,然而,可以睡觉,可以自由进出,不是家还能是什么?

这里没有什么需要他去拒绝,这就比什么都好了。

日子会好起来的,从明天开始,每一天早晨也许就是一次欣欣向荣。

但是耿东亮又闻到了那股很古怪的气味,第一次走进这间屋子他就闻到过的,很淡,像河床底下的那种,有些腥,有些淤泥的意味,却不浓。由于无法断定而近乎神秘。这间屋子里怎么也不该有这样的气味的。耿东亮用力嗅了嗅,气味蹑手蹑脚的样子,突然又没有了。

气味总是这样,你想逮它的时候它就没有了。耿东亮闭上了眼睛。他安稳地睡了。

酒鬼睡到中午才起床。刚刷完牙酒鬼就端上了酒杯。相当痛快地喝下一大口。是烧酒。酒鬼咽下酒之后做了一个很夸张的表情,这个表情在快活与痛苦的临界处,让你看不出这口酒对他是一种拯救还是惩罚。耿东亮说:"你怎么一起床就喝酒?"酒鬼说:"谁说我一起床就喝酒?"酒鬼说:"谁说我一起床就喝酒了?刚才刷牙用的不就是自来水?"耿东亮笑着说:"你总不能用酒刷牙吧?"酒鬼说:"当然不能。刷牙要吐掉,我怎么能把酒吐掉?"耿东亮说:"你就这么爱喝酒?"酒鬼歪了脖子若有所思地说:"谁说我爱喝酒了?"耿东亮说:"你一天到晚喝,还说不爱酒?"酒鬼像个农民似的用巴掌擦擦嘴角,说:"我不爱喝酒。喝酒只不过是一种活法。"酒鬼看了一眼酒杯,补充说,"酒能提醒人,告诉你你的知觉,尤其是一觉醒来的第一口。你试一试?"

"我不。"

"你不?你迟早会喜欢酒。"

"酒会损害我的嗓子。"

"嗓子只是一个通道,把酒送进去,把歌送出来。——酒就是这样一种交通工具,把人从天上送回地面,再从地面送到天上。"

耿东亮突然发现电视机的旁边有一只地球仪,很久不打扫了,地球仪的表面上积了一层灰。耿东亮伸出手,想拨动它,却被酒鬼喝住了。酒鬼说:"不要动它。"耿东亮说:"为什么?"酒鬼走上来,说:"不要动它。"酒鬼说完这句话就戴上墨镜,到巷口买了两盒盒饭,这一天就算正式开始了。耿东亮好几次想提醒他把窗帘打开,话到了嘴边,又咽下去了。看来嗓子除了把酒送进去把歌送出来之外,还有一样作用,把不该说出来的话再咽下去。酒鬼除掉墨镜,倒上酒,用手指捏了一只小饭团,关照耿东亮说:"你先吃,我给我的朋友送点饭。"酒鬼说完这句话就走到沙发顶头的角落那边去了,那里竖了一排架子,上上下下放满了脸盆大小的陶质器皿。酒鬼把手里的饭团分成若干米粒,每一只陶盆里头都放上几颗。耿东亮好奇地说:"我以为你在架子上放了工艺品的,原来是养了东西,是什么?"酒鬼的脸上又堆上了儿童一样的笑容了,开心地说:"我们看看?"酒鬼走到窗前,用力拉开了窗帘,"唰唰"就是两下,锐利而又凶猛的阳光一齐狂奔进来,屋子里的墙面和所有陈设顷刻间一片明亮,音箱上的木质纹路都纤毫毕现,日常的阳光是这样强烈,都近乎炫目了。酒鬼竖起一只食指贴在嘴唇上"嘘"了一声,轻手轻脚地从架子上端下陶盆,连着端下来三只,酒鬼把陶盆放在地面,示意耿东亮过来。耿东亮端了盒饭走过去,三只盆子里正卧着三只巨大的河蚌,河蚌的体肉正吐在外面,粉红色,一副死皮赖脸的样子,看不出死活。酒鬼把食指咬在嘴里,一脸的含英咀华。他把食指从嘴唇挪过来,小心地伸到水里去,对准河蚌的粉红色身体戳了一下,河蚌的身体一阵收缩,收进去了,两片巨大的蚌壳迅速地合在了一起。那股古怪而又神秘的气味又一次弥漫开来了,笼罩了这个现代人的客厅,这股夹杂了水、泥、鲜活肉体的腥臭气味越来越浓,使耿东亮的那口饭堵在了嗓眼里,下不去,也上不来。酒鬼的指头分别戳了另两只河蚌,它们一个收缩,又一个收缩。耿东亮的胃部跟着收缩了两下,只差一点都吐了出来。

酒鬼取过酒瓶,咕咚又是一口。

巨大的河蚌安详地倒在水里。它们的肉体没有四肢,没有视听,没有呼吸,没有咀嚼,然而它们是动物,整个造型就是一张嘴巴,而整个身体仅仅是一张舌头,它们的生命介于肉体与矿物之间,混沌迷蒙,令人作呕,简直莫名其妙。酒鬼盯着这些河蚌,脸上的样子如痴如醉。耿东亮望着他,耿东亮对他的认识又回到第一次见面的那一刹那了。

三只巨大的河蚌静然不动,屋子里一片死寂。但河蚌渐渐丧失了对环境的警惕了。它们的身体试探性地重新裂开了一条缝隙,身体一点一点往外吐,那种愚钝的、粉红色的肉体悄悄吐了出来,含在了自身的一侧。

耿东亮说:"你干吗要养这个?你完全可以养一只有四只脚的东西。"

酒鬼说:"谁说不是呢。"

酒鬼从腰间抽下牛皮裤带,重新走到角落里去,掀开了盒上的盖子。他把裤带塞进去,搅了两下,慢慢提了起来,一只硕大无比的甲鱼十分死心眼地咬住了皮裤带,被酒鬼提了出来。它的脖子被自己的体重拉得极长,差不多到了极限,一对绿色的小豆眼绝望地望着别处,通身长满了绿毛,而四只脚在空中乱蹿,真正称得上张牙舞爪,落不到实处。又绝望,又热烈。耿东亮放下饭盒,冲到角落里端出陶盆,大声说:"你放下它,你快点放下它!"他的用语是命令的,而声调却是祈求的。

酒鬼没有。酒鬼就那么提了这只硕大无比的甲鱼,斜了眼瞅瞅耿东亮,古怪而又诡异,时间在这个时候停住了,僵在了那儿,被甲鱼的爪子抠出了条条血痕。

酒鬼把甲鱼放进了盆里。甲鱼进了水,松口了,丢下了酒鬼的皮裤带。经过这一阵子的折腾,甲鱼一定累坏了。它卧在水里,长长的脖子与四只脚一同收进了壳内,水面上冒了只气泡。甲鱼团起全身,像一只河蚌。

酒鬼小心地把它们重新码回到架子上去。

酒鬼拉起了窗帘。

一切又回到当初,幽暗、宁静。像经过了一场梦。

"喝点酒吧。"酒鬼说。

耿东亮接过来,仰起脖子,咕咚一声就全下去了。

耿东亮坐在了沙发上。他回过头去,想看一眼角落里的架子。这刻儿他什么也看不见。黑暗之中只有酒鬼的眼睛闪动着光亮,像酒杯上的清冽反光。

"你为什么养这些东西?"

"总得有样东西陪陪我。"

"你可以养狗。"

"我不喜欢狗。这个世上从来就没有狗,狗全变成了人。狗越来越像人。狗越来越通人性了。狗就是我们自己。"

"你还可以选择猫。"

"我更不喜欢猫。一双眼睛水汪汪的,盯着你,可是锋利的爪子说过来就过来。这东西又柔媚又凶猛,像女人,养猫还不如结婚呢。"

"你为什么非要养这些东西?"

"它们至朴至素。形式简单,气质混沌。"

耿东亮缄口了,他的视线再一次适应了这间屋子和昏暗。他望着那只木架。昨天夜里那些河蚌与甲鱼陪了他整整一夜,它们将一直陪下去。这些东西并不恐怖,可是瘆人,一想起来耿东亮就觉得自己的躯体内部布满了蚯蚓,耿东亮浑身爬满了鸡皮疙瘩。

"没有所谓的动物,"酒鬼说,"所有的动物都是我们自己,人类使动物成了我们的一个部分,一个侧面。"

第十二章

寻呼机又响了。它打断了耿东亮与酒鬼的对话。耿东亮知道又是李总在呼他了。耿东亮不想回李总的电话,然而,不能不回,因为找他的是李总。耿东亮望着寻呼机,自从有了这个破玩意儿,他的生活就成了李总的一间牢房,李总什么时候想提他,都可以把他提过来。这真是一件让人没法回避的事。耿东亮这么想着,用一声叹息打发了自己。

耿东亮走进录音棚的时候李总早已站在那儿和舒展说笑了。李总一定说了一句什么好笑的话,舒展都笑得弯下了腰。舒展一见到耿东亮就止住了笑,很热情地走上来,喊耿东亮"红枣",招呼说:"你来了?"耿东亮不喜欢别人称他红枣,耿东亮一听到"红枣",幼稚的一面就显露出来了,他拉下脸,很不高兴地说:"叫我耿东亮,别叫我红枣。"李建国看在眼里,却不说话,走上来,一手搭在耿东亮的肩膀,一手揽过舒展的腰,一脸的含英咀华。李建国说:"红枣我们今天来试试声音,看一看效果。"李建国把"红枣"两个字叫得明明白白,耿东亮失去了抗争的勇气,耿东亮一下子又累下去了。

说着话门外站着的那个男人便走进来了,大概是公司里请来的服装师。他从胯上取下黄色软塑料米尺,在耿东亮身体的各个部位量下一组阿拉伯数字,飞快地记在一个小本子上。李建国递过来一张乐谱,是正在走红的《纤夫的爱》。李建国说:"会唱吗?"耿东亮说:"会。"李建国拍了拍耿东亮肩,说:"就用这首歌试试,找一找感觉。"耿东亮张开了胳膊,让服装师在两腋底下量胸围,耿东亮说:"量这么仔细做什么?"李建国说:"总得有几身像样的行头,要不然你怎么演红枣呢?"这时候服装师却把手伸到耿东亮的裆里去了,随后把黄色软皮尺从裆里抽出来,量他的胯高与大腿。该量的差不多全量了,就差生殖器的长度与直径了。

这时候卡拉 OK 的伴奏带却响起来了。一切都事先预备好了局面,是《纤夫的爱》,耳熟能详的,耿东亮开始把注意力集中到发音方式上来,呼吸的深浅以及喉头的位置,否则一开腔又会跑到美声上去的。那么洪亮,那么正经,那么通畅,一点普通人的世俗情怀都没有。耿东亮把喉头提得很上,尽量让气息靠前一些,有效地控制了胸腔、口腔与颅腔的共鸣,用近乎吼叫的方式,总之,用一点都不加修饰、一点都不作假的发音方式,一开口果真就通俗多了。

妹妹你坐船头

哥哥在岸上走

恩恩爱爱纤绳荡悠悠

妹妹你坐船头

哥哥在岸上走

恩恩爱爱纤绳荡悠悠

舒展的演唱从一开始就是"民族"的,不是美声,不是那种木桩一样钉在地上的,庄重的,威严的,僵硬的,呆板的,张大了嘴巴引吭高歌的。她一开腔腰肢和手臂就如风拂杨柳,目光里头含了烟又带了雨,踮起了脚后跟兀自在那里自作多情,她习惯性地仰起脸,冲了"哥哥"耿东亮情深意长。而口腔共鸣得又是那样的纯熟,甜、嗲、娇、媚,一副惹是生非的样儿,一副撩拨人的样子,一副欲说还休的样子,而一双迷蒙的眼睛也就欲开而闭了。

小妹妹我坐船头

哥哥你在岸上走……

她后退了两步,深情地用碎步重新走上来,像涌上来的一个浪头。"小妹妹"依偎在耿东亮的胸前,柔软,妩媚,欲仙欲死。

我俩的情

我俩的爱

在纤绳上荡悠悠

(哦……)荡悠悠

耿东亮显出了傻气。他不呼应。不怜香惜玉。不投桃报李。不拥你入怀。耿东亮就弄不懂舒展的"爱情"怎么说来就来了,怎么一下子就能这个样子无中生有了,都难分难舍了,耿东亮看了一眼舒展,一不留神,就起了一身的鸡皮疙瘩。

你一步一回头(哇)

泪水在我心上流——

只盼日头它落西山沟(哇)

让你亲个够

哦哦哦哦哦哦——

哦哦哦哦哦哦——

舒展一上来就这么不要命地抒情,眨了眼睛拼命地做温柔状,做山花烂漫状,做纯真无邪状。然而总脱不了潜在的老于世故。她的漂亮面孔因为这种努力变得令人生厌。耿东亮无缘无故地痛恨起这个小女子来了,连做一对假情侣的愿望也没有了。

轮到耿东亮的时候他那口气就没能提得上来。

李建国说:"停。"

李建国总经理表现了他的善解人意,他走到耿东亮的面前,表情显得相当平和。"我也是唱美声。"李建国低下头,看自己的脚尖,抬起头来却把目光送到耿东亮的脸上去了。"美声只注重声音,演唱的时候不太留意体态的神情,这是美声在表演上的缺陷,当然,歌剧除外。就是歌剧也还是显得过于僵硬。我们不行。你显得过于庄重了。我们不能这样。我们这样还怎么拍MTV？你们俩得起腻得黏糊,得让天下的少男少女找不到北。"

舒展十分大方地说:"会好的,我们有信心。"

耿东亮一点也不掩饰脸上的沮丧,不高兴地说:"我不习惯这种唱法。"

"唱歌呢,说白了就是演戏。"李建国很有耐心地说,"再来,我们再来。"

然而耿东亮不行,还是不行,连声音都变了,都回到美声上了。这一次失败使耿东亮变得有些恼怒了,而舒展甜蜜得已经到了以假乱真的地步,像人来疯都收不住脚了。耿东亮便把这腔闷气迁移到舒展的身上去了。耿东亮默默不语,但是一听到舒展的声音就来气。可是人家也没有做错什么。这就更气人了。

"今天就到这儿吧。"耿东亮说。

"慢慢来,"舒展说,"练多了就会条件反射的。"

李建国没有勉强,他再一次走上去,拥住了耿东亮和舒展,一只胳膊挽了一个,这样的时刻李建国总经理显示出了一个优秀教师的看家本领,循循善诱,兼而诲人不倦。

"他只是内向,有点放不开,习惯了就会好的。"李总这么对舒展解释,好像耿东亮对不起她了。

"很简单的一件事,"李建国说,"我们只当做一种假设,而假设在某种程度上才是最真实的,我要求你们成为情侣,正爱得死去活来。一个是白马王子,一个是白雪公主。让所有的人一见到你们都觉得自己白年轻了、白活了。"李建国用双臂把他们推到一起,很开心地说:"这不难,拥抱一下。"耿东亮和舒展就拥抱了那么一下,很别扭,像日本相扑,头靠得很近,而屁股却撅得很远。"我要的就是那个意思,情侣,爱情,本来也就是那么一个意思。"

舒展冲了李总很好看地微笑,舒展说:"会好的,一切都会好的。"她微笑得越是好看耿东亮心里头就越不舒服了。耿东亮连平常心都没有了,只想离开她。离得越远越好。

酒鬼在这个晚上似乎喝多了,一见到耿东亮他脸上的兴高采烈就显得没有来由,酒鬼大声说:"我带你到一个地方走走,一个有意思的地方。"耿东亮不想动,每一次从公司回来他都带着一身的疲惫,没有例外,耿东亮说:"以后吧,我一点兴致也没有。"酒鬼放下酒杯,走上来就拉耿东亮的手,耿东亮全身都是汗津津的,正想坐在空调的下面贪一些凉,酒鬼却把他拽起来了。酒鬼的脸上有一种被夸张了的神秘,他用一只食指封住自己的嘴唇,说:"用不了走很远,神奇的地方从来就不在远处。"

客厅里的对门有另一扇门,有门就会有另一个空间。耿东亮差不多没有注意过这扇门,依照生活常识,这里或许是一间储藏室,或者是一间书房,酒鬼拉住耿东亮,随手取过一只麦克风,蹑手蹑脚地朝那扇门走了过去。他打开了那扇门,屋子里很黑,像时间的一个黑洞,一掉进去似乎就再也出不来了。耿东亮有些害怕,看了黑洞洞的屋子一眼,又看了酒鬼一眼,一股更阴冷的气息进一步在这座屋子里弥漫开来了。酒鬼并不理会耿东亮,自语说:"我喜欢有意思的空间形式,我喜欢出其不意的空间形式。这儿是我的天堂!"酒鬼说完这段话就摁下了墙上的隐形开关,黑洞洞的房门口骤然间灯火通明,称得上流光溢彩,然而,没有空间形式。耿东亮跟在酒鬼的身后小心地走进去,他用了很大的力气才明白了这个空间的所有秘密,这间屋子所有的六个几何平面全部贴上了镜子,上下左右前后,全是镜子。

镜子的包容性使墙面与墙面失去了阻隔,成了无边的纵深。灯光与灯光交相辉映,镜子与镜子使灯光只剩下抽象的亮,而空间彻底失去了几何形式,如宇宙一样,只有延伸。宇宙里空无一物,只是在某一个角落有一扇门。

酒鬼与耿东亮就站在门前,耿东亮不敢动。这一脚迈出去他一定会坠入到浩瀚的宇宙空间里去,他会失去体重,像粉尘或细羽那样四处纷飞。

"还是有钱好,"耿东亮一定下神来就对自己这么说,"有了钱宇宙就会跑到自己的房间里来,在自己的房间里无中生有。"

酒鬼关上门,跨到了宇宙的正中央,他像一座不会发光的星座飘浮在宇宙的某个位置,既没有坐标感也没有空间感,只是另一个物质形式。耿东亮站在原处,不敢动,他一动似乎立即就会招来灭顶之灾的,酒鬼却对了麦克风吼起来了。

　　阿拉木罕住在哪里
　　吐鲁番西三百六

他反反复复就这么两句,好像他这一生中会唱的歌只有这么两句。他一遍又一遍地反复,一遍又一遍地回忆。他的声音糟糕透了,沙哑掉了,钙化了,像被烟酒风蚀得不成样子。像西部的地面,一有风吹草动就会纷扬起数不清的小颗粒,他在演唱的过程中身体的动态极度地夸张,手在空中不住地抓,却什么也抓不住,那种无处生根与无能为力成了种痛楚。酒鬼的脖子被歌声拽得很长,而胳膊与腿的挣扎使他看上去完全像一只乌龟,也许这就是歌手的命运。没有歌声的时候他是一只河蚌,执着于歌声的时候他只能是一只甲鱼。在他的生命中,躯壳的意义完全等值于身体的形式。酒鬼站在宇宙的中央,他的全部身心都在呼唤阿拉木罕。他就是阿拉木罕,但阿拉木罕从他的生命机体中剥离开来了,与他有一段三百六十里的恒距。总之,"阿拉木罕"在这里又不在这里,是自己又不是自己,像海流之于岸,烧酒之于醉,身体之于梦。

酒鬼重复这两句歌词足足有二十分钟,或许更长,他解开了上衣,他的吼叫模样只有三分像人,剩下来的七分则全部像鬼。屋子的密封极好,再怎么吼叫也不会把声音传到宇宙的外面去的,灯光在照耀,屋子里的温度上来了,酒鬼的额头与脸上出现了汗粒,这些汗粒成了光芒,放出孤独而又热烈的光。

酒鬼停止了吼叫,他的这场疯狂的举动与其说是"唱歌",不如说是一种极限运动。他终止于筋疲力尽。他在筋疲力尽的时候脸上仍然保留一种病态的热烈。他来到耿东亮的面前,递给他麦克风,说:"你玩玩?"耿东亮没敢接,原地站着,说:"我不。""你不?""我不。"酒鬼没有勉强,拉开了宇宙的门。他走出宇宙之后摁掉了墙上的隐形开关,宇宙便消失了,恢复成一只黑黑的洞。耿东亮回头看着这个洞,仿佛刚刚从一场噩梦之中惊醒过来。

"你害怕了。"酒鬼冷笑着说。

"我不是。"耿东亮说。

"你是害怕了。"酒鬼说,"面对自己,没有余地,自己被自己全面包围,每一个人都难以面对。——可是你必须面对。歌手唯一要做的事情就是这个,向内,找出自己的全部纵深。纵深即真实的程度。你的老师不是我,只能是这间黑房子。它是一只瞳孔,你必须和它正视,十分渺小地待在这只瞳孔的深处。"

酒鬼回到客厅,他关掉了空调,给自己扒衣服,只在自己的身上留下条三角内裤。他几乎是赤裸地站在了耿东亮的对面,耿东亮一眼就注意到了他左腿内侧的那条巨大疤痕,从大腿的内侧一直延伸到小腿肚,足足有八十公分那么长。缝补的针线痕迹对称地分布在伤口的两边,像一只巨大的蜈蚣,卧在那儿,吸附在那儿。

这只巨大的蜈蚣实在是触目惊心。

酒鬼又开始喝酒了,他就那么站着,喝酒,喘气,让自己出汗。

"多好的歌,"酒鬼仰着头这么自语说,"只有辽阔才能生产出这样的歌。——它写了什么?"

"爱情。"

"爱情?——爱情怎么能有三百六十里的距离呢?爱情的距离不能超过胳膊的长度,甚至不可以超过生殖器的长度,——否则只是爱情的梦。爱情的真实载体不是精神,而是肉体。"

"你说它写了什么?"

"当然是命运。也可以说是处境。——人总是生活在自己的距离之外,离自己三百六十里。人的意义就像光,是通过距离来实现的。没有距离光就会死亡。没有距离人也就会死亡,这句话也可以这样说,人在他不是自己的时候才是自己。人只是他面对自己时的纵度。"

"我怎么越听越糊涂了。"

酒鬼把电视机上的地球仪搬到茶几上来。地球仪很小,只有一只脑袋那么大,布满了尘埃。酒鬼突然拨动了地球仪,地球仪突然飞快地旋转起来,尘土纷扬起来,纷扬在它的四周。整个地球就笼罩在一片尘土之中了。酒鬼用巴掌将地球仪摁住,拨

183

到青藏高原那一块,指着它,说:"世界上最好的歌都在这儿。拥挤与瞬间万变是产生不了好歌的。《阿拉木罕》所写的不是爱,是歌声所预言的现代人。现代人的现代性。——我们喝一杯。"

酒鬼叹了一口气,口不对题地说:"要下雨了。"

"你说什么?"

"要下雨了。"酒鬼说,"我的左腿酸疼得真厉害。"

这是一个纷乱的夜。酒鬼喝多了,他出足了汗,冲了一个热水澡,与他左腿上的那只巨大的蜈蚣一同睡去了。耿东亮关上灯,躺在沙发上,躺在漆黑的夜色里,想起了下午的事。红枣,耿东亮,耿东亮,红枣。还有舒展。"爱情"。"金童玉女"……耿东亮枕着自己的胳膊,胸中堆满了怅然,却理不出头绪。和他一起不能入睡的也许还有河蚌与乌龟,它们在叹息,发出古怪的气味。

做自己,保留自己人,追逐自己,拒绝自己,在最日常的生活之中,这依旧是一个最困难的问题。

你无从抗争。你向"另一个"自己而去,顺理成章,你唯一做不了的只是自己的"主"。

耿东亮,你是红枣。你有了"爱情"。你和舒展是"金童玉女"的美好范本。

耿东亮不能入眠。他走下沙发,点上蜡烛,悄悄走向了酒柜。酒鬼的杯子空在那儿。耿东亮挑出一瓶白酒,倒了半杯。他一口就把这杯酒灌下去了,酒很烈,像液体的火焰,沿着他的嗓子一直燃烧到胃部。烈酒进了肚子就变成一只最柔软的手了,五只指头一起安慰他,抚摩他,令人伤感,令人激动。耿东亮流出了眼泪。这是红枣的泪水,不是耿东亮的。在这个被烛光照亮的深夜,他只是在"表演"耿东亮,他只是在追忆或缅怀了耿东亮。耿东亮端着酒,面对着蜡烛无限孤寂地凭吊起耿东亮。

耿东亮自语说:"我是红枣。"

耿东亮走向了客厅的对面。耿东亮在这个无声的夜里再也不该到客厅的对面去的。他站在镜子的门口,打开灯,推开了门。他走了进去,关上门,小心翼翼地站到了宇宙的正中央。宇宙一片通明,到处站满了耿东亮,而有空间的地方就有红枣。耿东亮愣在那儿,四处看。四周与头顶脚下全是耿东亮。他们埋藏在某个角落,一起审视自己。几十个上百个耿东亮从不同的方位全神贯注地审视自己,他们神情严峻,忧心忡忡。这样的众目睽睽使耿东亮加深了他的孤寂,这种孤寂是以一种万众瞩目的形式出现的。像自己给自己设置的法庭,像自己公审自己,像自己公判自己。为了暖和气氛,耿东亮决定笑。这一笑要了耿东亮的命,镜子里的人一同笑起来了。耿东亮愣了一下,就止住了。而所有的笑也一同止住了,全停在脸上,像一个狰狞的鬼脸。骤然而生,骤然而止。耿东亮便不敢看自己了。他侧过了脸去。然而,无论他的目光逃往何处,自己的眼睛一定在另一个地方等待他,准确无误地迷住自己的目光。

耿东亮的目光无一例外地总能看见自己的眼睛。像做贼,像一次追捕,像一次谋杀。耿东亮的身上一阵发抖,他仰起了头。耿东亮仰起头之后发现自己的身体正倒悬在空中,仿佛宇宙里的某一个自由落体,垂直而又迅速地向自己的头顶俯冲而来。耿东亮慌忙低下了脑袋,而脚下有另一个自己,脚掌和自己的脚掌贴在一起,头却是朝下的,正向地下的某一空洞坠落而去。耿东亮顿时就感觉到自己悬浮起来了,没有一个地方能落得到实处。无处躲藏,而又无处不在。耿东亮已经吃不准到底哪一个自己是真实的自己了,许许多多的自己排成了长廊,向六个不同的方向辐射,呼啸而去。

耿东亮的脑袋里头"轰"地就是一下。

耿东亮想跑。然而,他找不到门。四周没有墙,也没有门,只有虚妄的色彩与空间,四处都是。

耿东亮魂飞魄散,他的目光里贮满了非人的内容。他失声高喊:

"酒鬼!酒鬼!酒鬼!"

酒鬼就在这个致命的时刻冲了进来。他一冲进来就搂住了耿东亮。耿东亮蜷曲在酒鬼裸着的怀里。拖了哭腔说:"我怕——"

酒鬼扶着耿东亮走到了门口,他挪出一只手,关掉灯。宇宙死了,整个世界一片漆黑。耿东亮说:"别放开我……"

酒鬼埋下头拥住了耿东亮,轻声说:"不离开你。"耿东亮在他的怀里急促地呼吸。酒鬼张开了指头,在耿东亮的身上轻轻地抚摩,他全身心地安慰他,却又有些无从下手。酒鬼吻住了他的耳廓,在耿东亮的耳边再三再四地呢喃:"不离开你。"他的嘴唇在滑动,吻他的眉骨,他的脸。他的唇最终找到了耿东亮的嘴唇,耿东亮的嘴唇一片冰凉。他贴住了他。他的嘴唇紧紧贴住了他的嘴唇。

耿东亮就是在这个时候挣扎的。他的挣扎从开始就露出了凶猛和蛮横的性质。他的力气比酒鬼大。他挣脱了他的拥抱,一把就把酒鬼推翻了。酒鬼在一连串的咣当声中安静了。他一定和一大堆杂物倒在了一起。耿东亮傻站在黑暗中,不知道自己做了什么。过了一会儿,耿东亮听到了酒鬼起来的声音。酒鬼说:"我们回家。"酒鬼这么说着话一个人却往客厅去了。他打开了客厅的门,回过头,对耿东亮说:"我们回家。"酒鬼的眉骨处被撞开了一道半根香烟那么长的血口子,血正往外涌,把酒鬼的半张脸染得通红。酒鬼似乎并不知道自己流血了,或者说,知道,却并不在意,他甚至不肯用手指头去擦一下,摸一下。他望着耿东亮,耿东亮早已惊呆了,怔在那儿。酒鬼用手摸着自己的伤口,自己的血,他的脸庞和手指一起变得鲜红。酒鬼笑起来,狰狞极了。酒鬼平静地说:"我就知道要还你一条伤口,一次血。"酒鬼说完这句话就往前走了一步。说:"你怎么了?"说完这句话,酒鬼又往前冲了过来。

耿东亮神经质地伸出了双手,大叫道:"别过来,你别过来!"

第十三章

开学之后耿东亮再也没有回过家,这是异乎寻常的。童惠娴决定利用这个星期五的上午去看一看儿子。童惠娴选择上午而不是晚上当然有她的道理。依照直觉,童惠娴认定了亮亮的身边出现了一个女孩子,一个双眼闪闪发光的狐狸精。童惠娴渴望见到这个狐狸精,然而,童惠娴实在又害怕真的遇上那个狐狸精。星期五的上午好歹是要上课的,这时候赶过去,至少也可以给儿子留下一个说谎的空当。母亲做到一定的份儿上,就只能盼望儿女的谎言来安抚自己了。一个人熬到做了父母,就只能这样作践自己了。

童惠娴给儿子煎了几个荷包蛋,用铅盒子盛好,放在自行车的前篓里头。原计划给儿子红烧几只猪手的,儿子也爱吃,然而,耿东亮似乎把对父亲的怨恨转移到猪的身上去了,他不愿意再吃猪肉,他不愿意再涉及有关猪的一切,乃至猪皮制造的皮革制品,诸如皮夹克、皮鞋。童惠娴在这一点上与儿子是心照不宣的,她放弃了猪手,煎好了鸡蛋。像儿子这样整天吊嗓子的人说什么也要补补身体的。

童惠娴上路的时候正是马路的高峰。她的自行车埋在人群当中,用人群的速度与节奏向前行驶。下岗之前的每一天童惠娴都有这种随波逐流的好感受。但是现在没有了。她已经被路上的上班族抛弃了,她今天只是混在里头,连随波逐流的资格都没有。童惠娴下岗之后还是第一次像过去这样走远路,心情当然是今非昔比了。童惠娴向前看了一眼,眼前全是人的脑袋。正所谓"芸芸众生"。在这样一个时代里,能在芸芸众生里占有一个份额是多么美妙的事呵。但是她童惠娴现在不是了。她童惠娴早就被"芸芸众生"剔除了。"芸芸众生"也是有"岗位"的,下了岗,她童惠娴只是童惠娴的身体。

早知道这样,还不如当初就真的"扎根"在广阔天地里算了。真是早知今日,何必当初。

知青返城的说法起初只是"小道消息",这条消息像一条真正的羊肠小道,歪歪扭扭,两边长满了植物与杂草。知青们对这样的消息体现出热衷与冷漠的双重性,事实上,返城的愿望就是他们内心的草根,每年一荣,每年一枯。这样的一岁一枯荣使知青们都快成植物了,叶片往高处长,根须往深处死。

童惠娴对"返城"采取了"听而不闻"的做法,不敢往心里去。从某种意义上说,她反而希望"返城"只是谣传,只是某些人的自我宽慰。再怎么"返",也"返"不到她的头上来的。她的根都扎下了,还能返到哪里去?严格地说,她已经不是接受贫下中农的再教育了,她已经就是贫下中农本身了。耿家圩子就是她的家。她唯一能做的,就是静下心来,死下心来,在耿家圩子走完她的一生。欲望没有了,痛苦也就没有了。正如一条破船

189

停泊在岸边,唯一的可能,就是等着它自己烂掉。

但是,水涨了。水涨了,就只有船高。

"返城"不再是消息,不出一年它就成了行动。许多知青打点行装,回到城里等待"落实"去了。知青一个接着一个走,他们像拔萝卜那样,自己把自己从土地里拔了出来。一个萝卜一个坑,对于这些空下来的坑,"萝卜"们是体会不到的,体会它们的只能是童惠娴。伙伴们走去一个她的心里就空一次,扯一次,剜一次,疼一次。水涨了,船高了,烂掉的破船漂浮起来了。童惠娴惊奇地发现自己的心思其实并没有死透,一旦萌动就有点像开了花的芝麻,就会往上蹿,就会节节高。

小道消息再也不是"小道"了,它拓宽了,康庄了,有了通行和通畅的可能性。

童惠娴一直没有动心,但刚一动心却又铁了心了,她一打定主意就显示出了她的死心眼。一定要返城!为了二儿子能够变成城市人,上刀山她也要返城。

最初对知青返城表示关注的恰恰不是童惠娴,而是耿长喜。他从一开始就分外留意有关返城的风吹草动了。这个农民集中了他的全部智慧,小心地侦查起老婆的一举一动。他十分自觉地勤劳了,而且比过去更为顾家,更为听(老婆)话了。耿长喜最为担忧的不是老婆返城,而是老婆把他扔了。童惠娴哪里是他的老婆?是七仙女呢!一个男人最得意的事情不是讨到老婆,而是讨到一个高攀不上的老婆,用乡亲们的话说,叫做"鲜花插在牛粪上"。耿长喜一听到"鲜花插在牛粪上"就喜上眉梢,他就是牛粪,他就喜欢别人说他牛粪,这可不是一般的牛粪,这是插着鲜花的牛粪,幸福的牛粪,伟大的牛粪。有鲜花插着,牛粪越臭就越是非同一般,就越是值得开心与值得自豪。能耐是假,福气是真,你就做不成这样的牛粪!

但是鲜花万一拔走了,牛粪就不再是牛粪了,只能是一摊屎。

返城风越吹越猛,耿长喜在童惠娴的这边嗅不出一点动静。但越是没有动静事态就越发严重了。这个女人的心思你从她的白皮肤上永远都看不出来。耿长喜坐在大树下面抽起了旱烟,他的抽烟静态里头有了忧愁。

童惠娴不开口,耿长喜当然就不敢把话挑明了说。

最致命的夜晚终于来临了。事先看不出一点迹象。最不幸的时刻总是这样的,突如其来,细一想又势在必然。童惠娴的脸上看不出半点深思熟虑的样子,仿佛是脱口而出的。她抱了二儿子,悄声说:

"我想回城。"

耿长喜没有哑口无言。在这样的紧张态势下这个农民表现出了镇定。他说:

"我不让你走。"

僵持的状态只能是各怀希望的状况,只能是各怀鬼胎的状态。

"不让我走,我就死。"童惠娴在这个晚上这么说。

童惠娴说这句话的时候正在给二儿子喂奶。所谓喂奶只不过是一个静态,二儿子睡在她的怀里,她的乳房一只被二儿子叼着,一只被二儿子捂在掌心里面。老大耿东光不跟他们过,耿东光满周之后就接到爷爷奶奶那边去了。小油灯照在童惠娴的脸上,照在耿东亮的小手上,放出祥和动人的光芒。童惠娴就是在这样的画面之中说起了死,祥和动人的灯光底下不可避免地飘起了血腥气。"我死给你看!"童惠娴说。她把这句话说得平静如水,像墙角里的农药瓶,只有气味,没有动静。丈夫望着这个女人。她侧着脸,一张脸半面亮,半面暗。这个寡言而又内向的女人没有激动的时候,但是,她说得到就做得到。她才是一柄杀猪的点红刀,不声不响,只有光亮和锋利,然后,平平静静地刺到最致命的地方去。

耿长喜显然被这句话激怒了。他从床上抽出了父亲的点红刀,拍在了桌面上,他红了眼,瓮声瓮气地说:"你死了,一个也活不了!"

"随你。"童惠娴说。

耿长喜下面的举动出乎童惠娴的预料。耿长喜跪在了她的面前。耿长喜下跪之后脸上的豪气说没有就没有了。他噙着两颗很大的泪,泪珠子在小油灯下发出破碎的光。

"不要和我离婚,我求你,不要把我扔掉,离开你我一天也活不了。"这个不通爱情的糙汉懂得疼老婆。这个最无赖的男人满嘴的无赖腔,却比最通风情的情话更能打动人。

"谁说要和你离婚了?"童惠娴说,童惠娴转过脸去,泪水往上涌。"谁说要扔掉你了?我只想回城去。"

耿长喜不起来,两只手抱住了童惠娴的小腿。他在这种时候委屈得像个孩子,他的样子又丑陋又愚蠢又动人,童惠娴托住儿子的脸,用大拇指小心轻柔地抚弄儿子的腮,眼泪止不住往下流,"你起来。"童惠娴说。

"你起来。"

耿长喜很小心地站起来。他一站起身就咧开了满嘴的黑牙齿,拖了哭腔说:"只要有你,我卖血,我偷我抢我也养活你……"

协议就是在这个夜晚达成的。童惠娴松下一口气,回到屋里,把怀里的儿子塞进了被窝。里屋没有灯,童惠娴俯卧在儿子的身边,无声地吻自己的儿子。儿子睡得很熟,漆黑的里屋只有儿子的细微呼吸。儿子气息如兰,听上去让母亲伤心,闻上去让母亲伤心。童惠娴的双唇贴在儿子的腮帮上,默然无声地哭泣。童惠娴在心里说:"儿子,妈这一生只有你了。"

耿长喜悄悄跟过来。他俯在了童惠娴的后背上。大巴掌在浓黑之中插进了童惠娴的胸口,指头又粗暴又巴结。出于一种最朴素的感激,耿长喜讨好地对了童惠娴耳语说:"我要让你快活。"童惠娴听到这句话便打了一个冷战,她知道他的"快活"是什么,他明了自己的快活,以己推人,别人的"快活"当然也就不二。童惠娴在整个婚姻岁月里最害怕的就是那种事,她总是收住自己,竭尽全力去忍住自己,然而一到最关键的时候她反而忍不住,收不住身子,忍得越凶呼应起来也就越是不要命。呼应一回就恶心一回,肮脏一回,第二天早晨会后悔一回。她痛恨"快活"已经近乎绝望,她就弄不懂身体里头有哪一个部位出了问题,每一次都和这个丑陋的男人那样地要死要活。每一次她在眩晕的时候认定身上的男人不是耿长喜,可是每一次睁开眼来又都是耿长喜。他永远是他,梦醒时分总是这样的无情事实。

胸口的指头张扬起来了。童惠娴夹紧身子,厉声说:"不。"耿长喜的另一只手从床上扯下被子,扔在了地上。他压在童惠娴的身上,说:"我听你的话,不和你亲嘴,我保证,不亲嘴。"童惠娴慌乱说:"不能,你不能……我今天脏了……"这句话在平时是极管用的,"脏身子"耿长喜从来不碰,要不然会有血光之灾的。但是耿长喜今天不顾这些,他喘着气,表决心了:"就是死……也要让你快活……"他的双手捂住了她的乳房,以往只要他猛搓一把她总要张开嘴"啊"一声。但是童惠娴今天忍住了,他捂住了她,用力挤,用力搓。耿长喜扒开了童惠娴,她今天果真"脏"了。然而耿长喜没有犹豫,他勇敢地,甚至是义无反顾地进去了。他在努力,关注着她的所有反应。童惠娴开始挣扎,耿长喜用力地摁住了她的双臂以一种忘我的、奉献的、一心为人的心态开始了他的动作。童惠娴不动。她僵住了身体,尽力不作任何反应。耿长喜一边卖力一边说:"我要对你好,我要对你好……"他的动作越来越大,越来越猛,越来越锐利。童惠娴挺起了腹部,收紧了大腿,企图把他"吐"出去。她刚刚夹紧耿长喜便更加呼啸了,嘴里胡乱地说:"你要了,你到底要了。"童惠娴上气不接下气,让他轻点,告诉他她知道了,他对她好,她心里全知道。这一句表扬彻底要了童惠娴的命,耿长喜居然加倍地恩爱,加倍地巴结了。童惠娴的身体从地面的棉被上慢慢腾空了,飘起来,像一团乳色的雾。她的肌肤上滚动起细碎的油菜籽,细碎的麦粒。这样的感受储存在她的身体内部,这一刻被激发,复活了,她的周身弥漫起仓库的混杂气味,她的身体迎上去,期待着死亡迅疾降临,童惠娴昂起来,尖叫了一声,在浓黑中抱住了身上的身体。但身体是熟悉的,因而陌生,因而令人绝望。她在绝望之中不可遏止地战栗。

战争在死亡的废墟上终止了。一场讨好与一场虚妄各自僵死在各自的体内。

第二天一清早耿长喜就回到父亲那边去了,从父亲的床下取出了父亲当年的杀猪器具。这些器具都上了牛油,被棉布紧裹着,擦去牛油之后它们锃亮如初。老父亲曾经是方圆三十里最出色的屠夫,他杀猪的样子气势如虹,每一头猪在他的面前都像一件旧线衣,只要他抓住一只线扣,用力一拽,猪身上的所有部位就会一节一节拆下来。他杀猪的样子使你相信猪这个东西原来只是死的,他一杀才杀出了生命,哪儿是头,哪儿是爪,哪儿是下水,哪儿是皮肉。这一带的生猪都争先恐后地盼望着成为他的刀下鬼。但老父亲洗手了,他成了中国共产党耿家圩子支部的领头人,只好把手上的手艺放下来。他希望自己的儿子能够光大父业,他用"三百六十行,行行出状元"这个朴素的真理去教育儿子。但儿子游手好闲。儿子荒废了父亲的手艺,让父亲的手艺成了一堆废铁,存放在没有光亮的床铺下面。

耿长喜把父亲的手艺从床铺底下捡起来,大声对父亲宣布:"我想杀猪。"

父亲不知道昨天晚上的事。他把儿子的所为仅仅理解为浪子回头。父亲让老伴儿到灶上去烧开水。他拿了一只小板凳,点上旱烟,端坐在天井里头。老支部书记对了自家的猪圈努努嘴,用这个无声的举动告诉儿子,现在就开始。儿子打开栅栏,把黑猪放进了天井。父亲说："走到猪的后面去,捉它的后腿,要快,要猛,一抓住就发力。"耿长喜的身手比父亲更为敏捷,他依照父亲的指点放倒了黑猪,一只膝盖顶住了生猪的脖子,随后从腰间扯下裤带,捆好黑猪的两条后腿,再捆好黑猪的两条前腿。耿长喜取出父亲的洗脸盆,放上水,对好盐,一手提了脸盆一手提了长凳重新走回天井。父亲拽了黑猪的后腿与尾巴,儿子的嘴里衔了点红刀夹着黑猪的前腿与耳朵,把黑猪架在了长凳上。父亲说："慢进快出,下手要稳、准、狠!"儿子点点头,腾出右手,从牙齿与牙齿之间取过刀,在黑猪的脖子上比画了几下,慢慢地往肉里捅。他的手腕强壮有力,做到了又稳又准又狠这三项原则。他甚至把点红刀的手柄都送进猪肉里去了。父亲说："拔。快。"耿长喜便拔。点红刀扔在了地上,沾了血,冒着乳白色的热气。黑猪的血冲下来,偏偏的,带着哨音,像年轻女人的小便,听上去激动人心。猪在挣扎,屎都挣扎出来了。父与子的四只大手孔武有力,黑猪在哪里挣扎,四只手就在哪里把它稳住。刀口里的血柱变小了,变细了,父亲在身后提起黑猪,刀口里头冒出了一串血泡泡。他们等待最后一滴血。血流干了,只剩下肉,他们一起发力,黑猪的尸体就被他们扔在了地上。耿长喜开始激情澎湃了,在激情澎湃中表现出了无师自通。父亲的提醒越来越显得多余。耿长喜拿起了长长的小铁棍,沿刀口插进去,在黑猪的猪皮与脂肪之间打通它的气路。妥当了,耿长喜就把小铁棍抽出来,把黑猪的后爪贴在嘴上,用力吹。耿长喜的气息在猪体的内部柱子一样四处延伸。猪臃肿起来了,鼓胀起来了,四只蹄子高高地挺起,像拥抱什么,一副热爱生活的样子。吹满了气的黑猪被开水一烫立即就面目全非,耿长喜用刮毛刀不停地剃刮,一刀下去黑毛和黑皮就脱落开去,露出了圆嘟嘟白花花的肉身。耿长喜越战越勇,越战越精神,脱了毛,开了膛,取出下水割了头,一头活脱脱的黑猪转眼就成了白亮亮的猪肉。耿长喜高声对父亲宣布:

"有了这个手艺,乡巴佬就能变成城里人啦!"

童惠娴在往前骑,这个"城里人"以一种麻木心情行走在自己的城市里。她要去看她的儿子。那是她一生中的唯一。

童惠娴顺着车流爬上了一个坡面。下了坡,再往左拐二百多米,就是师范大学了。上百辆自行车开始下坡,这是骑单车的人最愉快的时光。

不知道是哪一辆自行车绊了一下,摔倒了,漫长的坡面上自行车的车流成了多米诺骨牌,从下到上一个连一个,倒成了一大片。童惠娴还没有来得及弄清楚怎么回事,一个小伙子的身体已经压到了她的身上来了,而她自己也压住了另一个少妇。几辆小轿车行驶在马路的隔离栏里侧,它们放慢了速度,从车窗里伸出脑袋观看这一道风景。喇叭也响了,一个孩子在奥迪牌轿车里大声尖叫:"好看,好看!"

被童惠娴绊倒的小伙子爬得快,一站起来就大声训斥童惠娴。"怎么弄的?二五!"而童惠娴这时候正压着另一个女人。女人踹了童惠娴一脚,同样对童惠娴吼了一句:"压我干什么?二五!"童惠娴的右膝疼得厉害,弯着腿,对身前一个对不起,又对身后一个对不起。说完对不起童惠娴才发现盛荷包蛋的饭盒早就飞出去了,油渍浸到了另一个姑娘的肉色丝袜。姑娘站起身,对童惠娴大声说:"你看!你看看你!"童惠娴还没有来得及说话,姑娘的脚早就踩到了荷包蛋上去了,鲜嫩的蛋黄飞溅出来,黄黄地摊了一地。而跟上来的车轮也把饭盒压扁了。童惠娴心疼,嘴里却只会"对不起",而她越是对不起抱怨她的人也就越多了,就仿佛这些行动是她的一次阴谋。童惠娴扶起车,推到安全岛上,眼前一片乱,脑子里一片空白。等所有的人从地上起来了,童惠娴才想起来自己的伤。伤口有些疼,像在骂她。伤口往肉里疼,童惠娴就差对伤口说对不起了。车队重新流动起来之后,童惠娴还没有缓过神来。她自语说:

"我对不起谁了?怎么又是我对不起别人了?"

走进师范大学的大门童惠娴感觉到有东西在小腿上爬。她知道是自己出血了。她站了一小会儿,推上车,往里走,步子迈得方方正正的。在儿子的同学面前一瘸一拐肯定会丢儿子的脸的。做母亲的走一步疼一步,全因为儿女的脸面。

穿过那条梧桐大道,拐过一排冬青,那就是亮亮的教室了。这是童惠娴第二次走进这所高等学府。第一次进来还是亮亮报到的那一天。师范大学里的学生们一个个神气活现的。他们都是水里的鱼,一快一慢都款款有型。童惠娴站在儿子的身边,她将要把儿子送到"他们"中间去了,心里头有一种说不出的充实,又有一种说不出的空虚。喜悦和哭泣的愿望交替着翻涌,女人做了母亲心里头怎么就没有踏实妥当的那一天呢。

但是教室里空无一人。童惠娴只好返回到琴房那边去。琴房的二层楼建筑显得很小巧,有许多小窗户,不同品种的器乐声都是从那些小窗户里传送出来的。

童惠娴走进琴房,过廊里很暗,只有出口与入口处的光亮,人就行走在一截昏暗之中了。童惠娴的脑袋在琴房的门窗上伸来伸去的,没有见到亮亮。童惠娴把一楼和二楼都找过一遍,没有,只好敲门。开门的是一个女学生。童惠娴堆上笑,用那种主、谓、宾都很完整的句子开始说话:"耿东亮同学在这里学习吗?"

女同学斜了眼问:"你是谁?"

"我是耿东亮同学的母亲。"

女同学却把头回过去了,里面坐了一个男生,他的十只指头在钢琴上跳过来跳过去的。女同学对男同学说:"他家里面怎么不知道?"

男同学笑了笑,说:"我怎么知道。"

童惠娴听到这句话便感到有些不对劲。她往前走了一步,小声说:"他怎么了?"

"他退学了。"

"他人呢?"

"不知道。"

"他干什么去了?"

"挣大钱去了。"

"他人呢?"

"我是他同学,我又不是他母亲。"

童惠娴的双手一下子就揪住了女同学的双肩,失声说:"他人呢?"

女同学挣了几下,没挣脱。那位男同学却冲了上来,他的十只指头不仅会在琴键上跳跃,还会推搡。他一把推开童惠娴,咚地一下就把门关上了。

"亮亮!"童惠娴大声叫道,"亮亮!"

昏暗的过廊两头被她的尖叫弄得一片白亮。

琴房里混杂的琴声在这一阵叫喊声中戛然而止了。所有的房门都打开了,伸出一排黑色脑袋。

二楼的走廊上走下来一个人。是炳璋。炳璋走到童惠娴的面前,说:"我是炳璋。"童惠娴一把扑上去,高声吼道:"你们把我的儿子卖到什么地方去了?"炳璋站在那儿,纹丝不动。炳璋说:"他把他自己卖了。他不愿意从我们的肩膀上跨过去,他绕开了我们。"

童惠娴扯开嗓子,对着所有的学生大声呼叫道:"亮亮!亮亮!"

第十四章

　　酒鬼在流血。他没有"过来",耿东亮有些惊魂未定,他拉开门,冲了出去。耿东亮拖了一双半旧的拖鞋游荡在城市的子夜。拖鞋是酒鬼的,被酒鬼的双脚磨出了左右。夜安静了,道路显得宽广。整个城市全是路灯的颜色。路灯的边沿有几只飞蛾,它们三三两两的,使城市的子夜显得无精打采。耿东亮出门的时候像一只惊弓之鸟,现在安稳了,就想找一个地方停下来,歇一歇。然而没有。这个子夜城市没有一个可供耿东亮驻足的地方。他只能沿着商业街的橱窗独自游走。耿东亮没有方向,商业街的纵度就是他的路程。

　　半空的高压氖灯给耿东亮带来了乐趣。在路灯与路灯之间,耿东亮的身影短了又长了,长了又短了。这个长度的变化成了耿东亮的唯一兴趣。他低下头,专心地关注着地上的自己。但是这个游戏太累人,注视了一会儿耿东亮就感觉到困顿涌上来了。他只好抬起头,看橱窗。橱窗里有肥皂的广告、洗发香波的广告、热水器的广告、内衣的广告、卫生用具的广告。这些广告的文字不同,但创意和画面只有一个:美人洗澡。许许多多的橱窗里都有美人在洗澡,该裸的都裸了,不该裸的地方就是流水或泡沫。美人在微笑,美人的牙齿是出色的,皮肤是出色的,表情也是出色的,左顾,或右盼,自己和自己风情万种。洗澡,这个最隐秘的个人举动,在子夜的橱窗成为一种公开的、却又是寂寞的行为。洗澡广告拓宽了城市人的生活维度,成为城市的美学效果或生存背景。女人洗不洗澡已经成了一个次要问题,重要的是这个形式。她们裸露的原因就是商业的原则。

无处可栖。这也不错。无处可栖是一种纯自我的感觉,正如疼痛,正如困乏,正如疲惫,它们提醒了耿东亮,这是"我的"感觉,而不是某个狗杂种的感觉。我对于"我"来说,无处可栖就有了切肤之痛,它具体,也许还有点生动。这不很好吗?

出租车的司机到了深夜就会东张西望。每一双与他们对视的眼睛都有可能成为生意。他们关注独行人。他们放慢了车速,摁喇叭。耿东亮决意不去理会那些眼睛,尽管他非常想坐上去,在空调的冷风之中睡个好觉。然而他没带钱。他出门的时候只带了自己的身体。这样也不错,他的双脚可以在城市之夜信马由缰。

星级饭店的门口有几个女孩子。她们在深夜像某种夜游的动物。她们的样子像女学生,她们的样子还像淑女。所有的人都愿意张扬自己的职业性,诗人喜欢自己像诗人,大款喜欢自己像大款。而这些可爱的女孩子不,她们不是淑女,可是她们最热衷于把自己弄成淑女。她们穿着很干净的裙子,孤寂地行走在大厅门口。她们的目光与身体像两种完全不同的动物,目光是凶猛的,捕猎的,而身体却又是懒散的,预备了被捕猎的。裙子很漂亮。不像裤子,中间有那样坚固的连接。裙子的中央地带宽广极了,容得下天下男人,容得下天下男人的全部器械。最关键的是,容得下想象力与暗示性。裤子是什么鸟东西?裤子平庸。裤子结构复杂。裤子在子夜时分缺少当代性与城市性。裤子绝对不能构成当代的城市之夜。

耿东亮口渴了。想喝点什么,许多酒吧通宵地开着,许多茶馆也是通宵地开着。它们在门口挂上了小灯笼:24小时营业,或全天候营业。然而耿东亮的身上没有一分钱。人在没有钱的时候会格外地感受到钱的伟大与钱的狰狞。耿东亮渴极了。没有钱夸张了他的口渴。反过来也一样,口渴夸张了他没钱的印象。

钱是甘泉哪!

耿东亮仰起了脸,天上没有甘泉,天上下雨了。昨天晚上酒鬼说过的,天要下雨,他的左腿酸疼得厉害。真的下雨了。酒鬼说,人在唱歌的时候通着天,其实,人身上的致命伤痕同样通着天。致命的伤痕都有一种先验的能力。真的下雨了。

耿东亮站在路灯底下,仰起头,张开了嘴。雨不算小,但是对于解渴来说,它又近似于无。大雨使夜的街变得复杂起来了,天上地下全是灯,斑斑斓斓的,都不像现世了。像梦中的虹。

远处开过来一辆公交车,加长的,开得很慢。车身在摇晃,它在下半夜的雨中像一个赴死的绿林好汉。耿东亮爬上车,坐到后排去。车内并不拥挤,却是燠热,洋溢着汗臭与人体的馊味。但任何气味都不是永久的,你习惯了它,它就会自动消失。耿东亮利用三次靠站的机会把整个后排全占领了。他躺下来,拿两只拖鞋做了枕头。耿东亮困得厉害,却睡不进去。他开始想象自己的城市,一边想象一边体验着公交车的拐弯,爬坡,下岗。他成了故乡的游客,仔细详尽地体验着所有过程。每一个靠站他都可以下车,而每一个靠站和他又没有任何关系。耿东亮盼望着这辆公交车能向远方驶去,当他醒来的时候,公交车也许会停靠在一个完全陌生的地方。

当然,这是不可能的。公交车的命运就是围绕着一个固定的路途,然后,开始转圈。

耿东亮长叹了一口气。他听着车顶上的雨声,睡着了。

耿东亮是被一个男人叫醒的。男人的嗓门很粗,他用膝盖推了推耿东亮的胯部,大声说,"喂!喂!"耿东亮很困难地睁开眼,高大的男人一手拽着扶手,一手执了饭盒,盯着他,一脸的不友善。窗外的天早就大亮了,公共汽车正迎来了一天当中的第一个高峰。耿东亮坐起来,粗壮的男人紧贴着耿东亮坐下来,耿东亮感觉到他的身上热烘烘的气息。人越来越多,人多了售票员反而挤到人群之中喊票了。售票员瞟了一眼耿东亮,说:"买票了。"耿东亮只要把头侧过去,装出一副若无其事的样子,售票员肯定会把他放过去的。但是耿东亮心虚,他眼怔怔地望着售票员,脸上居然变了颜色。售票员跨上来,为了保持平衡,她站成了丁字步。售票员说:"买没买票?"耿东亮老老实实地说:"没买。"售票员说:"补票,掏钱。"耿东亮像个学生似的站了起来,他的身上只有酒鬼的旧T恤与旧短裤,连一只口袋都没有。售票员说:"罚款十元,掏钱。"耿东亮看一眼四周,周围的人都一起看着了。耿东亮红了脸说:"我没带钱……"售票员立即就大起了嗓门,厉声说:"没钱你上车做什么?没钱你上车做什么?"售票员伸长了脖子对车前的驾驶员喊道:"停车!"车停下来,一车的人都回过头来好奇地打量。耿东亮个子高,颀长的身高这时候差不多就是灾难了。售票员说:"下车!你给我下车!——好意思,这么大的个子!"

耿东亮一脸的羞愧,他就带着一脸的羞愧走下了公交车,差不多是逃出了公交车。他站上马路之后才意识到自己是光着脚的。鞋还在车上,但公交车的车门已经关上了,似乎带了很大的怨气。售票员脑袋从窗口里伸出来,说:"好意思,这么大的个子!"

耿东亮光了双脚站在马路的边沿,狼狈极了。在这么多的人面前受了这样的羞辱,他的眼泪都快掉出来了。人在身无分文的时候羞辱随时会找上你的。钱这东西就这样,你越是身无分文时钱的面孔就越是狰狞。要不怎么说一分钱逼死英雄汉呢。

饥渴、困顿、羞愧,一起袭上来了。

这个意外的夜晚验证了一条最朴素的真理:钱是有用的。它不可或缺。

城市的早晨带了一股水汽,环卫工人把它拾掇干净了,洒水车洒上了水,城市干干净净,以一种袒露和开敞的姿态迎接人们对它的糟踏。耿东亮光着脚,像一个乞儿游荡在马路边沿。回家只是一个闪念,很快让耿东亮打发了。耿东亮不是往前走,脚迈到哪儿他就算走到哪儿。

耿东亮走到民主南路完全是不由自主的,最直接的原因或许是想见一见李建国。李建国总经理好歹是他的学兄,先向他预支一点零花钱总是不成问题的。身上必须先有钱,这个原则不可动摇。钱是城市的空气、阳光、水;在城市,没有钱你就是一只苍蝇、跳蚤或蟑螂。必须先有钱,这不是什么理论,它只是一种十分浅表的事实,迫在眉睫。

一辆宝马小轿车停在了耿东亮的身边,没有刹车声,而车窗也无声无息地滑下来了。有人在车子里"喂"了一声。耿东亮没有留意,耿东亮再也料不到一辆漆黑锃亮的小轿车和他会有什么关系。但他看到了一个人,一个手扶方向盘的女人。耿东亮认出来的时候脑袋里不由自主地"轰"了一下。是罗绮,总公司的董事长。罗绮没有开口,侧过身子打开了车门。"进来吧。"罗绮说。耿东亮愣在那里。不敢说不,又不敢贸然进去,就这么愣了四五秒钟。罗绮显然不耐烦了,摁了两声车喇叭。耿东亮慌里慌张地钻进了车子,车内的空调让他凭空凛了那么一下。

宝马轿车显然停的不是地方,一位交警走到小汽车的左侧,立正,打了一个很帅气的军礼。交警说:"你违章了,请您接受罚款。"罗绮没有看窗外,顺手就到皮包里去掏钱包,钱包里只是三五张信用卡和一些美钞。罗绮说:"记下我的车牌,一个小时之内我派人送过来。"罗绮把钱包摊到交警的面前,笑道:"你瞧,我只有美金,没钱。"

罗绮把汽车启动起来,开了十来分钟,停到中央商场的停车场,关掉发动机。罗绮抬起头,调整好右手上方的反光镜,耿东亮的一张脸便呈现在镜子的中央了。罗绮说:"打了一夜的牌吧?"耿东亮想了想,说:"没有。""喝花酒了?"耿东亮说:"没有。"罗绮就那么微笑着打量耿东亮,发现他的脸部轮廓有些不对劲,颧骨那儿一律地全鼓出来了。罗绮回过头,认真地研究了耿东亮一回,知道是反光镜的凸面使他变形了,罗绮顺便把耿东亮的上下看了一个来回,说:"这哪里像我的干儿?"罗绮说完这句话便下了车,走到中央商场门前自动取款机旁,分别用长城卡、牡丹卡和金穗卡取出一扎现金,自动取款机永远都是十分听话的样子,你只要摁几下,崭新的人民币就会侧着身子一张连着一张吐出来了。

罗绮一个人走进中央商场,十几分钟之后便出来了,手里提了一串的大包和小包。罗绮进车的时候耿东亮居然睡着了,歪着脑袋,一副不顾头不顾尾的样子。宝马小轿车的避震系统真是太良好了,罗绮的右脚刚刚踩上去,车身便像水里的舢舨那样晃荡了起来。这一来耿东亮就醒了。他睁开眼,睁得很吃力。罗绮把手里的大包小包一起塞到后排去,说:"换上。"口气既像大姐又像母亲,有一种很慈爱的严厉。耿东亮从包里抽出T恤、牛仔裤和皮鞋,看了几眼,都是很贵的名牌,一双眼就在反光镜的凸面上对了罗绮发愣。罗绮点上烟,顺手把反光镜侧过去了,这一来双方都在对方的视线之外了。耿东亮磨蹭了一会儿,说:"我不能要你的东西。"罗绮说:"我的公司从来都不许衣冠不整的人进去的。"

优秀的女人们眼睛都是尺,罗绮就更不例外。耿东亮换上衣服之后十分惊奇于衣服与鞋袜的尺寸,就像是量下来的。衣袜穿在身上,该离的地方离,该贴的地方贴,离和贴都是那样的有分有寸。这种切肤的好感受得力于罗绮的精确判断与精确选择。耿东亮料理完自己,罗绮回过头,说:"这才像我的干儿。"罗绮把"我的"两个字咬得很重,慈爱和自负就全在里头了。罗绮把烟掐了,呼出一口气,说:"上街玩去吧,干妈得挣钱去了。"耿东亮下了车,关上车门走到驾驶室的附近,罗绮按下自动门的车玻璃,递出一张名片,关照说:"我六点下班,你最好打个电话来谢谢我。"罗绮说完这句话玻璃又爬上来了,把她关闭得严严实实的。耿东亮站在原处,开始追忆昨夜与今天的上午,一切都是那样的虚幻,仿佛被编排好了。或许生活就是这样,它真实到一定的程度,就必然接近于虚幻了,宛若在梦中游走。

罗绮迟到了近半个小时。没有人为一个公司的董事长考勤,然而,罗绮每天的上下班都是按点的,准时的。这是长期机关生涯给她带来的好习惯。罗绮走进办公室,先坐一坐,四周看看。过去在机关就是这样的。她在等第一个电话,第一个电话进来也就是她的开始。对罗绮来说,这里依旧是机关,然而,是自由的机关,是物化的机关,是市场化了的机关。

在机关干部最吃香的岁月,罗绮待在机关,在商业老板最走红的年代,罗绮又成了商人。这个女人什么都没有落下。这是命。俗话不是这样说的吗?皇帝是假,福气是真。

罗绮的福气首先得益于这个城市的市政建设。市政建设的某一个侧面当然就是房地产开发,从某种意义上说,它就是房地产开发。正是由于房地产开发,市经委的办公室主任罗绮女士在一夜之间就变成允况房地产开发总公司的董事长了。这个伟大的决策充分体现了市政府"肥水不流外人田"的具体举措。政府的行政行为直接等同于政府的商业活动,这不是社会主义市场经济还能是什么?这不是中国特色又能是什么?

允况房地产开发总公司的成立与民主南路的开发联系在一起。民主南路与以民主领袖的名字命名的商业街平行,总长度不足一千米,地处本市二类地区与三类地区的交界处。两侧以散户居民为主,71.3%为砖瓦平房。开发区的竞拍是在那一年的"金枫叶"恳谈会上进行的,中标的是一位华人外商。这位六十开外的外商对他的手下说,在国语中,人就是"工作",需要我们去"做"。"工作"滋润了,就好运转了,就只剩下了最后的一锤子买卖。罗绮女士目睹了这一锤子买卖,代表中方举起"6"号小木牌的,是市经委的一位司机。这位大块头的年轻人最后一次举牌的时候回头看了一眼,得到暗示之后,就把小木牌放下了。价码抬得太高了把外商吓跑了怎么能"与国际接轨"呢?市电视台在当晚的《省城新闻》里播送了这则消息,六十开外的外商在电视屏幕上显得气宇轩昂。落槌之后他从荧屏的右侧走向了荧屏中央,微笑着与"各位领导"端起了人头马,干了杯,并合了影。

允况房地产开发总公司现在今非昔比了,成了允况集团总公司。然而董事长没有变,还是当年的罗绮女士。罗绮女士当年可不愿意走出机关大院的。分管副市长把罗绮找过去,"通"了"通"气。罗绮女士明白着呢,把自己从政府大院里头弄出去,不就是给他们做一个小金库的"库长"吗?这怎么可以?她好歹也是"正处"呢。分管副市长看得出她的心思,说:"你的办公桌暂时就不要动了,政府也不发文,——你先过去,那头总要一个党代表嘛!"

桌子不动也就是椅子不动,这一来机遇与待遇都可以不变。罗绮女士说好了的,"过去"之后就待"一年"。但是一年说过去就过去了,期满的时候罗绮女士正在新加坡考察呢。"回去"的事罗绮就没有提。罗绮不提,"政府"也就不提了。

由机关干部变成机关商人,罗绮女士从自己的身上亲眼目睹了"女大十八变"。这句话用在罗绮董事长身上真是再恰当不过了。当然,"女大十八变"指的是女人越变越漂亮、越年轻,否则变来变去人生也太没有风景了。机关里头的人一见到罗绮就说:"什么叫今年二十,明年十八,看看罗绮就全知道了。"罗绮在机关的时候终年留了齐耳短发,衣着是笔挺的、古板的,一副政策性,一副机关腔,一副人到中年的样子。最多在西服的胸花上变点花样,算是小小一翘,算是万绿丛中一点红。那是机关,不这样是不行的。也算是工作需要。一个人蹲在机关里头,衣着和长相上头太引人注目了十有八九要遭是非的。然而罗绮现在是"商人",——她偶尔回到机关也全是这么说的,衣着和相貌上头就不能不花血本,这同样是工作需要,女人的天性与工作的需要二合为一的时候,女人是幸福的,罗绮就只有"女大十八变"这一条道路可走了。罗绮她只能是"今年二十,明年十八"。

变化最大的首推腹部。

罗绮的腹部是三十八岁那一年"起来"的。并不严重,然而起来了。有了相当危险的发展趋势。机关这个地方就这样,你只要一走进去,腰部就会毫无挽回地一点一点粗起来。连司机都逃不了这一关。当然,做了领导,肚子出来一点也是应该的,要不然,动作太麻利了,哪里还有一点稳重的样子?迫使罗绮坚决和自己的腹部作斗争的是商场里的衣服。公司不是机关,罗绮敢穿,也穿得起了。然而商场里的衣服总是和女人的腰部对着干。看在眼里喜欢的,穿上身腹部就"容不下"。为了衣服,罗绮也得把体重减下去。罗绮与自己身体的艰苦斗争就是从她到允况公司上任之后开始的。她开始减肥,上健美班;她开始文眉,割双眼皮;她开始留最时髦的发型,每周再到美容厅护养两次皮肤。这一来年轻时代的罗绮就全回来了。不止是回来了,还多了一点东西,那种东西叫风度。风度这东西不在皮肉上,它是一种举手投足。甚至还不止于举手投足。没有罗绮这样的良好心态与经济实力,风度那东西是出不来的。漂亮而又年轻的女人多着呢,然而没风度。有风度的女人也有,但是这样的女人十有八九不再年轻,手头也紧。富婆就更加俗不可耐了。罗绮这几点可是都齐了。罗绮这样的女人都能够焕发第二次青春,说到底还是政策好哇。

可是不顺心的事情总是有。罗绮这一头能挣钱了,把好好的一个家弄出裂缝来的确是没有想到的。儿子考到北京去读大学,家里的裂缝不声不响就裂开来了。

罗绮在市政府大院工作,丈夫可以接受。他在省人大的秘书处好歹也有一份不大不小的职务,省大于市,这个道理谁都懂。问题就出在罗绮不该一下子有钱。家也重新装修了,家用电器也全部更新了,罗绮坐在沙发上说话的口气就有点像这个家的主人。这一来做男人的就觉得生活在"老婆的家里"了。这不行。这绝对不行。丈夫做过多年的秘书,现在有了职务,但是说到底还是秘书。秘书工作做长了男人总免不了心细,越自尊越心细,越心细越自尊,接下来当然就是越自负越不甘,越不甘越自负,到后来就变成处处想胜人一等,处处又低人一等了。这样的心态一带回家,家里的气氛也就越来越像机关了。但是丈夫不动声色,拿了这么多年的机关经验对付一个女人,做丈夫的这点信心还是有的。丈夫在等机会。机会总是有的,做人的唯一学问就在于耐心,只要你能等下去,机会迟早会光顾到你的头上。机会真的就来了。不出一年,省人大就利用现成的关系在海南成立了一家公司,丈夫的工作做得又隐蔽又周密,全做妥当,回到家里头和妻子摊牌。

"我打算到海南去工作一两年。"

"到那里去干什么?都这个岁数的人了。"

"革命不分先后嘛。"

"我在说你去干什么?"

"当然是挣钱。"

"你要那么多的钱做什么?"

"反正得有人去。你想想,这种钱挣起来多容易,鼻涕往嘴里淌的事。"

"什么时候走?"

"下星期。"

"你怎么也不和我先通个气?"

"领导安排。通了气也还是这么回事。"

"不对吧？怕是想重新找点什么乐子吧，——海南那种地方！"

"你说到哪里去了。我和你一样，一只脚在海里头，一只脚放在了保险箱。"

"你到底想干什么？"

"这没定。领导会安排。"

所有的对话就这么多。这个家的私人谈话都像政府的办公会了。

罗绮便不语。拿起画王电视机的遥控器，发扑克牌那样不停地换频道。

罗绮不语丈夫也就不开口。她换到哪儿他看到哪儿。后来她把遥控器丢在沙发上，进卫生间洗澡去了。丈夫点了一支烟，电视机里头著名的韩乔生正在解说一场足球赛。

"巴乔。"

"萨维切维奇。"

"德赛利。"

"巴雷西。"

"一个长传。"

"维阿。"

"还是巴乔。"

"巴乔带球。他在找人。他还在找人。"

"好球。这一脚远射漂亮。很突然。过一会儿我们看看是谁打了这一脚。对方的守门员出了一身冷汗。他高接低挡，他出了一身冷汗。"

"博班。各位观众,博班,是博班打了刚才那一脚。"

丈夫关掉了电视。

丈夫走得坚决,坚决的具体表现就是过程简单,一如罗绮当初由机关转入允况集团公司,这一来平平静静的一个家其实就散掉了。当然,这里头没有伤痛。都是四十开外的人了,各得其所,各得其乐,实在是再好不过。

但是罗绮怕周末。到底是女人,一到周末日子突然就"空"了。最初的一些日子总是罗绮飞到丈夫的那边去,再不就是丈夫从那头飞过来,见了面却又没有太多的意思,一点都没有久别胜新婚的振奋迹象,无非是把电话里所说的话当了面重复一遍罢了,然后上床,重复过去所有的事。飞了一些日子罗绮与丈夫都不飞了,老老实实地待在家里,守住电视机。可是电视实在是没劲透了,像一个提前进入更年期的男人,啰唆得要命,抒情抒得也不是地方,还特别地爱激动。你说这样的电视又有什么看头。没意思透了。

要是把星期天换成星期七,日子就美满多了。

罗绮在每一个周末的下班之前都要在办公室里头坐一会儿,静一静神,归纳归纳这个星期的工作,然后,决定在哪儿过周末。回家是一种过法,到东郊的别墅又是一种过法。尽管反正是孤身一人,但地点不同,空间不同,产生出来的心情也就大不一样了。玩味玩味自己的心情,是罗绮女士近几年才养出来的毛病。过去没有。过去没这个条件。现在条件大有改进了,这个毛病就得补上。公司的别墅那么多,空也是空着,选中一座住上三月半载,总是能够滋生出别样的感觉来的,就是寂寞也比待在家里头寂寞得上点档次,自己陪了自己过一天的贵夫人,这样的感觉特别地往心里去,有一点舒坦,还有一点难受,说不上来。

说到底周末应该有不少乐趣的,城市发展起来了,到处都是一派灯红酒绿的样子,走上大街,随便打开一扇门,门的后面都是温柔富贵乡。乐趣总是有。但罗绮是女人,在不该露面的地方露面就有些不妥当了。罗绮只能把自己关在自己的房间里。也许所有的难点就在这儿。时间一长人一独处就越发难了。罗绮害怕的或许就是独处,有朋友聊聊天,很放心地说一点私下话,周末的空闲其实还是很不错的。但是人活到这个岁数哪里还能有朋友?又处在这个地位,女人到了四十岁真是一道坎,父母老了,你早就是别人的人了,自然不属于他们,儿女大了,他们又不属于你们,婚姻无疑是半死不活。而人与人的交往除了公务就是生意。你还剩下什么?你只能剩下工作。可星期天偏偏就没有工作。

这么静下来想想其实也蛮难过的。

找个没人的地方放松一下,荒唐一下,或许也是个办法。但是这个办法男人行,女人断乎不行。

罗绮越想也就越疲惫了。人疲惫了下去,身体里头却总有一个地方在那儿蠢蠢欲动。到底是哪儿,却又有点说不好。这种蠢蠢欲动与年轻的时候终究是不一样的,那时候有些盲目,有本钱,有信心,越是蠢蠢欲动就越是趾高气扬的。到了这个岁数,这个地位就不一样,有些不甘,又扯着一些疼处,越是心高气傲越是蠢蠢欲动。女人就这个命,拼了命地往上爬,爬到一定的份儿上却一个说说话的人都找不到了。说到底男人的孤寂总是假的,女人要是孤寂了那才真的孤寂。

罗绮实在想找一个说说闲话的人,能够坐下来,面对面地吃上一顿安闲的饭。这样的闲情逸致怕是不会有了。唯一能和自己面对面地坐下来的,只有家里的那个小保姆了。总不能和自己的小保姆坐下来享受闲适的。那个小蠢货,她知道什么叫生活。

罗绮用一声长叹打发了周末的这个下午。

但今天终究是不一样的。今天至少可以找到一个陪着吃晚饭的人了。耿东亮的电话到底打来了,很准时。罗绮拿起了耳机,"喂"了一声,听了两句,笑着说:"那就陪我吃一顿晚饭吧。"

第十五章

　　西餐厅里的空调安闲而又和睦,光线相当柔和。所有的光都照在墙面上,再从墙上反射回来,那些光线就仿佛被墙面过滤过了,少了些激烈、直接,多了分镇定与温馨。也就是说,西餐厅的墙面是富丽堂皇的,但整个餐厅又是昏暗的、神秘的。服务生们显得训练有素,他们像会走路的肉,一点声息都没有,站有站相,走有走相,即使是开口说话也都是那样的细声细气。只要一坐下来整个世界的喧嚣就远去了。耿东亮坐在罗绮的对面,一坐下来他就喜欢上这家西餐厅了。西餐厅实在是周末的好去处。

　　耿东亮几乎记不清是怎么被罗绮带到这家西餐厅来的了。仿佛一切都是顺理成章的。罗绮只是漫不经心地和你说着话,然后,在不知不觉中你的一切就全交给她了,就像鸟在空中,鱼在水中,叶子在风中,没有一个急拐弯,没有一处生硬,只要沿着时间往下流淌就可以了。下了班的罗绮在耿东亮的眼中不再像一个集团公司的董事长,她会把自己的威严一点一点地、很有分寸地消解掉。她微笑着,疲惫地、茫然地,更重要的是又有些尊贵和矜持地微笑着,让你可以充分地放松下来,却又不至于太随便,太放肆。让你在很短的时间之内就可以依赖她,在毫无预备的情况下敞开你的心扉。

罗绮点好菜,在等菜的间歇和耿东亮说一些闲话。罗绮说:"很久不像这样静静地吃饭了。"随后罗绮就把话题引到耿东亮的那边去,问他退学后的心情怎么样,家里的人是怎么看的,都是耿东亮的伤心处。耿东亮不想在罗绮的面前太抒情,话也就说得很克制,有些轻描淡写,但说话的语气透出了诸多的不如意。罗绮正视着耿东亮,一只手托在下巴上,很用心地倾听。这种倾听的姿态是一种安慰,还是一种鼓舞。耿东亮不知不觉地话就多了。有些饶舌,有些词不达意。罗绮则点点头,幅度很小,但每一次点头都恰到好处,都点在那种需要理解和难以表达的地方,这一来耿东亮的说话就轻松多了,依仗她的点头而变得适可而止,成为三言两语。耿东亮没用上几个小时就从心眼里喜欢罗绮女士了。她像母亲,又不是母亲;她不是大姐,又是一位好大姐,重要的是,她并不年轻,又不老。这多好。

服务生送上果酒的时候耿东亮才开始出现了窘迫。他没有吃过西餐。他不会吃西餐。耿东亮就有些无从下手了。这是一件很让人丢脸面的事。罗绮看在眼里,却不动声色。她拿起了刀叉,很不经意地开始用餐了。这是一个示范。这样一来耿东亮就轻松多了,按照她的一招一式去做,总是不会错的。

罗绮"吃"得真漂亮。她的模样称得上是"吃"的典范,优雅、从容、美,透出一股宝贵气息。她坐得极安宁,用锃亮的餐刀把牛排切开一小块,然后用锃亮的餐叉送到齿边去,她的牙齿细密而又光亮,有一种静穆的干净。罗绮取下餐叉之后总是抿了嘴唇咀嚼的,还抿了嘴无声无息地对了耿东亮微笑。罗绮的做派绝对像一位慈爱的母亲,带着自己最喜爱的孩子随便出来吃一顿晚饭。她在咀嚼的间隙没有忘记教训耿东亮几句,诸如,吃慢点,诸如,注意你的袖口。她说这话的时候脸上有一种平淡的认真,让人感动,愿意接受。耿东亮一直不习惯女人身上太浓的女性气质,但罗绮是一个例外,她让你感觉到距离。这个距离正是她身上深藏的和内敛的矜持。这一点决定了她不可能像真正的母亲那样事无巨细、无微不至,令人不堪忍受。这一点让耿东亮着迷。

耿东亮在吃西餐的时候一直担心罗绮把话题引到"干妈""干儿"那边去。男人好为人师,女人好为人母的,这都是天性,躲不过去的。好在罗绮没有。她一直在很疲惫地咀嚼,她的疲惫使她的咀嚼更加高贵了,就好像吃饭不是"吃",而是一种优雅的娱乐,一种休闲的活动。后来罗绮便把话题转到公司里去了,问耿东亮"习惯不习惯",有没有什么"新的进展"。耿东亮一一作了答复。耿东亮在答复的过程中没有忘记提及不愉快的话题,耿东亮说:"挺好。我只是不习惯他们给我起的艺名,我叫耿东亮都叫了二十年了。"罗绮放下叉子,擦过嘴,说:"给你起了什么艺名?说给我听听。"

"红枣。"耿东亮说。

罗绮把"红枣"这个名字衔在嘴上,沉吟了半天,说:"红枣,我看这名字不错,挺招人喜爱的。"

耿东亮便不说话了。

罗绮说:"我看这名字不错。"

耿东亮摇摇头,说:"你还是没有明白我的意思。"

罗绮伸出手,捂在了耿东亮的手背上,轻轻地拍了两下,闭上眼,点了点头,说,"我明白。"

耿东亮说:"你不明白。"

罗绮笑起来了。她用力握了握耿东亮的手背,而一用力她的手越发显得绵软了。罗绮说,"我们别争了好吗?我累了一个月了,只是想安静地吃顿饭,——陪我说说话,好吗?"

耿东亮用手指头捏住了一块牛排,塞到了嘴里去。

"你瞧你。"罗绮的目光开始责备人了。

"从现在开始我就叫你红枣,"罗绮说,"你会习惯的。"

晚饭一直吃到临近十点。吃完饭罗绮便把红枣带进出租车了。她没有征求红枣的意见,也没有命令和强迫,自然而然地就把红枣带进出租车了。红枣既不愿意跟她走却又不愿意离开她,这一来索性就把自己交给她了,罗绮一进出租车就说了一声"真累"。司机说:"上哪儿?"罗绮叹了一口气,说,"先开着吧,逛逛街。"红枣第一次和陌生的女人挨得这样近,然而,令他自己都十分惊奇的是,他没有窘迫感,没有局促感。好像他们都认识好多年了,原来应该如此这般的。红枣让自己彻底放松下来,心情随着汽车的车轮信马由缰。这个晚上不错,大街两侧的灯也分外灿烂了。

东郊的这组建筑群完全是欧式的,被一道漫长的围墙围在山腰上,汽车驶进的时候总要受到一道岗哨的盘查。罗绮的别墅掩映在这组建筑群的中间,这块地方红枣在多年之前来玩过的,那时候漫山遍野都是枫叶,大片的枫叶依旧在红枣的记忆中静静地火红。那些火红如今早就变成天上的彤云了,被天上的风吹到了远处。汽车驶到门口的时候被两个身穿制服的保安拦住了,罗绮掏出证件,用两个指头夹住,送到车窗的外面。汽车驶进了山坡,山坡上一片安宁,地上只有树木的影子。路灯的造型是仿欧的,灯光洁白,和谐而又爽洁,有一种说不出来的恬静。红枣仿佛走进了另一座城市,另一个世界。这里离市中心只有四十分钟的路程,然而,它居然给人以恍若隔世的印象。而一走进罗绮的别墅红枣就觉得是走进一个梦了,一个华丽的梦,一个精致的梦,一个用现钞码起来的梦。

罗绮的别墅大得有些过分,而郊外的寂静又放大了这份空旷。红枣站到沙发前的真丝地毯上去,朝四周打量这座漂亮的豪宅。所有的平面都那样的干净,承迎着灯光,反向着灯光。罗绮打开了所有的窗户,夜风吹进来,撩起了纱窗。风很凉,很干净,带着一股夜的气息,一股植物的气息。

罗绮一进屋就陷到沙发的一角去了,很长地舒了一口气,说"真累"。她挪出一只手,拍了拍沙发,红枣便坐进了沙发的另一个角落。罗绮侧着脑袋,一副若有所思的样子。红枣静坐了一会儿,满耳都是静。过分的幽静反而让红枣有些六神无主了,胸口没有缘由地一阵跳。在这样华丽这样幽静的地方单独面对一个女人,总有些不大对劲的地方,有些让人心情紊乱的地方,又有些说不上来。红枣一直在找一个合适的地方放好双臂,总是找不到。好在罗绮的脸上没有异样。她倾过上身,取过遥控器,打开了电视机,很平静地观看电视屏幕上的综艺晚会。她的静态实在像一位母亲,正与儿子一起享受着周末的闲暇时光。红枣偷看了罗绮一眼,看不出任何不妥当。罗绮望着电视机,说:"这儿好吗?"耿东亮说:"挺好。"罗绮回过脸来,很累地笑一笑,说:"太好的地方都有一个毛病,静得让人受不了。"

简短的对话过后罗绮又陷入沉默了。红枣一直想打破这种沉默。沉默给了红枣一种极坏的印象,似乎时刻都会有一件猝不及防的事情就要发生似的。但到底是什么,却又说不好。红枣好几次想起身,和罗绮告别,但罗绮的脸色绝对不像是放人的样子。一旦说出口说不定就会谈崩掉的。红枣便有些坐立不安了,总不能就这样坐一夜,总不能和一个不相干的女人就这么住在这个僻静的处所。红枣歪了歪身子,鼓足了勇气,刚想开口,罗绮却站起来了。罗绮的样子似乎刚从疲惫中缓过神来,一副对眼前的一切很满意的样子。罗绮走到卫生间的门前,却没有进去,只是站在门前敲了敲门,对红枣说:"这是你的卫生间。"随后罗绮又走到另一扇门前,同样敲了敲门,说:"这是你的卧室。"罗绮关照完了,用左手捂住嘴巴,打了一个哈欠,说:"我上去休息了,你也不要太晚了。"她说话的口气已经完全是一位母亲了。罗绮走到楼梯口,一步一步地往楼上去,她上楼的样子绝对是一位母亲。

红枣一个人静坐在客厅,突然想不起来下面该做什么。他轻手轻脚地走进"他的"卧室,在墙面上摸到开关,打开了,很漂亮很干净的卧室呈现在深夜时分。他小心地坐在床沿,用手压了压,床面又软又爽。纺织品是崭新的,有很好的气味与手感。红枣和衣倒在床上,一双眼打量着天花板,那种猝不及防的印象始终萦绕着他,他就像躺在浮云上,躺在水面上,时刻都有飘动与下沉的危险性。他甚至都把心思想到歪处去了——夜里会不会发生什么事?再怎么说他也没有理由与一个不相干的女人同住在这么一个地方的。他开始了警觉与警惕,这种警惕带有相当猥琐与不正当的性质。他注意着四周的动静,但四周没有动静,楼上楼下都像天使的呼吸,无声无息,气息如兰。

红枣在高度的防范与警惕中睡着了。

一早醒来红枣不知道自己身处何处。他四处打量了好半天,花了很大的精力才想起来自己睡在什么地方了。红枣一翻身就下了床,走进客厅,电视机还开着,整个屏幕上全是雪花。红枣关掉电视,楼上还没有动静,耿东亮只好走到阳台上去了。阳台下面正是山坡,郁郁葱葱的,空气又清新又爽朗,不远处的山中冒出几处酱红色的屋顶,都是崭新的别墅。红枣向远处的城市看了一眼,城市的上空有些雾,远远地铺排开去。红枣做了几个深呼吸,心情一下子就通明起来了。

罗绮正从户外进屋,她刚跑完步,一脸的神清气爽。罗绮看了一眼电视机,知道红枣已经起床了,便大声"嗨"了一声。红枣从阳台回到客厅,罗绮容光焕发,甚至可称得上喜气洋洋。罗绮走上来,一只手拥住红枣,一只手拍了拍红枣的腮,笑盈盈地说:"我们的歌星睡得好吗?"红枣从来没有和女人这么亲热过,有些紧张,但是这个拥抱是这样的自然,完全是母子式的,红枣自己也没有料到自己会这样落落大方,居然伸出胳膊拥住罗绮了,在她的后背上也拍了两下,说:"挺好。"红枣在罗绮面前的紧张在这次拥抱中彻底地消解了,罗绮是这样的坦荡,自己在昨天夜晚那样瞎琢磨,原本是不该的,哪里会有什么猝不及防?哪里的事。

罗绮与红枣招呼完了,便走到厨房里去。厨房里有些脏,积了一层灰。罗绮说:"这么好的地方,这么脏,真有些可惜了,有人住过来天天拂拭一遍就好了。"红枣怔了片刻,接过话,说:"你要是放心,我住过来给你拾掇拾掇。"罗绮白了他一眼,说:"瞎说,哪能让你做这些事,我的儿子我从来也没让他做过粗活。"红枣抢过话,说:"这有什么?我喜欢这儿。"罗绮认真地打量了红枣两眼,笑着说:"你要是真喜欢,就住过来,就是有点委屈你了。""哪儿,"红枣说,"我真的是喜欢这儿。"

红枣正式住进了东郊。为了给他解闷,罗绮把家里的那只卷毛狗也带过来了,住了几日,红枣对这幢别墅多多少少开始熟悉了。一旦熟悉了,恍惚处就少了,家常处也就多了。而那只卷毛狗对他似乎也熟悉了,有了巴结的意思。这只狗是白色的,还没有长大,像一只硕大的毛线团。罗绮总是坐在自己的那张"专座"上的,而红枣则喜欢三人沙发上最右首的那一侧,他窝在那个角落里,右臂靠在扶手上,心情和身体都是周末的调子,慵懒而又轻松。音乐放在那儿,电视开在那儿,只是与他们并没有直接的关系,无非是一些不太响的声音。他们说一些话,没有中心,扯到哪儿算哪儿。但这样的谈话在红枣的这边是一份享乐,他总是体会得到罗绮的女性心肠,罗绮通常是挑剔的,可是对红枣又是宽容的。她总是先洗完澡,然后穿得很宽松,坐在自己的位置上翻几页当天的报纸。然后他们就开始说说话,说话的时候手上总要抱着小卷毛的,一边说一边抚它身上的毛。而小卷毛的细小叫声也是卖乖的、讨人疼爱的。他们的交谈一般也不会谈得太晚,道完晚安,各人就走到各人的卧房里去了。秋夜总是这样,在夜色之中秋高而又气爽。

罗绮想给红枣理发纯粹是一次心血来潮,她买来了一只电手推子,装上五号电池,让红枣坐三联单张方杌子上。经过一个夏季,红枣的头发已经相当长了,足以像罗伯特·巴乔那样扎一只小小的马尾松。罗绮说,男孩的头发太长了有点"绵",不精神。红枣自己也觉得后脑勺那一把过于啰唆,就听从罗绮了。罗绮儿子的头发一直都是罗绮理的,手艺不错,一举一动都有点职业理发师的味道。他们在卫生间的马赛克上铺上了过期的晚报,罗绮推上电开关,电手推子就在红枣的头顶上轻轻地爬动起来了。红枣的黑发一缕一缕地落在了旧报纸上。罗绮的动作很轻,偶尔拽一下,就会抬起头,在大镜子里头问红枣:"疼吗?"红枣说不。红枣总是说不。不到十分钟工夫罗绮就把红枣的头发弄利索了,然而,她不急于收工,她一点一点地,仔仔细细地帮他修理,每一根头发都恰到好处地支棱在头皮上。后来她关掉了开关,站到红枣的身后,两只手捂住红枣的腮,在镜子里头左右看了一回,抿着嘴只是笑。后来说:"这一回真的像我的儿子了。"红枣听了这句话便有些不好意思,又不好说什么,便什么都不说。这个沉默的间歇就有了"无声就是默许"的意思。罗绮丢下电推子,随手打开了电热水器的花洒水龙头,让红枣把头低下去。红枣知道她的意思,说:"我自己来。"罗绮便在他的后脑勺上轻轻打了一巴掌,责备说:"犟嘴!"随后罗绮就摁下了红枣的脑袋。柠檬水柱喷下来之后红枣听到了罗绮这样说:"听话。"

"听话",这是童惠娴常对儿子说的,现在又轮到罗绮这么说了。母亲的话耿东亮不能不听,而罗绮的话红枣就更不能不听了,因为罗绮是母亲又甚过了母亲。

罗绮在红枣的头上抹上了过量的诗芬洗发膏,诗芬牌泡沫张扬开来,发出很动人的沙沙声。红枣低了头,紧闭了双眼,挪出右手到半空去抓水龙头。却又被罗绮打了一下。罗绮用花洒给红枣冲了一遍又一遍,末了用指头捻了捻头发,十分地爽洁了,红枣便把脑袋甩了甩,像一条落水的狗,甩出了许多水珠子。都弄停当了,罗绮擦过手,点上了一支烟,倚在了卫生间的门框上,很知足地说:"好长时间不当妈了。"

罗绮只吸了三四口,便把香烟摁到便池里了。左右端详了红枣一回,用那种总结的语气十分肯定地说:"这一回精神了。"

红枣看了看自己,小平头,干干净净的,是精神了。罗绮走上来,悄声说:"吃完饭,我们游泳去。"红枣听出来了,罗绮说是"我们"。

别墅区的游泳池里没有人。这只有一个解释,别墅区里的住户并不多。游泳池的形状很不规则,像一只放大了的猪腰子。罗绮的泳技不错,除了她的蛙泳,蝶泳、仰泳、自由泳都是有板有眼的,一招一式都看得出身体的对称关系。红枣在水面上仰了很长时间,天上没有云,只有很抽象的蓝颜色。蓝得很抒情,又平又润。池水托住他的身体,只需要手部的几个简易动作就能够保持全部的平衡了。水的浮力实在是太美妙了,它轻而易举地就使人获得了全部的自由。在某些时候,水就是想象力。

罗绮大概是累了,她戴上了墨镜,一个人半躺在白色的塑料椅上。太阳伞遮住了她的半个身体,只有半条腿被太阳照耀着。她的腿比她的脸年轻得多,有反光,有弹力。

红枣怕太阳。上岸之后红枣一直想找一个避阳的地方好好歇一下。罗绮看出了他的心思,罗绮说:"你太白了,还是黑一点好。"红枣不好坚持,只好在人造绿草皮上坐下来。罗绮说:"你游泳游得可不好。"红枣说:"我很少下水,从小我妈就不让我下水。"罗绮半是自语半是回答道:"怎么能不下水呢?现代生活不可以远离阳光,更不可以远离水。"红枣笑起来,说:"现代人和现代生活是两码事。"罗绮在笑,她戴了墨镜,看不见她的眼睛,但两只嘴角对称地咧开来了。罗绮说:"我在哪儿,阳光就在哪儿,水就在哪儿。"

李建国在星期一的上午心气就不顺。他发现越剧小生筱麦已经越来越难对付了。越剧小生一开始是投怀送抱了,没过多久就有些半推半就了,现在倒好,越来越沾不上边了。这和一般性的游戏顺序正好相反。李建国的岁数足以做她的父亲,他就是弄不懂怎么会越来越"斗"不过这个"十七岁"的小丫头片子的。李建国贪恋她的身体,她的身体是那样地绵软,又那样地柔韧,翻来覆去总是有数不尽的新花样,她在床上又大胆又心细,大处可翻云覆雨,小处可面面俱到,激情与想象力一样都不差。

要是这一切都反过来就好了,先沾不上边,后半推半就,再过渡到投怀送抱,这才是人之常情,事态发展的正确道路嘛。可她偏不。她就是反其道而行之,让李建国总经理惶惶然、急切然,浑身充满了七拐八弯的古怪气力,就是找不到一个"解决问题"的地方。李建国越是抓耳挠腮,越剧小生就越是沉着镇定,问她需要什么,她总是笑而不答,她一定要让李建国总经理巴结着主动提出来,这就过分了嘛。李建国每次把她叫过来,越剧小生总是笑盈盈的,抱也由你,亲也由着你,动不动还火上浇点油。进入正题了,要办实事了,她就面露难色,十分娇媚地说:"身上又来函。"这显然是谎话,打马虎眼的谎言。光上个月这个小丫头片子的身上就来了三回,李建国火急火燎,到底又不敢太造次,不得不虎下脸来,说:"你怎么天天来?有没有干净的时候?"越剧小生便不语,表情也可怜起来,依偎在李建国总经理的肩头,泪汪汪地说:"我怎么知道,我这么滴滴答答的,还不全是你弄的。"李建国知道是瞎说,也不好挑明了,这样的事总不可以验明正身的,只好怜爱地、又十分失望地把她搂起来,说,"再不我带你到医院看看。"越剧小生说:"这种事我怎么好意思?我才十七岁,这种事我怎么说得出口?"李总还能说什么?你说这样的时候李总还能说什么?"问题"不"解决",李建国的心情便一点一点坏下去了,几十天下来,李总都像失恋了,心也冷了,就像一首歌里唱的那样,李建国总经理的世界开始下雪……

李建国总经理的忧伤是具体的,全是那个越剧小生给闹的。一切都写在脸上。最早发现这个变化的当然是李建国的老婆高庆霞,李建国不仅一张脸蔫了,整个人都一起蔫了。高庆霞看在眼里,不动声色,但内心却有了警觉。李建国在周末的晚上回到家,通身都是越剧小生给他带来的疲惫。高庆霞决定盘问。她先从健康入手,首先关心了丈夫的身体状况。高庆霞说:"哪里不舒服呢?"李建国冷冷地说:"没有。"高庆霞很不放心地说:"我看你很不开心的样子。"李建国半躺到床上,双手枕压在脑后,知道她又在盘问了。李建国就半话题引向大处去。他长叹了一口气,说:"国家的经济形势不很乐观。"疼痛是越剧小生带来的,李建国一开口却牵扯到国家民族这样的大话题上去了。国家和民族的困难时常做这样的挡箭牌,时常成为一种借口,相当漂亮地遮掩住人们的难言之隐。高庆霞一听到这句话就放心了,丈夫在忧国忧民,这是好事,大境界,心情不好也是应当的。一个人书读多了就会以天下兴亡为己任的。高庆霞说:"我给你下碗面条吧。"李建国说:"不用了。"高庆霞说:"卧两个荷包蛋。"李建国说:"不用了。"李建国点上一根三五牌香烟,越剧小生的面容总是在他的脑子里头晃来晃去。高庆霞不敢打搅他,就感到他的心思和九百六十万平方公里一样幅员辽阔。

星期一上午李建国还真累。整整一个星期日都没有休息过来。

红枣似乎不应该在星期一的早晨到李建国办公室里来。寻呼机还丢在酒鬼的家里,红枣担心李总会在什么时候呼他,一大早就赶到李建国这边来了。红枣进门的时候李总正在接电话,他放下电话机的时候附带抬起了头。红枣站在他的面前,英气勃勃的样子。李建国几乎是在见到红枣的同时站起身体的,站得有些突兀,有些神经质,差一点撞翻了面前的不锈钢茶杯。李建国说:"你理发了?"红枣站在原处,这句话听在耳朵里头有点上文不对下文的味道。红枣还没有来得及回话,李建国又说:"你晒了太阳了?"红枣讪讪地笑着,说:"是啊,我理了发了,晒了太阳了。"李建国背了两只手,走到红枣的面前,围着红枣的身体转了一圈,打量了一圈,他那种过于集中的凝视使红枣想起了酒鬼。红枣有些不自然地说:"怎么啦?"李建国没有说话,退到黑色大班椅里头,习惯性地叉起了十只手指头。李总严厉地说:"向我汇报了没有?我同意你了没有?"红枣听不明白要汇报什么,而李总到底又要同意什么。但是,红枣从李总的语调里头听出了某种严肃性和复杂性。红枣警惕起来,笑着说:"汇报什么?"李总说:"当然是你的头发。"红枣说:"头发又怎么了?"李总的神情十分庄严,大声说:"你的发型、胖瘦、肤色,一句话,你的形象,全都是公司的产品,在得到同意之前你个人无权更改。"红枣说:"为什么?"李总说:"因为你是红枣,不是他妈的什么耿东亮。"红枣的脸上有些挂不住了,顶了一句嘴,口气也硬了,说:"头发长在我的头上,又不长在你的办公桌上。"李总伸出右手,挺出一只指头,一边敲击一边告诫说:"头发不长在你的头上,而长在我的掌心里,只是我把它放在你的头上罢了。——吃饭得有吃饭的规矩,碗口必须朝上,而不能朝下。"

第十六章

　　耿东亮有些日子不来了。酒鬼坐在家里,陪伴他的是一只又一只遥控器。他被一大堆遥控器包围在中间,人也就显得越发寂寞了。所有的遥控器都伸手可及,他的生活简单得只剩下举手之劳。每一只遥控器最初都蕴涵了酒鬼对舒适或幸福的初始理解,它们简约了一种活法,简约了一种不必要的劳作。等到遥控器成堆的时候,酒鬼似乎对遥控器产生了一种难以言说的厌倦,它们使生活越来越枯燥,越来越近乎程序,使身体在生活中所占有的份额越来越低。然而酒鬼离不开它们。它们比要命的婚姻更糟糕,更缠人,没有一种法律能够中止这种无聊的捆绑与占有。它给你厌倦的同时能够让你产生另一种更为要命的依赖,你需要它。

　　又停电了,这些日子这幢大楼说停电就停电。酒鬼有些无奈,点上了蜡烛。他坐在蜡烛的对面,烛光把他的孤寂放大了,贴在墙上,有一种细微的颤动。停电的时刻生活里的所有"设施"都停止了,只留下了"人"。然而人不是别的,"人"在停电的日子里只是对"设施"的一种渴望与奢侈。否则,你面对和玩味的就剩下自己。酒鬼取出自己的相册,在烛光底下一张又一张地翻阅,那里头有死去的生命,他的歌星生活,然而看来看去所有的照片都像一种瞬间的梦,酒鬼就是想不起来那些相片是在什么地方拍摄的了,酒鬼记不得自己的生活里头有过哪些细节。要不过去是梦,要不现在是梦。要不然都是。

酒鬼抬起头看一眼电灯,它没有光与亮。这一刻酒鬼只是被电遗忘的残骸。酒鬼吹掉蜡烛,披了风衣,挎上耿东亮的BP机,带上门出去了。

酒鬼来到位于钟鼓楼左侧的地下游戏宫。这里是民国年间的一座地下监狱。而头顶上装了一盏小号的探照灯。这种灯光没有色彩,只有一种十分抽象地亮,宛如发了疯的月光。石头上全是光,干净而又阴森,显现出棱角分明的黑白效果。酒鬼只走了一半就体会到一种异样的感觉了,既像沉入地狱,又像大义凛然,总之,有一种恐怖和献身的兴奋感,新奇感。这个狭窄的阶梯陡而长,中间还有一个拐弯。但真正走进监狱之后情形反而不一样了,正如大厅上方的粉色霓虹灯所闪耀的那样,它是"夜之家"。酒鬼走到第七游戏厅,一台大型的游戏机正空在那儿,前方架了一支又粗又黑的电子枪。酒鬼买了筹码,扶在电子枪的支架上。服务生给大彩屏通上电,彩屏上立即跳出了游戏事项。酒鬼点上烟,专心地阅读事项里的每一个细则。他的敌人有一千个,也就是一千条人命。而他自己的性命也被量化了,具体为"一百滴血"。酒鬼举起了枪。现代游戏是以这样一种精神为前提的,它满足人类对同类的杀戮愿望,以游戏这种形式回避掉法律与制裁,最大限度地激发你的杀伤欲,使之成为一场

"戏",一种商业,一种贸易。酒鬼开始了射击。他不需要顾及武器与子弹,人类永远不会缺乏武器与子弹的。他唯一需要的是在射击的过程中提高自己的智慧,使"杀"成为经验,成为本能。他警惕着暗枪与冷箭,发现一个消灭一个。而他失去的每一滴血都增长了他的才干。仅仅几分钟的工夫酒鬼就喜欢上这种娱乐了,电,电子技术,射击的方法,躲避射击,这几样东西加在一起今夜的生活立即妙趣横生了。声光系统放大了这种乐趣。他看见人体在他扣扳机的刹那鲜红地爆炸,如一个又一个鲜红的花朵,伴随了逼真的枪响与临死的吼叫。大彩屏上血肉横飞。大彩屏上跳出来的不是汉字,而是英语,它表明了这个游戏的世界性与人类性。酒鬼越战越勇,死亡的事在分分秒秒中发生。事实上,时间移动的声音就是厮杀的声音,咔嚓咔嚓地。有去无回地。酒鬼扭动了屁股,如他昔日在舞台上一样鲜活地扭动。敌人一批又一批冲上来,而酒鬼正视前方,他冷静而又充满激情,往前打,往前冲。酒鬼一点都没有意识到自己的"血液"正以倒计时的方式向零逼近了。电子游戏的精神只能是这样的,你可以痛快,你可以获得瞬间疯狂,但最后的赢家必须是电子程序,电子技术,电。这是贸易的需要也是电的责任,这同样是一种象征或命运。酒鬼流出汗来。酒鬼在擦汗的过程中一梭电光射向他的身体替代图形厮杀过来了。他流尽了最后一滴血。电子屏幕的图像中止了,跳出了一排血色字体:你死了。这句平静的忠告电子屏幕用英语、日语、德语、汉语和其他古怪的语种各说了一遍。酒鬼丢了枪,很开心地对游戏机说:"我死了。"

但酒鬼不想回去。他喝了一点酒,却晃到隔壁的靶场去了。这不是电子游戏,是真枪实弹,实实在在的气手枪射击。

射击场同样挤满了人。但是安静,地下室的射击厅里响起了机械枪的扳机声。这种声音在凝神的气氛里头显出一种紧张,还有那一点神秘。酒鬼决定过一把这个瘾。酒鬼没有玩过枪,但手枪一上手之后立即就喜欢这个东西了。手枪真的是为"手"设计的,一凹一凸无处不与手合缝合榫,人类把手进化到这个精致的地步,完全是为了现在能够把握手枪。酒鬼从来没有这样无微不至地体验过"手",指头与手掌各就各位,处处与手枪体现出那种天然的缘分。酒鬼拿起枪,像电影里的西部好汉那样吹一吹枪管,脑子里却想起地下室的入口处,自己完全成了黑白影片的主人,有一种英雄赴死的好味道。酒鬼戴上耳塞,举枪,瞄准,抠机。砰的一下,真是妙极了。其实子弹打在哪儿又算什么呢?子弹的意义不在目标,而在"出膛"。"出膛"的感觉真好。酒鬼一连打了九发,却有七发脱了靶。酒鬼放下枪,看一眼左右的人们,人们正屏气聚集,目光和动作里全是奥林匹克的神圣意味。酒鬼便想笑。酒鬼再一次拿起枪来的时候却走神了。他转过枪口,把枪口对准了自己的左眼,然后,眯了右眼往枪口里头看。枪口很黑,如一只婴儿的瞳孔,弥漫出纯真无邪的黑色光芒。酒鬼干脆便把枪口摁到自己的右眼上去了。他保持了这个姿势,走神了。上帝都没有猜得出他在那个瞬间里头想了些什么。酒鬼沉思良久。突然听见有人在他的耳边轻声说:"喂,兄弟。"酒鬼还过神来。还没有来得及放下枪,手里的手枪却被一只手托起了,又迅猛又有力。酒鬼的食指还套在扳机上,这一托就抠下去了,子弹贴着他的额头飞向了房顶。一只日光灯管被击破了,地下室里响起一声空洞的爆炸声。酒鬼立即被两个男人摁住了,另一个人一把夺过他的枪,对了酒鬼就一个嘴巴。酒鬼被摁在地板上之后都没有明白发生了什么。酒鬼眨几下眼睛,懵懵懂懂地问:"怎么了?"两个男人就把他往外架,一直架到出口处。出口处的石头被探照灯照得雪亮,灯与石头一同都有了杀机。都有些恐怖了。酒鬼大声叫道:"放开我,放开我!"酒鬼的模样绝对是一个被架出去行刑的死囚犯。两个男人沿着石阶把酒鬼一直送到洞口,扔在了地上。其中的一个指了酒鬼大声说:"你想死我们不管,别死在这儿。别弄脏了我们的生意!妈的!"

酒鬼一个人钻进了一家酒吧,要了一瓶上等烈酒,开始往下灌。乐人正在演奏,那个糟糕的歌手开始模仿起贝蒂·希金斯,那一曲《CASABLANCA》唱得真是糟糕透了,和毛驴的放屁一样愚蠢。酒鬼唯一能做的事情只能是喝。他信得过酒。酒到了一定的时候会在他的肉体里唱歌的。酒是最好的歌手,它胜过斯特华特,胜过列侬、惠特尼、正直兄弟、ABBA乐队,它甚至胜过了用汉语歌唱的歌手酒鬼。然而酒鬼那小子不行了,他让酒害了,他掉进酒缸里再也爬不上来啦!

耳朵里到处都是声音。鼓。电脑打印机的针卡。干杯。"这狗日的不是东西"。皮肉生意。手机的鸣叫。嗑瓜子。打嗝。"卖五杯送一盘水果"。阿拉伯兄弟的交谈,还有电视屏幕上的施拉普纳。酒鬼眯了一只眼,无目标地打量。他的打量是投入的,却又是目中无人的。酒已经使他的瞳孔散光了,像杯子的边沿,一对情侣正在接吻,酒鬼看见小伙子已经把舌头伸到姑娘的嘴里去了,他喉头的位置在那儿,往上吊。这是做爱的途径之一,不需要床,不需要太多的动静。乌龟。河蚌。高潮是遗忘吗?高潮是饱和,短暂,随即放弃。酒鬼把手伸进裤裆,抚摸自己,没有任何起色。车祸之后他就彻底不行了,车祸杀死了一个男人,只给他留下一条性命。这等于说,酒鬼的身上每天都背了一个"男人"尸体。

耿东亮在哪儿?这是个漂亮的小伙子。可爱,简单,羞怯,干净。男人必须干净,但是酒鬼脏。因为酒鬼不是男人。酒鬼决定把耿东亮叫来,陪他说说话,陪他喝点酒。酒鬼站起身来,打了一个趔趄,走到吧台,拿起了投币电话。他摁下了耿东亮的寻呼号,他要把这个小伙子呼来。他一定会来。羞怯的男孩才是好男孩。

呼完了耿东亮酒鬼就回到座位上去,他喝了一杯,又替耿东亮喝了一杯。酒不错,有了歌唱的迹象,寻呼机就是在这个时候响起来的。酒鬼愣了一会儿,把手伸到腰里去,取下了耿东亮的BP机。酒鬼看了半天,把BP机扔在了桌面上,大笑起来,高声叫道:

"傻小子,我不是你!"

凌晨两点酒鬼已经大醉了,但是能走路。他走到马路的正中央,一边走一边叫喊。他说,傻小子,我不是你。他说,傻小子,我不搞同性恋。他说,傻小子,来看看我。他说,傻小子,我早就不中用了。他说,傻小子,让我抚摩你的皮肤。他说,傻小子,你害怕我做什么?他说,傻小子,你把我扔在了酒里。他说,傻小子,别他妈做什么歌星梦了。他说,傻小子,你为什么躲着我?他说,傻小子,你找不出第二个让我喜欢的人。他说,傻小子,一个吻等于三两白兰地。他说,傻小子,今晚你睡在哪里?他说,傻小子,我们都是河蚌,要不就是甲鱼或乌龟。他说,傻小子,我为什么不是女人?他说,傻小子,你为什么不是姑娘?酒鬼仰起头,站住了,就仿佛上帝就站在五米的高空,他伸出一只手,厉声责问说:"你犯了错误,让我承受什么?"

酒鬼说:"交警!交警呢?"酒鬼指着天,大声说:"让他走开!"

秋天的意味越来越浓了。大街上有了梧桐树的落叶,它们体态很轻,十分散乱地贴在水泥平面上,叶子的凸凹轮廓也就分外有了凉意。

红枣坚持每天到李建国的面前露一次脸。到李建国那边露个脸不算太难,困难的是必须和舒展一起排练。排练的次数多了红枣都有些害怕这位"阿妹"了。说不上怕什么,红枣就是怕面对她,怕和她对视。一和她对视红枣就会觉得舒展的目光能长出蜈蚣的爪子来,爬到他的瞳孔里去。每一次排练对红枣来说都是受罪,像判了什么刑似的,有一种说不出的郁闷。说什么也不能这样下去的。红枣壮了胆子便往李建国的办公室里去,他一定要请求李建国让自己从这对"金童玉女"中解脱出来。

红枣走进1708号办公室,开门的不是李总,却是越剧小生筱麦。李建国刚刚从大班椅上站起身,似乎正要出去。李建国对红枣说:"等我一下,我去一下洗手间。"红枣只好站在那里干等。筱麦却走到大班桌的后面去了,坐到李建国总经理的转椅里去。她决定利用这个短暂的瞬间拿红枣开开心,做一个小游戏,坐也是坐着。筱麦坐好了,拿起李总的香烟,打火机,自己给自己点上,而后猛吸一口,把鼻孔对准红枣的方向,筱麦歪着脑袋,目光是斜视的,她就拿自己斜视的目光紧紧地盯住红枣。红枣一和漂亮的女孩子独处便有些不自在,正打量着窗外。这时候便听见筱麦干咳了一声,一回过脑袋自己的目光就让筱麦叉住了。筱麦的眼睛大而亮,目光清澈如水,有流动与荡漾的俊彩。红枣心里头一紧,就把脑袋偏过去了。但两秒钟后红枣就转回到原位了,筱麦的目光依旧,而脑袋却侧得更厉害了,目光的度数也更大。筱麦挂着下嘴唇,慢慢又把下嘴唇咬在了嘴里面,目光里头连一点退让的意思也没有,带了一股极圣洁的淫邪,红枣的胸口猛一阵跳,眼睛又没地方躲,只好傻乎乎地和筱麦对视。在这个漫长的岁月里红枣发现筱麦的胸脯开始了起伏。有了风花与雪月,红枣的脑袋里春雷一声震天响,他的身上突然涌上了一股出奇的胆量,他居然有勇气坚持这种对视了,身体通了电,嗞嗞的全是火花和被击中的那种麻。两人的目光互不相让,空气澎湃起来,生出了无数的漩涡。

　　幸好李建国的脚步在过廊里走近了。红枣和筱麦各自把自己的目光撕开去,尽力平衡自己,他们用一阵颤抖打发了刚才的慌乱举动。

　　"找我有什么事?"李建国问。

红枣想不起来找李建国有什么事了,红枣说:"我明天再来。"

红枣被舒展约出去喝茶的时候一直惦记着筱麦。

舒展在作最后的努力,她点好茶,静静地坐在红枣的对面。李建国说得对,和红枣合作,成功的可能性的确要大出很多。这个世界或许什么都不缺,但金童玉女永远是最珍贵的。她是玉女,而红枣是金童,这样的二重配对完全可以称得上日月同辉。它意味着成功,家喻户晓,市场,还有金钱。这一切只需要红枣对她的好感,哪怕是纯商业性的,哪怕就一点点。

但是红枣就是提不起精神。这种时候就算红枣提出来要和她上床舒展都可以答应的,问题是,总不能让一个女孩子开这样的口吧,那也太轻贱了吧。舒展说:"你哪里又不舒服了?"红枣回过头,说:"没有。从头到脚都很好。"舒展挪了挪自己,步入正题了,说:"听说我们的第一场演出选在杭州,你听说了没有?"

舒展把玩起手上的紫砂杯,突然前倾了上身,压低了声音说:"你听说了没有,李总下星期就给筱麦拍 MTV 了,曲子和乐队都定好了,——你还瞒在鼓里吧?"

红枣说:"这又有什么不好?"

舒展的表情似乎有些急了,说:"这样下去我们多被动,我们不能坐等的,我们得配合,要不我们真的很被动的。"

红枣说:"我们是?"

舒展说:"我和你呀。"

红枣说："你是谁？"

舒展万万没有料到这个忠厚无用的人会说出这样刻毒的话来,脸色开始走样了。她的愤怒和克制使她看上去像一个卖西瓜的小姑娘,在讨价还价中放大了面部的世俗激情。舒展从口袋里抽出一扎人民币,很用力地甩在了茶几上,说："李总给的,爱情活动费,你还给他!"舒展刚一转身又回过头来补充了一句,诘问说："我什么地方对不起你了？"

红枣坐着没动,抬了头说："我又有什么地方对不起我自己了？"

舒展下楼的时候高跟鞋的后跟一定踩错了一个次序,楼下响起了很不连贯的声音。红枣望着那扎现钞,很意外地发现许多人正注视着他,表情古怪极了,红枣只看了一眼就明白那些目光的意思了,窘迫得厉害,凄惶得厉害,目光都无处躲藏了。事情真是复杂了。事情一经李建国总经理的手立马就变得复杂起来了。红枣涌上来一股沮丧,推开座椅,回头看一眼那扎现钞,一个人往楼下走。刚走到楼下就想起筱麦了,这个漂亮女孩的背影和胸脯起伏的姿态顽固地侵占了他的想象空间,以及心情。他的心情成了一架钢琴,一只猫在上头跳。这就是单恋吗？这就是情窦初开吗？二十岁,红枣算是自己把自己搞乱了。什么事都没有发生,什么都没有,没有一句对话,只是一次对视,只是一次冷漠,一次静静地伫立,一次遥不可及,耿东亮就把自己搞乱了,真是无中生有。初恋或第一次心跳或许真的就是无中生有。

这真他妈的要了命。

没有筱麦的地址。没有筱麦的电话。即使是有了,红枣肯定是什么也不敢做的。他只有毫无意义地等待。日子会一天连着一天来,突如其来也许就在某一年的某一天。

红枣的心中长了一棵巨大的芭蕉树,叶子舒张开来了,带了很吃力的弧线,而叶子却绿得过于卖力,绿得有些不知好歹。

而秋风已经起来了。

舒展一定把自己的"工作"汇报给了李建国。所以红枣再次见到李建国的时候只能把自己当成另一件"工作"让李建国去"做"。

李建国很严肃。李建国说:"让我们先统一一下思想。"

李建国这一次没有抽烟,没有喝茶,一举一动都像《新闻联播》里的领导人物。他从"纪律"谈起,一上来就引用了前主席的语录:"纪律是执行路线的保证。"李总说:"公司的路线是什么?很简单,是挣钱。"李总说:"为了挣钱这一条路线,公司的每一个成员都应当自觉地、主动地听从公司的安排,公司的安排就是纪律。"李总说:"公司不能允许任何不利于纪律的行为与个人。公司不允许。否则公司就成了牧马场和养鱼池了。——遵守纪律是每一个员工的义务,不能由了自己的喜好。"李总说:"你不喜欢舒展,那你就不喜欢。然而,演出就是演出,不是婚姻,不需要爱做基础。公司只需要你弄出一副热爱舒展的样子,并通过歌声表现出来,让别人羡慕你们,追随你们。仅此而已。公司的要求不过分。这不是感情问题,只是技术问题。天下居然有你这种有福不会享的傻瓜蛋。"

红枣发现面前坐着的这个男人是一条岸，而自己永远是水面上最无用的波浪，一个浪头过来，看上去又固执又凶猛，最后总是摆脱不掉被弹回的命运。岸是岿然不动的，它没有一个动作，就成了你的障碍，让人不可逾越，让你自己把自己拽回来，在后撤的过程中无奈而又痛苦，像撕开的一张皮。这个世界是铁定的，既成的，你什么都不能拒绝，你唯一能做的事只有接受，像水接受浪，换言之，自己接受后退的自己，自己接受失败的自己，自己接受徒劳与无奈的自己。

红枣自己都看见胸中的波涛了。它们汹涌，却无声。

李总微笑起来，说："我不希望采取强制性办法，那样就伤了和气。——你明白我的意思。"

红枣相信，微笑才是这个世界有力的威胁。

"你希望我怎样做？"红枣说。

"我希望你们这对小情侣恩爱，这是基础。"李总说，"艺术的最高境界就是真事假做，而后以假乱真。"

舒展进门的样子病歪歪的。她没有病，她只是用病歪歪的样子表示她的傲慢。红枣当然知道舒展的傲慢模样全是做给自己看的，舒展堆上笑，和李总打完招呼，她不看一下红枣。称得上目不斜视，称得上目中无人。一招呼完了脸上又病歪歪的了，好像还病得不轻，都有气无力了。她站在百叶窗的底下，神情相当冷漠。红枣可以肯定这全是"做"给自己看的了，就好像她是公主，而红枣只是讨上门来的叫花子。红枣的委屈在这个时候变成了愤怒，来得相当快，有点不可遏止的势头。红枣从沙发上站起来,走到舒展的身后去,拦了腰就把舒展抱住了,埋下头去,对了舒展的后颈就是一口,吻住了,深情得要命。红枣的莽撞举止吓了舒展一跳,舒展挣脱开来,转过身,一转过来气得说不出话。红枣却笑了,红枣自己也弄不懂自己怎么会笑了。红枣望着舒展的双目,像诗朗诵一样,动情地说:"我爱你!"这真是愤怒出诗人。

第十七章

筱麦在无聊时刻的一场游戏点燃了红枣。红枣的身体在这个秋天即刻就进入恋爱的季节了。恋爱的感觉笼罩了红枣。他在短暂的新奇与兴奋之后焦虑与浮躁起来。红枣几乎把所有的时光都耗在公司了，只为了能见到筱麦。然而，筱麦没有出现。筱麦的身影像水下的鱼，在稍有动静之后看不见一点踪影。红枣心中的幸福隐秘被焦虑一点一点放大了，最后只剩下了焦虑本身。焦虑它蠢蠢欲动，焦虑它欲罢不能，焦虑它欲生又死，死而复生。

连续三四天红枣都没有见到筱麦。红枣在电梯里头上去又下来，下来又上去。电梯给红枣的感觉几乎是上穷碧落下黄泉了。在见不到筱麦的时刻筱麦的身影反而在红枣的心中愈发清晰起来，又娇媚又俊俏，柳一样袅娜，风一样无所不在，无所不能。筱麦的面庞异常顽固地烙在了红枣的某个地方，像一块疤，抚不掉，抹不平。

城市的面积显示出无情的一面来了。筱麦就住在这个城市，筱麦是这个城市的一盏灯，红枣就是不知道这盏灯在哪里闪烁。

整个晚上红枣都坐在沙发里头听CD。他手执CD机的遥控器,快进或快退。整个屋子里都是斯蒂威·旺德的《电话诉衷情》。一个晚上他差不多把这首英文歌曲听了二十遍。那位伟大的黑人盲歌手在不断地诉说:"我只想电话告诉你,我爱你。"东郊的秋夜一片漆黑,那是筱麦的黑眼睛,它有一种弥漫的、专注的和笼罩的黑色华光。筱麦无影无踪,这等于说,筱麦在这个秋夜无所不在。

罗绮一直在陪听。她听不懂英文,然而,音乐本身就是语言。音乐的语词更能表达无助、倾诉、不甘、热烈、无奈、欲说还休、难以释怀和欲仙欲死,这些东西这一刻都浮现在红枣的脸上,成为红枣生命的形式与生命的内容。罗绮知道红枣遇上什么事了,罗绮知道红枣十有八九爱上什么姑娘了。

但是罗绮不说话。她在下班的路上买回了两盒澳洲羊毛线,起了针,安安静静地为自己织一件秋衣。然而说到底罗绮终究是心里有事,脸上沉得住,手上却不那么听话。罗绮手上的女红最多只能持续半个小时,随后就会停下来,数一数,自语说:"错了。"于是拆掉,又重来,再织上半个小时,又数一数,自语说:"又错了!"只好又拆掉。

罗绮就放下手里的活,说:"这几天排练累了吧?"红枣恍惚了几秒钟,说:"没有。"罗绮侧过身,接过他手上的遥控器,往CD机一指,音乐就戛然而止了。在这个瞬间别墅的客厅显得空前的空旷。只剩下一屋子的豪华。罗绮挪出一只手,伸到红枣的额前,摸一摸温度,又微笑着把手收回来。罗绮放下毛线,双手接过红枣的两只手,注视着红枣,很怜爱地说:"到底有什么事,告诉我。"她说话的表情洋溢着知冷知暖的大姐气质,她说话的神情还有一种乳质的母爱气质。红枣一下子就感动了,握紧了罗绮,说:"我没事。"罗绮点点头,很疲惫地笑笑,说:"那我就先睡了。"

到底是红枣自己憋不住,他没有筱麦的电话,这就是说,他连最基本的"电话诉衷情"都是不可行的了。又是两天没见到筱麦,红枣在晚饭过后再也坚持不住了。他坐在罗绮的对面,把心里的事一股脑儿全对着罗绮说了。罗绮不插话,只是听,不住地点头,做"哦"或"明白"这样的唇部动作。红枣说得驴头不对马嘴,夹杂了许多夸张的表情和手势,人显得很苦,又时常词不达意,这就愈发急人了。但是罗绮很耐心,坚持着听完了红枣的汤汤水水。听完了,罗绮抱起了胳膊,笑着说:"你说了半天,那个姑娘是谁呀?"

红枣眨了几下眼睛,低声说:"你见过的,筱麦。"

"是这样。"罗绮点了点头说,"原来是她。"

"是这样。"罗绮说,她的语气是这样的轻描淡写,仿佛一切都是意料之中的,了如指掌的。她这种口气听上去就知道红枣的事并没有多大的了不起,只是一粒芝麻,是红枣自己把它放到放大镜的下面变成了西瓜,红枣倾吐完了心里头即时轻松多了,发现事情远远没有发展到不可收拾的地步。仅仅是"是这样"罢了。罗绮说完这句话便不再说什么了,而是走到音响的面前去,插上一盘舞曲,回过头来看红枣。红枣只好走上去,半拥住罗绮,站在原地,随音乐的节奏在两条腿上交换重心,他们就这么相拥着"跳"完了一支慢四。后来罗绮便把音乐关上了,走到了茶几前,取出一支烟点上,倚在了门框上,冲了红枣无声地微笑,罗绮说:

"我还以为你真是恋爱了,原来不是。"

红枣说:"我知道不是。我只是单相思。"

"也不是。"

红枣便抬起头,十分狐疑地打量罗绮。

"她哪里配得上你去单相思?"罗绮轻描淡写地说,"你瞧瞧她那双罗圈腿,站也没站相,更说不上亭亭玉立了。"

红枣从来没有注意过筱麦的小腿,她穿着长裙子,从腰部一直盖到脚面,一直都是亭亭玉立的样子,然而,经罗绮这一说,还真是那么回事。

"你只是想女人了。"罗绮十分肯定地说。罗绮笑起来,说,"你这么年轻,又健康,——哪有不想女人的。想女人也不是什么不好意思的事。"

红枣就失神了。一脸的若有所思。他没有反驳,只是沉默。

罗绮弹掉烟灰,很有把握地说:

"这肯定不是恋爱,不是单相思。你想女人了。"

红枣的耳朵开始回环着罗绮的话,"你只是想女人了。"红枣第一次严肃认真地正视自己的生理感觉,想不出否认这句话的理由。这些天来身体内部的确有一股陌生的气力蹿来蹿去的,古怪得很,难忍得很。原来是"想女人"了。这一想红枣便恍然大悟了,罗绮说得不错,这怎么能是恋爱呢,这只可能是

247

"想女人"。

罗绮从衣架上取过皮包,掏出钱来,丢在了茶几上,说:"实在憋不住了也不要苦了自己,找个干净的女人去荒唐几天,只是别染上了病,千万别陷进去,别纠缠在这种事上头。你妈依了你,我可不依。"罗绮把这句话丢在豪华客厅里,关上门,回卧室去了。夜在这个时候却静出动静来了。

红枣的这个夜混乱透了。夜深人静,他的脑子里不停地重复这样两句话:"你这个岁数哪有不想女人的。""实在憋不住了也不要苦了自己,找个干净的女人去荒唐几天。"就两句话,颠过来又覆过去。红枣弄不清身体的哪个部分出了问题,躺在床上出奇地亢奋,止不住地生机勃勃,而到了后来居然发烫了。红枣都看见自己的身体半透明了,像一只巨大的温度计,有一块晶莹的半液体正在体内玩命地上下移动。红枣下了床,晕了一下,然后就披了衣服重新走回到客厅。红枣走到酒柜面前给自己倒了一杯酒,红枣倒酒的时候才发现自己颤抖得已经很厉害了。但是红枣没有喝酒,他看见罗绮的手机正放在酒柜的不远处。红枣拿起手机,摁下了号码。楼上的卧室里的电话就是在这个时候骤然响起的,宛如夜的雪亮裂缝,红枣自己都吓了一跳。红枣坐进沙发里头,从手机里听见罗绮拿起耳机了。罗绮说:"谁?"红枣用一只手捂住脑袋,忍住颤抖,说:"我。"红枣听见罗绮的卧室响起了电灯开关。"你怎么了孩子?"罗绮说,"你在哪儿?"红枣静了好大一会儿,说:"客厅。"罗绮挂上耳机,披了一条羊毛毯站在了楼梯口,红枣的手指头正叉在头发里头,显现出自燃的模样。罗绮只看了一眼就全明白了。罗绮坐到他的身边,张开羊毛毯,把红枣和自己裹在了一处。红枣把头埋进了罗绮的胸口。她的前胸和自己只隔了一层柔软的真丝。他在颤抖。罗绮就摸着他的头发,像抚摩着心爱的小狗。她的指头在抚弄毛发的时候有一种出格的温馨。罗绮叹了一口气,说:"我明天就帮你去找筱麦。"红枣痛苦地说:"不是。"客厅里再一次安静下来了,罗绮托起红枣的下巴,与他对视了很久。他的瞳孔里头布满了夜的内容。罗绮放下红枣,站起身子背对了他。罗绮说:"你要是总不能静下来,可以进我的卧室。我让你考虑一个星期。"

罗绮给红枣的时间是一个星期。这是上帝创造这个世界所用的时间。整整一个星期红枣都发现昏睡在自己身体内部的其实还有另一个"红枣",那个"红枣"蠢蠢欲动,那个红枣火急火燎,那个"红枣"像一只爆竹,导火线被罗绮点着了。导火线正以一种倒计时的方式向自己的根部嗞嗞燃烧。红枣想不爆炸都已经无能为力了。红枣看到自己的身上冒出了白烟,内心堆满了焦虑与骚动。红枣渴望罗绮。然而,在第七个发烫的日子临近的时候,他在渴望之余却又滋生出了一种恨。红枣不知道自己恨什么,然而,他恨。红枣就希望自己能够尽早地摆脱这一切,摆脱罗绮,摆脱自己,重新回复到耿东亮的日子里去。

但是这种痛恨没有长久。第七个发烫的日子正式到来的时候渴望再一次占得了上风。倒计时的日子以小时为单位向红枣逼近了,红枣闻到了自己的气味,是硫磺与硝的共燃气味。红枣被这股气味弄得烦乱无力。他感到这一个星期不是时间,而是火。这股跳跃的火焰把他从头到脚烧了一遍。他现在只是灰烬,手指一碰就会散掉的。

东郊的夜依旧是那样静,红枣都能够听见自己的心跳了。晚饭是西餐,餐桌在吊灯底下,屋子里充盈了吊灯的柔和反光。屋子里的色调是褐色的,在淡黄的灯光下面泛一种温馨的焦虑与哀愁。而餐桌上有一把红玫瑰,很深的紫红色,欲开欲闭,处在矛盾的苦痛之中。红枣的手上执着刀叉,因为神不守舍显得愈发笨拙了。红枣一点胃口都没有,不住地咀嚼,却咽不下。卷毛狗蹲在红枣的脚下,一边眨眼一边舔嘴唇,神情专注地打量红枣。它和红枣一样,一直在热切地渴望什么。

忙碌了一个星期罗绮并没有显示出疲倦,她冲完了热水澡总给人一种爽朗的印象。她坐在红枣的左侧,丝毫也看不出今天与往昔有什么不同的地方。罗绮说:"一直忙,还没有给小卷毛起名字呢?"罗绮说:"你给起个名字吧。"红枣想了想,脑子里空得很,堆上笑说:"就叫小卷毛,不是挺好的。"罗绮说:"不好,听上去不喜庆。"红枣说:"又不是你女儿,要那么喜庆做什么?"罗绮说:"怎么不是我女儿?它哪一次见到我不是喊妈妈。"红枣便笑笑,又低下头用餐刀在盘子里切东西。他手上的刀滑来滑去的,切得盘子里全是餐刀的声音。罗绮把手上的餐具放下来,擦过嘴,丢下餐巾说:"真笨。教过你多少遍了。"罗绮走到红枣的身后去,手把手握住了红枣,示范给红枣看。罗绮轻声说:"这样。"罗绮锯下一块,又轻声说:"这样。"她的头发就碰在红枣的腮边,红枣一下子就闻到了她头发窝里的致命气味,那种气味真是令人沉醉。而罗绮却浑然不觉。罗绮呢喃说:"这样。"

她的耳语好听得要了红枣的命。

红枣抽出手,一把就把罗绮反勾住了。红枣就想呼唤她,可是红枣就是想不起来该呼唤什么。红枣收回手。一把就把面前的盘子推开了。瓷器与金属的碰撞声弄得整个夜晚一片混乱。

小卷毛以为自己做错了什么,夹住尾巴跑到厨房那边去了。

罗绮疲惫地一笑,回身上了楼。上楼之后并没有回到卧室,而是端了杯茶站到阳台上去了。红枣站在一边,远远地眺望他的城市。城市的上空被巨大的橘黄色的蘑菇云笼罩了,看上去红尘滚滚。一幢大楼的顶部晶亮的霓虹灯正在明灭,看不清文字,但它忙于想让人注视自己的急切愿望却是一览无余的。现代都市无时无刻不在向人们显示,买我吧,买我吧,快点买吧。

夜混乱极了。

但夜是晴的。月亮只是一个牙。一阵风吹过来,罗绮的头发十分欢娱地跃动起来了,拂在红枣的胸前。红枣突然就紧张了。一种危险宛如水一样从他的腿部向上弥漫,迅速而又汹涌。红枣从罗绮的背后拥住罗绮,罗绮怔了一下,没有动。红枣低下头,说:"我快死了。"红枣说完这句话身体便止不住颤动。罗绮转过身,红枣有些怕,却十分孟浪地吻下去,四处找,找她的唇。罗绮的整个身体都踮起来,接住了。红枣抱住她,身体贴上去,这时候楼下客厅里的电话突然响了,红枣在慌乱之中打翻了罗绮手中的茶杯,咣当就是一声,玻璃碴一阵颠跳。电话在响,但罗绮的嘴唇在要。红枣再一次吻住。一个星期悬浮着的焦躁与渴望终于降落在嘴唇上了。一切都落实了。终于落实了。罗绮大口地吮吸,这个小娃子的口腔清爽而又甘冽,整齐的牙又结实又顺滑,她记起了丈夫的吻,满嘴浑浊,伴随着四颗假牙。

红枣的双臂修长有力,他的拥抱在收缩,有一种侵略,有一种野。罗绮的双腿开始后退,红枣一点都没有发现他们已经移到卧室的床边了。卧室没有灯,但窗帘上有很暗的月光。窗帘在夜风中弓了背脊,要命地翻动。红枣的双手不住地哆嗦,解不开扣子。还是罗绮替他扒干净了。红枣在床上痛苦万分,宛如出了水的鳗鱼,不住地扭动。罗绮骑上去,红枣闻到了那股气味,硫磺,还有硝。纸捻烧进了红枣的身体内部,叭地一下,红枣看见自己的身体闪出了一道炫目的弧光,接下来就什么都没有了。红枣张大了嘴,额上沁出一排汗珠。罗绮正在焦急,不知道红枣自己和自己忙了些什么。罗绮突然就感觉大腿上一阵热烫。罗绮愣了一下,随后全明白了。她用双手捂住红枣的腮,无限怜爱地说:"童仔鸡,可怜的童仔鸡。"罗绮托起自己的一只乳房,喂到红枣的嘴里去,一遍又一遍地说:"我的童仔鸡,我可怜的童仔鸡。"

罗绮在这个夜晚开始了对红枣的全面引导。她手把手,心贴心,耐心细致,诲人不倦。屋里的灯全打开了,灯光照耀在红枣的青春躯体上。红枣的躯体年轻而又光滑,新鲜和干净,既有力又见柔和。罗绮吻着红枣的前胸、腹部,轻声呼唤着红枣的名字。红枣咬住罗绮的耳垂,罗绮感到了疼。这种疼亲切,有一种近乎死亡的快慰,既切肤,又深入骨髓。红枣的身体在罗绮的呼唤下重新灌注了生气,一种很蛮横的气韵开始在体内信马由缰。

罗绮说:"听话,我们重开始。我们再来。"

红枣与罗绮再一次开始了。这一次红枣是一个听话的学生,一举一动都是在老师的指导之下开始,并在老师的指导下完成的。红枣张大了嘴巴,却又无声无息。而罗绮在呻吟。罗绮的呻吟表明了红枣的正确性,呻吟是一种赞许,呻吟当然也就是一种激励。罗绮后来停止了呻吟,她企图说些什么,然而,没有一个完整的句子,没有一句符合语法,尽是一些不相干的词,这些词如泣如诉,这些词困厄无比,"救救。"罗绮说,"救救我。儿,我的儿。"

红枣的爆发与罗绮的等待几乎是同步的。他们像海面上相遇的浪,汹涌,激荡,澎湃,卷动并且升腾。最后,他们的身体一同僵住了,一动不动,像一尊连体的雕塑。后来罗绮叹了一口气,这口气叹得很长,超过了夜的宽度。罗绮叹完这口气,把她的头发全部覆盖在红枣的脸上,嘴唇贴在红枣的耳边,一边喘息一边说:"抱住我,抱紧我的身子,是这个身子教会你成了男人。"

红枣抱紧了她。红枣仔细地体验罗绮的体重与压力。它有一种覆盖之美。红枣喜极而泣。为了自己,这个女人作出了全部牺牲,奉献了全部的自己。红枣收紧了胳膊,想呼唤她,但干妈又叫不出口。红枣为找不到一个合适的称谓而伤怀不已。

深夜零时了。时间"咔嚓"一下就从昨天跳到了今天。

罗绮和红枣并躺在床上,一起望着窗外,时光在流逝。夜真美。秋夜真是美丽,像贮满了欢愉的泪。罗绮说:"饿了没有?"

红枣愣头愣脑地说:"饿。"红枣说完这话就翻起身来把罗绮拥了过来。罗绮知道他歇过来了,说:"我去给你做点吃的。"红枣说:"要做就做爱。"罗绮支起上身,捂住红枣的手,说:"不了,你会累坏的,明天,啊?"红枣说:"现在就是明天!"红枣说完这话便放倒了罗绮,罗绮尖叫一声,侧过脸,责怪说:"要死了,你真是要死了。"

这一个回合来得山呼海啸。红枣在这一个回合中再也不是学生了,他晓通业务,无所不能。罗绮显得很被动。被动有时候是一种奇妙无比的感受,被动之中有一种被赋予的感觉,一种被灌贮的感觉,被动还有一种被强迫之后的柔弱感,娇好感。红枣越战越勇,他的痛苦叫声接近了通俗歌手的喊唱。

第二天早晨城市迎来了第一场秋雨。

第一场秋雨。

秋雨后的城市清凉而又爽朗,碧空如洗,天空的清澈程度夸张了它的纵深。那种虚妄的深度,那种虚妄的广度,因为抽象而接近于无限。这样的天空类似于红枣现在的心境,极度的空虚达到了极度的熨帖与爽静。

男人做爱后的清晨大都美好如斯。

红枣认定了所有的日子都是为昨夜作铺垫的,作准备的,这样的初夜是人生的第一个总结。它预示了一种终结,它同样预示了一种开始。一个人拒绝过来又拒绝过去,这样的夜晚总是难以拒绝。某个意义上说,这样的夜晚永远有始无终。生存是美好的,性是美好的。爱是一个黑洞,它难以拒绝。它不应该遭到拒绝。母爱可以逃逸,师恩可以回避,金童与玉女都可以拒绝,但"想女人"不可以。高潮可以抵消一切,喷涌的感受永远是一种胜境,它简单至极,像秋天雨后的天空,无所不包,却空无一物。

红枣到达公司已是临近中午,他一进排练大厅就遇上筱麦了。这个让他疼痛的小女人正站在麦克风的面前,她正在爬高音,高音使她的表情出现了些许痛楚,而双脚也踮起来了。红枣第一次就发现了筱麦小腿上的致命缺陷。红枣为发现这个缺陷而欣慰,而坦然。红枣走过去,站在她的身后,红枣自己都惊奇自己能有这样的镇定,几天前的心跳、热忱、春心荡漾和情窦初开都不复存在了。就几天的工夫,要死要活的感觉就这么淡然了。遗忘真是个好东西,和女人做爱真是个好东西,苦闷的单恋就这么了结了,恋爱的季节就这么过去了。罗绮说得真对,那不是恋爱,只是想女人了。这话说得多好!红枣此刻的平静如水足以说明这个问题。

筱麦同样是平静的。她排练了一个上午,没有一丝与人游戏的心情。她看见红枣的时候目光里头只有疲惫,没有挑逗和妩媚。他们的目光只是对视了一下就平静地移开了,当然,他们点了点头,还是礼貌地微笑了那么一下,然而,仅此而已。

蠢蠢欲动就这么轻易地打发了。如遗忘一样了无痕迹。有女人在床上垫底,什么样的故事都能够对付。

红枣暗自庆幸自己没有一头栽进去。红枣的确没恋爱,红枣完完全全地得到一个女人了。鱼已经入水,就不应该再像在岸上那样瞎折腾。

一个人打发自己的过去原来是如此地容易。

痛苦或许只是一种假设。痛苦是一个人在地上的身影,随路面的坎坷而凸凹,转过身去,身影只是旧时的脚印罢了,它荡漾如水,却绊不住自己的双腿。

罗绮点燃了红枣,同样,罗绮也点燃了自己。平庸的婚姻岁月给她积累了丰富的床上经验,而使用这种经验则预示了她的第二个春天。

罗绮让红枣躺在沙发上,命令他闭上眼睛。没有她的许可,红枣不许睁开。她在给他上妆。她用洁面乳、化妆水、粉底霜、粉饼、眉笔、睫毛膏、眼影、口红、唇线笔开始作画。画布是红枣的那张脸。这张画画了足足半个小时。画完了,红枣睁开了眼睛,但是他看不见自己。这是眼光与目光的局限。然而,他从罗绮的表情可以看得出,罗绮对她的作品很满意。罗绮把红枣仔仔细细打量过一遍,点了点头,说:"下次签合同我就用口红。"

但是红枣想知道罗绮把他弄成了什么模样。他看了看四周,客厅里的镜子全反过去了。显然,这个夜晚经过了一次精心策划。红枣有些不放心,笑着说,"我现在是什么样子?"罗绮用一个指头止住了红枣的问话,罗绮说:"嘘。"罗绮说:"我们现在只是身体,我们不做人。"罗绮打开了酒,打开了灯,罗绮打开了音响,罗绮还拿来了一瓶强生牌婴儿爽身粉。罗绮给红枣脱去衣物,沿着红枣的脖子把婴用强生牌爽身粉倒在了红枣的身上。红枣通身粉白,毛孔都闭上了,每一寸皮肤都像玻璃一样光滑。罗绮说:"你现在是玻璃。"红枣说:"你呢?"罗绮说:"我是光。"

罗绮拉开了腰间的裙带,灰黄色的丝质面料滑在了地上,像尚未液化的一堆精液。

罗绮说:"玻璃拒绝一切,除了光。"

红枣听不明白她的话,却有些慌。他雪白的身体让他有一种彻骨的恐惧,红枣说:"我有些害怕。"

罗绮把爽身粉递到红枣的手上,说:"也给我倒上。我陪你。让我变成另一张玻璃。"

红枣接过了爽身粉。红枣就是在接过爽身粉的时候电话铃响起来了。红枣打了一个激灵,手上的爽身粉差一点撒在地上。这一阵铃声决定了他不可能是玻璃,他必须是他自己。因为他只能是他自己。他们并没有离开这个星球,这个屋子的管管线线联系着这个世界。罗绮长吁了一口气,接过电话,"喂"了一声之后就对红枣打了个手势。罗绮说:"我在办公室。"

红枣站在原地,他感到自己不是站在客厅里,而是伫立在秋季。

罗绮在责怪对方,为什么不事先打个电话。罗绮说,你先洗个澡,我马上就回来。罗绮在挂电话之前回头看了一眼红枣,看得出他已经猜出了什么。罗绮说完"我就来"就搁下耳机。

"是他?"红枣说。

"是他。他回来了。"

"我需要光。"红枣说。

"现在是夜晚。"

"你回去干什么?"红枣说。

"和他性交。"

"你不许和他那样,他不是玻璃,他是水泥墙。"

罗绮从地上捡起裙子,径直往卧室里去。红枣跟到门口,大声说:"我一个人在这里做什么?"

"你可以照照镜子。"

红枣站在阳台上。看着宝马牌小轿车驶出了别墅区的大门。它行驶在坡面上,往城市的方向去。一阵夜风吹过来,他颤抖了一下,身上掉下来许多粉末。红枣在客厅里站了片刻,决定到卫生间里去。他提了酒瓶,打开灯,推开门,迎面就是卫生间的一块大方镜。镜子里站着一个人,一个女人,柳眉,吊角眼,面庞红润,唇若桃花。眉心的正中央还点上了一颗美人痣。这个浑身雪白的靓丽女人就那么站在镜子的中间,审视红枣。她像一具美丽的活女尸。

红枣的后背一阵麻,又掉下来一层粉末。他知道这种感受是自己的。恐惧在秋夜里无声地游荡。然而,红枣尽力忘掉自己,罗绮说得对,你不是人,你是玻璃。

化妆台上有一支玫瑰色的口红。红枣把它拿在手上,拧出来,口红勃起了,挺立在套子的外面。红枣用这支口红在玻璃镜面上开始书写,写了满满一个版面:

女人	婊子	圣女	野鸡
母亲	亲娘	妓女	女神
大姐	妃子	小蜜	婆姨
二奶	女生	娘们	骚货
情妇	尼姑	名媛	破烂
奶妈	弃妇	小妞	仙姑
丫头	圣母	巾帼	寡妇

窑姐	贞女	妻子	包妹
舅母	姨娘	长舌	令爱
老婆	妈吆	修女	贱人
蜜司	宫女	娥眉	女贼
舞女	妮子	破鞋	丫鬟
拙荆	堂客	糟糠	女流

镜面写满了,两个红枣等距地站立在这些汉字的正面与背面。红枣与镜中的美人既心怀鬼胎又相互打量,他们是有关"女人"这一组词汇的两极,这些词赤身裸体,这些词浑身雅艳,这些词遍体飘香。这些词涂抹了口红,有唇的形态,渴望阅读或亲吻,渴望唾液,渴望舌面滑过。她们是五色光,穿透了语音与人体。这样的五色光使世界无限缤纷,她们是光怪陆离之缘。红枣举起化妆台上的那瓶法国葡萄酒,一口气全灌了下去。十分钟之后红枣就发现这瓶酒在他的体内还原了,还原成法国南部的一颗葡萄,液汁膨胀开来,有了开裂和飞迸的危险性,绿亮鲜活,光彩照人。

在这个秋夜红枣醉卧在没水的浴缸里。他做了一夜的梦,这个梦一直围绕着乌龟和河蚌,那种类似于矿物的肉体。它们的身体进进出出,开开合合。没有呼吸与咀嚼。它们弥漫着淤泥与腐水的气味。栩栩如死。

红枣打起了呼噜,气息通畅,均匀。呼噜是肉体之梦,是梦的歌唱。

(完)